いのちの十字路

南 杏子

幻冬舎

いのちの十字路

目次

第一章　水引の母

「この大変な中、歓迎会を開いてくださって、ありがとうございます！」

僕は深々と頭を下げた。かれこれ三年ぶりだ。みんな、それなりに年を取ったものの、ほとんど変わらない。ずっと一緒に働いていたかのような錯覚にもなる。ただし、全員がマスク姿だ。

「野呂《のろ》っち、待ってたよ！」

かわいいことを言ってくれるのは、看護師の星野麻世《ほしのまよ》ちゃんだ。

「野呂さん、お帰りなさい」

事務担当の玉置亮子《たまおきりょうこ》さんは、眼鏡をコンタクトにしていた。今もって年齢不詳だが、麻世ちゃんによると、四十歳の誕生日を迎えたらしい。

「野呂聖二《せいじ》君、再びまほろば診療所へようこそ」

院長の仙川徹《せんかわとおる》先生が万歳するように両手を上げる。

「あの野呂君が立派になって、うれしいわ」

大恩のある白石咲和子《しらいしさわこ》先生の優しい声が胸にしみる。院長の二歳下、六十五歳にして、なおも大学病院に呼ばれて多忙だと聞いた。

僕は五年前に東京の城北《じょうほく》医科大学を卒業したものの、医師国家試験に二回続けて落ちた。国試浪人の最中、金沢に移り住んだ白石先生を頼って、ここ、まほろば診療所でアルバイトをさせてもらった。当時は単なるドライバー兼雑用係として。

くさっていた僕は、ずっと雑用係で構わないとすら思っていた。そんな僕を、患者さんたちが変えてくれた。診療所のみんなにも励まされた。もっと役に立つ自分になりたい——僕は一年後に再び医師の道を目指す決心をした。

東京に戻って予備校に通い、翌年の医師国家試験を受験して二十七歳で合格。そのまま城北医大病院で研修医となり、二年間、みっちりとトレーニングを積んだ。

そして今日、晴れてまほろば診療所に戻ってきた。

「さあさ、みんな弁当を食おう。野呂先生のための特別ランチだからね」

遠くの席から仙川先生のくぐもった声がした。

このご時世に、そろって外食はできなかった。

二〇一九年十二月に中国の武漢《ぶかん》市で新型コロナウイルスの感染症例が見つかってから、一年四か月がたつ。日本で最初の新型コロナ患者が確認されたのは二〇二〇年一月十五日。以来、累計の感染者数は増え続ける一方だ。

職員同士の席は離れたまま。以前にはなかったアクリル板のついたてが席を隔てている。食事中は私語厳禁。東京の大学病院で徹底されていた処置だが、金沢の小さな診療所でもまったく同じ対策がなされていた。

仙川先生が取り寄せてくれたのは、金沢駅前にある高級料亭の弁当だった。大きなエビの天ぷらが二尾も入っている。ちらし寿司はイクラやカニで飾り立てられ、ウミブドウの酢の物には金箔《きんぱく》が。牛肉の煮物からは、甘辛い香りが漂う。ランチにしては豪華すぎる弁当を前に、背筋の伸びる思いがする。

マスクを取る直前、僕は思わず大きな声で宣言した。

「僕が来たからには、日本一のクリニックを目指します！」

豪華な弁当にふさわしいひと言を——その一心だった。


桜に黄緑色の葉が交じり始めた四月の下旬。訪問診療車の車体にへばりついた花びらをホースの水で流しつつ、僕は三週間前の歓迎会を苦々しく思い返していた。

「よりによって、日本一って……」

まほろば診療所は、地域で在宅の患者さんを支えるクリニックだ。患者さんの数が、そのまま収益に直結する。なのにこの一か月、その数は減少していく一方だった。

「家の近くに診療所ができたので」

「コロナだから、家族以外の接触は避けたくて」

「体調がよくなったので、しばらく訪問は結構です」

先週は二人、今週は三人の患者が、診療の停止を申し入れてきた。ため息が出そうだった。

失敗したなあ、と思う。

あの日、「日本一」という言葉を発した瞬間、麻世ちゃんが小さく吹き出し、亮子さんは目を泳がせた。白石先生に至っては、「野呂君、困ったらいつでも私に連絡していいのよ」と心配そうに僕の顔を見つめてきた。

仙川先生だけが、「野呂君、若くていいねえ。うん、意欲的でいいよ」と手をたたいてくれた。その音がやけにむなしく診療所の古壁に響いていた。

久しぶりの洗車を終え、板張りの廊下をきしませて事務室に戻る。亮子さんのデスクで電話が鳴った。

「……はい、承知しました。また何かお役に立てることがありましたら、いつでもお声をおかけください。……申し伝えます」

カルテを閉じながら亮子さんがうなずく。思った通り、訪問診療の契約を解除したいという電話だ。

「また？」

「何で？」

麻世ちゃんが不服そうな声を出す。

「女の先生に診てもらいたいから、ですって。これまでお世話になって、本当にありがとうございましたって」

「やっぱり白石先生か……」

それはまさに、まほろば診療所にとって一大事とも言える問題だった。

診療所の中心だった白石先生は今、訪問診療をほとんど行えなくなっていた。加賀大学の強い要請を受け、医学部の特任教授を兼務することになったためだ。新型コロナウイルスの感染拡大が続く中、今年一月から附属病院で救急医療の陣頭指揮を執っている。

「月に一回程度なら白石先生がお訪ねすることもできますがって言ったんですけどね……」

亮子さんがカルテの背表紙に「終診」のシールを貼った。「日本一」がまた遠くなる。

「それに東京から新しく来た野呂先生は、フットワークが軽いですよって」

それでいい。軽いのが僕の長所だ。僕は亮子さんに向かって「ありがとう」と手を合わせる。

「理由は、男性とか若いとかだけじゃないのかも」

麻世ちゃんが顔を曇らせた。そうなのかもしれない。石川県内でも急拡大している新型コロナウイルス感染症は、第四波を迎えていた。コロナウイルスが日本で一番蔓延《まんえん》している東京の病院から来た人間、というだけで警戒される。いくらワクチン接種を終え、ＰＣＲ検査で陰性を確認したとしても、だ。

亮子さんの電話がまた鳴った。

「新規の患者さんです。森山の人元露子《おおもとつゆこ》さん、体調が悪いとのこと。往診していただけませんかって」

亮子さんは、僕と麻世ちゃんの顔を交互に見た。白石先生は大学病院の勤務、仙川先生は地域の新型コロナ対策会議で不在だった。

僕は受話器をひったくるようにして耳に当てた。まさに今、僕が生かせることと言えばフットワークの軽さだ。

電話越しに症状を訴える高齢女性の声は、かなり聞き取りにくかった。

「かぜ、ねつが……ひどくて」

弱々しいしゃがれ声で、いかにも息苦しそうだった。

「熱ですか！　すぐに向かいます」

熱を伴う呼吸状態の悪化は新型コロナウイルス感染の可能性が高い。一刻を争う問題だ。

「麻世ちゃん、コロナかもしれない。完全防備で急行しよう」

僕は緊急の往診を宣言した。

「了解！」

麻世ちゃんが倉庫へ飛ぶ。瞬く間に新しい防護服を出してきてくれた。防水ズボンをはき、ポリエチレン製のシートでできた長袖ガウンを白衣の上から着る。

「野呂先生、後ろ向いて」

麻世ちゃんがガウンの背部をぴったりと合わせ、養生テープで留めてくれた。

「粘着テープより剝《は》ぎ取りやすいから、脱ぐとき楽なんですよ」

てきぱきとした動きと現場の知恵。なるほどと感心しながら、麻世ちゃんのガウンの背中もテープで留める。マニュアルに従って高性能マスクN95とさらに医療用のサージカルマスクで口元を覆う。

「キャップとアイシールド、手袋、シューズカバーは現地で渡しますね」

「念のために酸素も持っていこう」

すぐに駆け付けたいと心がはやるが、重症の場合に備える必要があった。麻世ちゃんと二人がかりで酸素ボンベを車に積み込む。

「免許、取りたてだよね。僕が運転する?」

「大丈夫。すぐ近くだから」

最後に診察道具類を後部座席に入れ、ようやく出発だ。電話から七分が経過していた。

患者の家は、まほろば診療所の北にある森山だ。浅野川の橋を渡れば数分の所。東インター大通りと彦三《ひこそ》大通りの交差点を右折し、真新しい校舎が建つ小学校の近くだった。

到着までさほどの時間はかからなかったが、防護服で覆われた体はじっとりと汗ばんでいる。遠方の患者の場合なら、現地で着替える方がよさそうだ。

「ここは加賀友禅の作家さんたちが暮らす町。こんな格好で訪問するなんて」

麻世ちゃんが、ご当地案内とも愚痴とも取れる言葉を口にしながら車を停《と》めた。

車から降りる前にキャップをかぶり、アイシールドと手袋を装着した。

苦しがっている患者のもとへ一刻も早く行きたいところだが、ここで感染するわけにはいかない。一方で、もしかしたら自分たちが持っているかもしれないコロナウイルスを患者にうつす可能性もある。とにかく、互いにウイルスを持っている前提で行動をしなければならない。

「アルコールと次亜塩素酸……消毒液のほかに何を持っていきますか？」

コロナ患者の家に運び入れたものは、あとですべて消毒する必要がある。

「最低限にしよう。まずはバイタルチェックに必要なものだけで」

患者さんの家の前に立つ。わずかな距離であっても防護服を着て歩くのは相当に息苦しかった。

小さな門には「水引教室」の看板があり、玄関の上に「大元」という表札も掲げられていた。その場でシューズカバーをつける。手袋の中も汗でびっしょりだ。

「そうだ、大元露子さんって、地元では有名な水引アーティストですよ。大元さん、大元露子さん！」

旧式の呼び鈴を押しつつ、麻世ちゃんが声を張り上げた。応答はない。玄関の引き戸に手をかけると簡単に動いた。カギはかかっていないようだ。

「あの……母に何か？」

背後から女性の声がする。振り返ると、中年の女性の姿があった。

「コロナですか！　あの、母は助かるんでしょうか？」

露子さんの長女だという女性——美沙子《みさこ》さんは、僕たちの防護服姿に驚いた様子だった。

「いえ、まだ分かりません。念のため離れていてください！」

ほとんどの市民は、まだワクチンを接種していない。

引き戸を開けた。土間から上がり口の一帯に、ユリやバラ、ヒマワリなど、たくさんの花が飾られている。まるで生花店のようだが、すべての花は水引でできていた。

玄関の左手にある部屋には大きな白いテーブルが据えられていた。卓上には、製作途中と思われる紫色の小さな花々が並ぶ。

「すごい……」

改めて室内を見回した。とにかく花の数の多さに圧倒される。

「ここは母の水引教室です」

「教室は今も開いているんでしょうか？」

僕は美沙子さんに尋ねた。生徒など不特定多数の人たちとの接触があったのか、つまりウイルス感染の機会の有無を知りたかった。

「……実は私、市内に住んではいるのですが、最近は実家に寄らせてもらえなくて、よく分からないんです」

寄らせてもらえない――どういうことだろう。だが、それよりも患者さんの状態が気になる。

「お母さん、大丈夫？　お医者さんが来てくれたよ。上がっていただくからね」

美沙子さんは階段の下から二階に向かって叫んだ。その声はどこか震えていた。

「美沙子、お前は来んでいいって言うたがに。帰るまっし」

階上から電話と同じ、しゃがれ声がする。

「母の機嫌が悪くなるから、私は下にいます」

美沙子さんは「すみません、よろしくお願いします」と頭を下げた。

「感染リスクがありますから、離れていた方がいいです」

今は母娘の確執よりも、美沙子さんが濃厚接触者になる危険性の方が問題だ。

「大元さん、まほろば診療所です。上がりますね」

美沙子さんを下に残し、細い階段を上った。普段は何でもない動きでも、N95マスクのせいで息苦しい。乱れた呼吸を整え、二階を見回す。

黄ばんだ畳敷きの部屋が広がっていた。ここにも水引の花があちこちに飾られている。

患者は花々に身を隠すように、布団の上で横になっていた。白髪の頭がゆっくり動き、しわだらけの顔がこちらを向いた。目を大きく見開き、何度かまばたきをする。しっかりと目が合って、僕は反射的に会釈した。

「大元露子さんですね？　息苦しさはないですか？」

露子さんは首を左右に振る。即座に麻世ちゃんが熱と酸素飽和度を測定した。

体温三七・一度――熱はない、とも言い切れない微妙な数値だ。これから上がるのかもしれない。

「酸素飽和度は九八パーセントあります」

指先から外したパルスオキシメーターの数値を僕も確認する。脈は七八、呼吸機能はまだ大丈夫だ。

「血圧は一〇八の五二」

高齢者にしてはやや低めだが、ひとまず問題なし。

「さてと、どんな具合でしょう」

顔をのぞき込む。ＰＣＲ検査につなぐ前に、症状を詳しく把握する必要があった。

「かぜねつ、ひどくて……」

さっき電話で聞いた通りの答えが痛々しい表情とともに返ってくる。

突然、麻世ちゃんが大声を上げ、続いてケタケタと笑い出した。

「なーんだ！　もう、野呂先生ってば。かぜねつは口内炎のことですよ！」

慌てて露子さんの口の中を確認する。唇の内側に直径七ミリほどの潰瘍《かいよう》ができていた。

まさか「かぜねつ」が方言とは知らなかった。口内炎や口唇炎を意味する言葉として石川県や福井県で使われるという。

「誰がどう聞いたって、『発熱を伴った呼吸器感染症』だよ」

ほっとすると同時に、暑苦しい防護服をこの場で脱ぎ捨てたくなる。

露子さんの呼吸機能には問題がなかった。もちろん咳《せき》もない。ただ、血圧が低めで、倦怠《けんたい》感も強い。立ち上がると、ふらついてしまうという。診るべき別の疾患が潜んでいそうだ。

「ちょっと触診させてくださいね」

手の甲を指でつまんで少し持ち上げ、離す。張りが弱い。

「ツルゴールが低下してる。脱水かも……」

体に水分が不足していると、持ち上げた皮膚が元に戻るまでに時間がかかる。皮膚の弾力性を確認する触診法で、これをツルゴール反応という。二秒以上かかるときは脱水症を疑うのが一般的だ。

麻世ちゃんも露子さんの肌に触れながら「低下してますね」とうなずく。

「大元さん、ごはんちゃんと食べてた？」

麻世ちゃんが尋ねると、露子さんは力なく首を左右に振った。

「かぜねつやもん、痛《いと》うてなんも食べれんわ」

「生徒さんが最後に来たのはいつ？」

「ほやね、コロナやったしねぇ。半年以上前かなぁ」

麻世ちゃんが「口が痛くて、食事ができていなかったみたいです。それにここ半年、教室内での感染機会はありません」と通訳してくれる。

脱水症なら微熱があってもおかしくない。水分を補えば回復が見込める。

「すぐに点滴しよう」

「了解です！」

言うが早いか麻世ちゃんは階段を駆け下り、車から点滴セットを持って来てくれた。防護服を着てよく動けるものだ。フットワークが軽いのは、むしろ彼女の方だ。

点滴が開始されると、露子さんはすやすやと眠り始めた。コロナ感染は完全にシロとなったわけではないが、疑いの度合いは限りなく低い。

「念には念を入れて、熱を再検します」

ピピッという電子音がした。

「三六・六度です」

「よし！　じゃあ、これ脱ごう」

手袋を取り、キャップ、アイシールド、長袖ガウン、防水ズボン、シューズカバーを取り去る。防護服の内側は、汗でびっしょり濡《ぬ》れていた。感染対策の基本であるマスクは残す。

麻世ちゃんが、脱いだ防護服を大きなポリ袋にひとまとめにした。アイシールドだけは消毒して再利用するものの、そのほかは使い捨てるから、たった一回の感染予防のための防護服で大きなゴミ袋一つ分になってしまう。だが、この手立てを怠ればウイルス感染のリスクは確実に上がる。防護服を脱いだ解放感に息をつきながらも、僕は膨大な廃棄物を前にして気がめいる。

「さてと、点滴はもう少し時間がかかるね。ちょっと下で話を聞いてくるよ」

麻世ちゃんを部屋に残し、階段を下りる。美沙子さんが所在なげにテーブルの水引を手にしていた。物音に気付いたのか、顔をこちらに向ける。どこか疲れたようなもの憂げな表情と問いかけるような目。その面差しは露子さんにそっくりだった。

「ちょっとお話をよろしいでしょうか」

ディスタンスを意識し、対角線上に座る。

「はい」

美沙子さんは、持っていた一本の水引をテーブルに戻した。そろえて並べられていた水引のカーブが、その一本だけ逆の弧を描く。

「お母様の生活は最近、どんな様子だったのでしょう？」

美沙子さんは少し考える顔になった。

「父が五年前に他界して、このところはコロナで教室も思うように開けなかったのでしょうか。意欲をなくしたように感じます。半年前からは足が弱って、外出もおっくうがるようになりました」

なるほど、意欲低下、廃用症候群による歩行能力の低下が疑われる。

「毎日の食事は？」

美沙子さんは眉間にしわを寄せた。

「詳しくは……。家には来るな、台所には入るなと言うし、食べ物を届けても受け取らないんです。娘に世話かけたくないって」

「お母様と何かあったんですか？」

「いいえ、何も。むしろ、とても仲がいい親子でした」

「なら、どうして……」

露子さんは八十五歳。高齢者にありがちな、判断力の低下だろうか。

「母は義父母の世話で苦労してきたせいか、娘の私に同じ思いをさせたくないと言い張るんです。でも私は独身でほかに家族もいませんし、授業がない日は毎日でも寄れるのに……」

美沙子さんは、市内の高校で音楽講師を務めているという。分野は違うものの、共にアートの世界に生きる母娘。お互いを分かり合えそうに思うのだが。

「二日前に来たときも、母は横になったままでした。病院に行こうと言っても『お前は仕事に戻れ』の一点張り。仕方がないので、通りの看板で見たまほろば診療所の電話番号を置いて帰りました。何かあったらここに電話したらいいよって。ええ、あそこの大きな十字路にある看板です」

「ああ……」

あの森山北の交差点近くの電柱に張り付けられた、古びた看板のことだ。あんなものが役に立ったのか。とても意外だった。

二階から麻世ちゃんの声がした。

「点滴終了しました。血圧は一三八の七八、体温は三六・三度に下がっています」

露子さんの目にはしっかりと力がこもっていた。水分を得て、しおれかけた花が立ち上がったかのように。

病歴を探るため、お薬手帳を見せてもらう。過去には、血圧を下げる薬を飲んでいた。胃薬やビタミンB_{12}もある。処方された時期からすると、いずれも半年前には飲み終えたはずだ。

「今、お薬はどうしています？」

露子さんは、目を閉じた。

「もう年やから、いいがでないかね。それより腰が痛くて、痛くて……」

顔をしかめながら腰をさする。

「口内炎のお薬に加えて、湿布を出しますね」と答えると、露子さんはようやく笑顔を見せた。

「さて、娘さんと今後の相談をしましょうか」

とたんに露子さんは硬い表情になり、大きく首を振った。

「先生、私は私です。何で娘に相談するがですか？　娘の人生を邪魔したくないんですよ。娘には娘の生活があるのだから、手を煩《わずら》わせたくない。親の介護に振り回されて生きるなんて、私まででたくさん。娘の世話になるんなら、先生の所へ電話なんかしませんでしたよ」

麻世ちゃんが露子さんの手を握り、なだめるように声をかける。

「大元さん、いざというときのために在宅で医療を受けるのか、ケアしてくれる施設に入るのか、そういうことを少しは考えておかないと」

露子さんは大げさなくらい身を震わせた。

「施設！　ああ嫌や嫌や。年寄りをおどかさんといて。どこの誰か知らん人と一緒にチイチイパッパ歌わされるのなんて、まだ早すぎる。ほれ食事や、ほれリハビリやって、いちいち他人から指図されるのも勘弁して」

「最後まで何もかも自分一人でできる人はいないから。大元さんは孤独死したいの？」

麻世ちゃんの手が振り払われた。

「また極端なこと言うて、ぎりぎりまでこの家で気ままに生きとりたいだけや。それが結果的に孤独死でもいい。何で分かってもらえんかね。もっと年寄りの先生はおらんがかね」

どう言えば伝わるのだろう。やはり仙川先生や白石先生でなければ診られない患者もいる、ということだ。

美沙子さんが来て、ペットボトルのお茶を座卓に置く。露子さんは娘から顔をそむけたま
ま、大きな声を上げた。

「余計なことはいいから、お前は仕事に戻るまっし！」

僕たちに目で挨拶をすると、美沙子さんは暗い表情で階段を下りて行った。

気まずい沈黙の時間が流れる。座卓の上でペットボトルが汗を浮かべていた。その背後に
並ぶシクラメンの鉢に目が行く。

「これって、植木鉢の部分も水引なんですね」

麻世ちゃんが感心した様子で鉢に顔を寄せる。

「水引クラフトってゆうがよ」

露子さんの表情ががらりと変わった。声も生き生きとしている。

「新しいことをするのが楽しいがや」

改めて目をやると、周囲に飾られている水引細工に、鶴、亀、宝船といった伝統的なデザインは一つもない。ワレモコウやヒガンバナなど本物と見間違えそうな花から、バラやユリなど存在感の大きい花まで、いずれも初めて見る斬新な造形だった。

「金沢でもどこでも、誰もやったことのない細工やね。喜んでもらえれば、私はどんな結び

方でもいいと思うたがや」

「すごい、新しい世界を切り開くなんて、カッコイイ！」

麻世ちゃんが驚嘆の声を上げる。

「ほな、もっと見せたげるから。きまっし」

露子さんは突然立ち上がり、階段を下りて行った。さっきまでとは別人のような動きだ。

一階の作業室で、露子さんは細かく仕切られた棚を眺めるように立っていた。一つ一つの区画は間口が十センチ四方程度、奥行きは一メートルくらい。それぞれに一種類の水引が格納されており、先端をのぞかせている。色や材質の数だけ、百以上の区画があった。

露子さんは、棚の中ほどから一本の水引をシュッと引き抜いた。

「この水引は、和紙の芯に色をつけた絹糸が細かく巻かれたもの。ほっちのキラキラしとるのは紙。その下の段のは、ラメ入り。ちょっこし硬いから扱いづらいけど、風合いが違《ちご》うのよ」

声にも力がみなぎっていた。

「作りたい花を見とると、水引の声が聞こえてくるがや。これが合うよって、水引が教えてくれてね」

水引の声——胸に迫る言葉だった。麻世ちゃんは「マジすごい」を連発する。

「あはは、気に入った。あんたに水引クラフト教えてやるわ」

麻世ちゃんが「やった！　お願いします」と頭を下げる。露子さんはうれしそうに目を細めた。

まほろば診療所に戻り、仙川先生に今日の患者について報告を済ませた。

「それにしても麻世ちゃんには驚きましたよ。まさか患者さんに向かって『孤独死したいの？』なんて言うとは思わなかった」

仙川先生が額に手を当てて苦笑いをした。

「麻世ちゃんだから許される技だなあ。野呂君は、まねするんじゃないよ」

今度は僕が苦笑する番だった。

「大元さんの治療方針、どうすべきでしょうか。娘さんとの同居を説得するか、施設への入所をすすめた方がいいかもしれません」

「野呂君、ちょっと待った。治療方針は、患者さんの希望が先でしょ」

仙川先生にさえぎられる。

「え？　まさかの孤独死計画？」

「何を言ってんだ、君は。あのね、患者さんは娘さんの力を借りずに一人で気ままに暮らしたいって言ったんでしょ？」

仙川先生の目が、ぎろりと光った。

「それが希望なら、それに沿わなきゃ。我々の目的は、患者が望む医療を提供すること。希望を支える医療をすることだよ。ほかの誰かにとって正しい医療をすることじゃない」

自分自身に説き聞かせるような口調だった。

「じゃあ、大元露子さんの言う『娘の力を借りずに一人で暮らしたい』を支援する、ということですね？」

麻世ちゃんの問いかけに、仙川先生は力強くうなずいた。

「そう。こういうときのための介護保険だ。自立支援のために、早いとこ動いたら？」

「でもそれには、大元さん本人が介護申請をしてくれないと……」

介護保険は、保険証を持っているだけではサービスを受けられない。病院の窓口で保険証を出せばすぐに診察が受けられる医療保険とは、そこが違う。まずは市町村に申請して要介護認定を受ける必要がある。

「娘の世話にはなりたくない、一人暮らしを続けたいと言い張る大元さんに、理解してもらえるでしょうか？」

「そこは美沙子さんにボタンを押してもらいましょ」

即座に麻世ちゃんがデスクの受話器を取った。

「要介護認定の申請は、家族でもＯＫだから」

仙川先生も「それでいこう」と応じる。

麻世ちゃんの電話で、美沙子さんは市役所行きを快諾してくれた。「母にはナイショですね」と、美沙子さんはむしろこの秘密作戦を喜んだ。

「野呂先生、市役所から主治医意見書の用紙が届いたら、すぐに書いてくださいね」

主治医意見書——主治医が、患者の状態を評価する書類だ。市町村が患者の要介護度を判定するための基本的な資料となる。

「見本、あったっけ？」

亮子さんが過去のファイルを持って来てくれた。一人の患者さんにつき用紙はA４二枚にわたり、病名や身体および精神症状だけでなく、右利きか左利きか、身長や体重、といった項目もある。

「あれれ、こんなの聞いてないや。次はこの項目も聞かなきゃ」

申請から判定、認定の結果が通知されるまでに、一か月ほどかかるという。

「それまでの間、大元さんのサポートはどうしますか？」

麻世ちゃんが「それは大丈夫」と答える。

「美沙子さん、自費でヘルパーさんに食事や掃除、雑用を頼むと言っていました。水引教室の元生徒さんで、訪問ヘルパーをしている人もいるからって」

大まかな方針がトントン拍子で決まっていく。

「随分変わったんだな——」

僕は思わず声に出してしまった。

東京の実家で、母とともに祖母の介護に追われた日々を思い返した。始まりは高校時代。すでに介護保険制度はあった。しかし母は、家族の介護は家族の手でやるのが当たり前だという考えで、僕もそう思い込んでいた。

「変わった？　野呂先生、何かあったの？」

麻世ちゃんに聞きとがめられてしまった。

「いや、別に……あ、もう終業時間だ」

第三者に説明するのは難しい。あのときの祖母、あのときの母、あのときの僕――いずれにしても、昔の話だ。

一瞬、間が空いた。麻世ちゃんは「ふーん」とだけ言って、バッグから水引の束を取り出した。露子さんが帰り際に持たせてくれたものだ。

「練習しよっと」

麻世ちゃんが細くて長い水引を三本引き抜いた。長さは九十センチと聞いた。

赤、白、紺色。赤は、細かい金色が混じっている。

麻世ちゃんがぎこちなく水引を半分に折りたたみ、ハサミで切った。

「え、切っちゃうの？」

「うん、半分の長さで練習したらいいって。まずは……」

デスクの上に『水引のきほん』という本が大きく開かれる。麻世ちゃんと水引の格闘が始まった。

「やだ、どうしてちゃんとならないの！」

数分後、ヨレヨレになった水引が投げ出された。

「初めてのくせに、三本いっぺんにやろうとするからじゃないの？」

僕の指摘に麻世ちゃんの目が光った。

「じゃあさ、野呂っち、やってみなよ」

いつもの憎まれ口に迎え撃ちされる。自分はいつもひと言余計だと恨めしく思いながら、半分の長さの水引を一本だけもらう。きれいな紺色だった。フットワークは得意な麻世ちゃんも、ハンドワークは意外に苦手なのか――。そんなことを考えて、僕は思わず口元がゆるんでしまう。


その日は朝から雨だった。

「野呂先生、患者さんのご家族様がいらっしゃいましたが……」

いぶかしげな声で亮子さんが告げる。

訪問診療を開始してほしいと家族が来院することはよくある。だが、いったん診療が始まってしまえば、家で会って話ができるから家族が診療所に来ることはほとんどない。あるとすればクレームの類《たぐい》だ。

誰だろうと思って待合室に行く。がらんとしたスペースの壁際、昭和の時代から使われている大きな振り子時計を見上げる女性がいる。露子さんの娘、美沙子さんだった。

「あの……母に関する主治医意見書ですが、『家族との同居が望ましい』と書いていただけませんでしょうか」

思いがけないリクエストに、僕は面談に同席した仙川先生と顔を見合わせる。

美沙子さんは、主治医意見書に関して、少し誤解があるようだ。「意見書」という自由度の高そうな名前になってはいるが、病状を客観的に評価する書類だ。診断名や病状の経過を詳しく書き入れる以外は、日常生活の自立度や認知症の症状の有無、歩行や食生活の状態などについて、該当する選択肢にレ点を入れる形式になっている。どのような人生を選ぶべきかといった記述は職務を逸脱する。

「そうなんですか。私ったら、何も知らずに見当違いのお願いを……」

美沙子さんは少し顔を赤らめた。

「老いた親は子と同居するのが一番の幸せですよね」

美沙子さんの瞳が戸惑うように揺れる。

貧しい家だったという。露子さんは義父母の世話に加え、病気がちの夫を介護しつつ市の清掃員として働いた。美沙子さんが大学を出て教職に就けたのも、露子さんの働きがあってのこと。だからこそ五年前、美沙子さんは父の死を機に露子さんに同居を持ちかけた。高校の勤務は一区切りつける考えで。しかし露子さんが「どうして大切な仕事を捨ててしまうのか」と怒り、同居を拒否した。

「もうすぐ定年で、やっと母と暮らせると楽しみにしていました。母も喜んでくれると思っていたのに。まさか大反対されてしまうとは……」

美沙子さんは、「とりあえず役所で私が手続きしたこと、母には内緒でお願いします」と、口元に人差し指を立てた。

これは難題だ。別の方向を目指す患者さんと家族が、共に満足してくれる景色とは——。

帰り際、事務室のデスクの前で美沙子さんが足を止めた。麻世ちゃんの机の上にある水引を見つめている。いびつな水引細工の数は、一段と増えていた。

「この色……母のお気に入りなんです」

濃紺に銀色の粉をまぶしたような色合いだった。

「私のために素敵な水引を選んでくださったんです。頑張れっていう意味ですよね」

美沙子さんは目を見開いた。

「このところ意欲をすっかりなくしていた母が、誰かを励ますなんて」

「八十五歳まで何かを教えられるって、とってもすごいと思います。介護を受けてもおかしくない年齢なのに。私、芸術家としてだけでなく、指導者としても尊敬しているんです」

一生懸命に麻世ちゃんが言い募る。

「……あなたのような方が母のそばにいてくだされば安心です。どうぞよろしくお願いします」

ほんの一瞬、声を詰まらせた美沙子さんは、すがるような目を麻世ちゃんに向けた。

今日は白石先生が来る日だった。このタイミングに合わせて症例検討会《カンファレンス》が開かれる。

「おはようございまーす」

頼もしい声とともに白石先生が現れた。あたりがあたたかい光で包まれたように輝いて見える。先生の存在感の大きさは、加賀大附属病院でも同じだろう。先生を目の前にしながら、ふと他院にうらやましさを感じてしまう。

「白石先生、大学病院の方はいかがですか?」

「忙しいわよ。まさに大災害があったときの救急現場。コロナ禍の今はね、それがずっと続いている感じ。とにかく、猫の手も借りたいわ」

猫の手とは、白石先生もベタな言い方をするものだ。しかし、それほどに今が大難の時である事実が伝わってきた。

政府は昨日、東京や大阪など六都府県に発出中の緊急事態宣言を九都道府県に拡大する決定をした。同時に、まん延防止等重点措置を石川県など三県にも適用すると決めた。重点措置の期間は五月十六日から六月十三日まで——火の手は目の前に迫っている。

「どうしたの、野呂先生。急に黙って。あ、まさか自分も呼ばれちゃうかもって?」

麻世ちゃんが口にしたことは、当たらずといえども遠からずだ。

「ないない、それはない」

白石先生が笑い飛ばした。

「そんな要請、私が阻止するわよ」

呼ばれないのも、逆に寂しいものだった。

「体外式膜型人工肺《エクモ》の使い方も知らないし、僕なんか役に立ちませんよね……」

「そうじゃないわよ、野呂先生!」

白石先生がまっすぐにこちらを見る。

「救急の患者さんも大事だけど、在宅の患者さんも同じように大切。命の重さは大学病院でも在宅医療でも同じでしょ。野呂先生がこっちの患者さんをしっかり守ってくれているから、私は大学病院に運ばれて来る患者さんに力を振り向けられるのよ」

ああ、そういう考え方はできなかった。

白石先生と話をしていると、自分の視野の狭さに気付かされたり、励まされたりする。

「ありがとうございます。こっちの砦《とりで》は僕に任せてください。さらに……」

思わずまた大きなことを言いそうになり、慌てて口を閉じた。カルテを引き寄せ、二人の先生を前に症例報告を始める。

「今村直美《いまむらなおみ》さん八十三歳は、誤嚥性《ごえんせい》肺炎の治療後に食欲が落ちていましたが、食形態の変更と栄養剤の組み合わせで栄養状態は改善してきました。清水弘江《しみずひろえ》さん七十八歳は心不全の悪化が見られたものの、利尿剤の増量によって改善傾向です。心臓の超音波検査でもこのように……」

訪問診療している患者さんの状態と治療方針を一人一人、簡単にプレゼンしていく。

「……木下《きのした》さんの腰痛は軽減し、同じ鎮痛薬で経過観察の予定です。松本美代《まつもとみよ》さんは血尿があり、検尿結果から尿路感染症と診断、セフェム系の抗生物質で経過良好です」

ややこしい人は一番あとに回した。

「……最後に大元露子さんですが、ケアマネが入り、生活援助をはじめとする支援の環境が整いました。血液検査で認めた低栄養のデータも改善すると思われます。ときに不整脈が見られるものの、心電図を取ったときは正常でしたので、経過を見ていきます。大きな問題は、足元のふらつきが続いている点です。日中、寝ている時間も長く、廃用症候群による筋力低下の進行かと思われます」

白石先生は心配そうに眉を寄せた。

「そのままにしておくと、転倒して骨折しかねないわね。野呂君、よく観察して危険を排除してあげてね。在宅医療の基本は観察、観察、観察。とにかく観察よ」

「フレイルが進まなければいいが……」

社会から孤立し、心身の働きが低下した虚弱状態《フレイル》――。仙川先生が今後の問題点を指摘する。

「娘さんの話では、自宅で開いていた水引教室で生徒たちを相手にしていたときはそれなりの活動量がありましたが、コロナ以来、閉鎖になってしまって……」

「生活の張り合いをなくすっていうのは、思った以上に影響が大きいもんだ」

仙川先生がうなずく。

「水引教室の生徒からは、再開の要望が強いって聞きました。大元さんの状態を考えれば、早いうちに教室を開く方がむしろメリットがあるかもしれません」

麻世ちゃんが「しっかり感染対策をしながら」と付け加える。

「判断は慎重にすること。教室再開のメリットは理解できるけど、万が一、新型コロナに感染してしまえば命にかかわるわね」

白石先生が思案顔になる。

「ワクチン接種を待つべきだな」

仙川先生も、現時点での再開には反対だった。

「進むべきか、待つべきか――」コロナ禍では、安全と活動性維持の両立が難しいなぁ」

思わず声が出る。

金沢市の高齢者向けワクチン接種は、始まったばかりだ。露子さんがいつ二回の接種を終えられるかは、まだ見当がつかない。

「教室の再開が無理でも、露子さんが誰かとおしゃべりする機会があるといいですね」

社会生活の基礎であるコミュニケーション能力は、足腰を動かすための筋力とも似ている。言葉も筋肉も、使わなければ衰えてしまう。

「市内で傾聴ボランティア、やってるところないかな……」

亮子さんがネットで調べ始めてくれた。僕も画面をのぞき込む。

――あるある！　高齢者の介護施設や個人宅を訪ねて話し相手になってくれるボランティアの団体が、いくつも登録されているのが見つかった。

「えっ、ここも……？」

亮子さんの顔がにわかに曇る。

「ダメですね。ざっと見たところ、今はどこも活動休止中みたいです」

ひどく残念だった。感染拡大を防ぎ、命を守るための行動制限。それが高齢者の心と体の健康にマイナスの影響を及ぼす事態には嘆息するばかりだ。在宅の患者は、医療だけでは支えられない。患者の暮らしを知れば知るほど、多くの人の力が必要であると思い知らされる。

「せめて、水引を教える機会があれば、張り合いも出るでしょうに……」

白石先生の言葉に、ひらめくものがあった。いや、露子さんには無理だろうと思っていたのだが、もしかするといけるかもしれない。

「オンライン教室！」

白石先生と同時に叫んでいた。

「あー、もしもーし。音声、入ってないよー」

僕は朝から露子さんの家でビデオ会議システムのセッティングをしている。

タブレット端末は、僕の部屋でまだ整理しきれていない引っ越し荷物の中から引っ張り出してきた。Ｗｉ-Ｆｉに接続し、まほろば診療所にいる麻世ちゃんとつながりつつある。

「野呂先生、これで聞こえるー？」

突然、麻世ちゃんの大音量の声がした。

「はいはーい、ばっちり！」

画面に向かってオッケーサインを出す。

「どれどれ、うまくいったの？」

麻世ちゃんの背後から仙川先生が現れた。

「仙川せんせーい」

小さく手を振ると、仙川先生も「おー、野呂君だあ！」と、はしゃいだ声で拍手する。新しいおもちゃを見つけた子どものようだ。案外、仙川先生の張り合いにもなるかもしれない。

露子さんの座る方にタブレットの画面を向けた。

「じゃあ大元さん、始めますよ。ここがカメラですからね」

僕は露子さんの横でアシスタント役に徹する。そのとき、診療所からの映像が大きく動いた。

「露子さーん」

画面いっぱいに麻世ちゃんが顔を寄せてきた。頬のそばで、しきりに手を振っている。

「ありゃ、看護師さん。これはテレビ電話かね」

露子さんも、ニコニコとしながら手を上げた。楽しんでる、楽しんでる。

「こんにちはー。仙川徹でーす。まほろば診療所の院長です。いつも野呂がお世話になってます」

麻世ちゃんを押しのけ、仙川先生が話し始めた。

「ああ、お世話になっとるのはこっちです」

露子さんはこれまでオンライン通信どころか、パソコンも使っていなかった。だが、そんなことを感じさせない。驚くほど自然になじんでいる。

「お話はよくうかがっておりますよ。それにしても美しい」

仙川先生がニコニコと話しかけてきた。

「いやあ、お化粧もしとらんがに。恥ずかし」

露子さんは一瞬、顔を手で覆う。

「いや、そこにある水引の花たちが」

露子さんの作った水引クラフトのシクラメンが卓上に置かれ、しっかり画面に映り込んでいた。

「もう、仙川先生ったら！」

「あはははは」

露子さんが声を上げて笑った。初めて見る光景だった。

こうして、水引オンライン講座が開講した。


まほろば診療所に戻ったのは昼過ぎだった。白石先生の姿に少し驚く。今日は、先生の診察日でもカンファレンスの日でもないのに――。そんなことを思いながら遅い昼食の卵サンドに食らいついたところで、診療所の玄関ドアが開いた。

エントランスには、グレーのくたびれたジャケットを着た背の低い男が立っていた。亮子さんが応対すると、男は白石先生に取材だと告げて頭を下げる。

男と白石先生は事務室奥の面談スペースに向かった。先生の歩き方が心なしかぎこちない。

「コロナの取材かな？　救急医療二十四時、みたいな特集だったりして」

麻世ちゃんが、はしゃいだ声でささやく。

ついたての向こうから記者の声が聞こえてくる。耳に入ってきたのは、「お父様」「致死薬」、そして「安楽死」といった単語……。取材というのは、想像したようなテーマではなさそうだ。時折届く白石先生の声は、ひどく沈んだものに感じられた。

午後の訪問診療に出発する時間になった。二人が出てくるのを待ってはいられない。

「あの人、何が狙いなの？」

診療所のドアを閉めながら、麻世ちゃんが薄気味悪そうにつぶやく。僕にも見当がつかない――そうとしか言えなかった。


夕方になって訪問診療から戻ったときには、白石先生の姿はなかった。大学病院に呼ばれてしまったという。

「昼間の記者、白石先生に何を取材しに来たんですかね？」

「大丈夫、大丈夫。ああ見えて、気のいい男でね。記者としての腕もいいんだよ」

仙川先生が手をヒラヒラさせる。僕には怪しい気配しか感じられなかったけれど。

「咲和子先生に聞いたら、お父さんの死をどう考えているかって尋ねられたらしいよ」

やはり、そのことだった。もう三年も前の出来事だ。

神経内科医だった白石先生のお父さんは脳梗塞の後遺症で、ひどい痛みが残る「脳卒中後疼痛《とうつう》」に悩まされた。その苦しみは麻薬でも解消できず、疼痛緩和のために致死量の麻酔薬を点滴するよう娘である白石先生に指示した。白石先生はすべてを公にする覚悟で自らの行為をビデオ撮影しつつ実行に移そうとしたものの、直前にお父さんは亡くなってしまった。

白石先生の行為は法的に問題なく、逮捕も起訴もされなかった。

「病気で亡くなられたのだから、そもそも事件とも言えないですよね」

安楽死とか、自殺ほう助とか、殺人未遂とか、そんな言葉は安易に口にしたくなかった。

「記者の狙いがさっぱり分からない。家族の苦しみに真剣に向き合ったことがある人なら、白石先生を責めるはずないのに」

麻世ちゃんも憤慨している。

「白石先生が自分から一一〇番したから、つつかれてしまうのでしょうか」

あの日のことは僕も忘れられない。お父さんの病状と予後、直面する苦痛、それへの対処法について、白石先生は世に問いたいとつまびらかに記録した。一連の過程で警察への通報もなされたが、メディアには刺激的だったのだろうか。

仙川先生が遠くを見つめるような目になる。

「あの電話は、咲和子先生が気持ちの整理をつけたかったからだと思うよ」

まっすぐな白石先生のことだ。まさに僕もそうだと思った。

「取材のあと、白石先生はどんな感じでした？」

記者の追及を受けて苦しんでいないだろうか。

「特に変わりはなかったかな」

仙川先生の言葉は本当か。僕は亮子さんに目で問いかける。

「私も、いつも通りに見えました」

「何があっても、逃げない。咲和子先生はそんな先生だから」

仙川先生はもう一度、遠くを見る目になった。


バスに乗らなければ。

そう思いながら、僕は洗面台で誰かの髪を洗っていた。

ゆすいでも、ゆすいでも、ちっとも泡が消えてくれない。

早く終わらせなければ。

バスの近づく音が聞こえてきた。

もう、行かないと。

ふと見ると、洗面台の前には誰もいなかった。

ようやくバス停に行ける。

なのに、足が鉛のように重くて自由に動かせなかった。

洗面所の床に、重い油がどこからか流れ込んでいた。沈み込んだ足を引き抜くのもやっとだ。一歩一歩、足を無理やり動かし続け、何とか外に出た。

走る、走る、走る。

なんと、バスは僕を待ってくれていた。乗客が僕に向かって手を振っている。笑いながら、早くおいでよと。

よかったと思ったのも束の間、家に大きな忘れ物をしてしまったことに気付く。絶対に持っていなければならない「何か」を忘れていた。

ああ、すぐに家に戻らなければならない。

せっかくバスが待ってくれていたのに。

バスが走り去る。それを僕は呆然《ぼうぜん》と眺める。


びっしょりと汗をかいて目が覚めた。息切れしている。寝ていただけなのに。

意識がはっきりするとともに、体中の筋肉がゆるんでいくのを感じる。

また自分はあの夢を見ていたのかと他人事《ひとごと》のように思う。何がきっかけかは分からない。不意をつくように襲ってくる悪夢を、僕はコントロールすることができなかった。


露子さんの診察を開始して二か月が過ぎた。

今日も雨だった。金沢はもともと雨の日が多いが、とりわけ六月下旬になると、雨天が続く。

石川県に適用されていた、まん延防止等重点措置は十三日で解除された。診療所のスタッフは、全員が二回目のワクチン接種を終え、少しは安心できる状態になりつつある。露子さんは一回目のワクチン接種を終えていた。

露子さんの日常も変わった。パソコンすら縁遠かったのに、今では仙川先生とほぼ毎日、「おしゃべり回診」を兼ねた水引オンライン講座の時間を楽しむようになっている。実はオンライン講座には、こっそり美沙子さんにも加わってもらっていた。美沙子さんは、元気な露子さんの姿を見るたびに安心するという。

オンライン化に合わせて別の試みも動き出した。露子さんにウェアラブル端末を装着してもらい、毎日の体温や脈拍、血圧、酸素飽和度といったバイタルサインの測定を続けている。

仙川先生も、まほろば初の「遠隔医療」の試験導入だと面白がってくれた。

「野呂君が言った日本一の夢、まんざらでもないかもね……」

変化はまだある。露子さんの講座のおかげで、仙川先生が水引細工の腕前をめきめき上げていた。仙川先生に教えるという目標ができて、露子さんの表情も生き生きとしたものになってきている。

血液検査のタンパク質の値がさらによくなった。運動機能の回復訓練も、訪問リハビリステーションから顔なじみのスタッフが定期的に訪れてしっかりと行っている。

それなのに、だ。露子さんの歩行状態はいつまでたっても危なっかしいままだった。足取りが不安定で、いつ転倒の末に骨折してもおかしくない。

「栄養状態もよくなっていますし、筋トレもしっかり続けているのに……」

ふらつきは重大な問題だ。けれど原因が見えてこない。

仙川先生は、「高齢だからね。のんびり見守るしかないよ」と言うが、本当にこのままでいいのか。白石先生ならどういう方針をとるだろう。助言を仰ぎたいのに、大学病院に囲われてしまった先生とはすれ違いが続いていた。

まほろば診療所には、仙川先生の水引作品がいくつも並ぶようになった。

「きれいですね」

水引を三色組み合わせたものは、それなりの大作に見えた。

「これが三本取りのあわじ結び。こっちがその応用で、梅結び。抱きあわじ結びってのが意外に難しいんだ。ほら、この見本の絵。簡単そうに見えるでしょ。でもそれがさ……」

うっかり話題にすると止まらない。仙川先生はすっかり水引にはまった様子だ。

「仙川先生、水引ばっかり作ってないで、露子さんにスクワットをやるようにすすめてください。まだまだ足元がふらついて、危険レベルなんですから」

麻世ちゃんが渋い顔をして、仙川先生の梅結びを指ではじく。

「スクワットは一緒にやってるけどなあ。毎日の講座の前後に三セットも」

仙川先生は首をひねりながら、麻世ちゃんが邪険に扱った梅結びの形を整え直した。

翌日の昼休み、診察室のパソコンの前で仙川先生が水引を手にしていた。露子さんがオンラインの画面に入ってくる。そこへ麻世ちゃんと僕も参加した。美沙子さんの入室はない。このところ露子さんの体調が安定しており、安心したのだろう。

露子さんが四本の水引を手に、梅結びを作ると、いかにも簡単そうに見える。仙川先生も鼻歌交じりで編み始める。けれど、僕の手にした水引は意地悪だ。「そうやすやすと思い通りにはなりませんよ」とばかりにピンと張り、曲げれば大きな曲線を残していびつな輪になる。輪を縮めようと引っ張れば、余計なところばかりが小さくなり、輪の大きさをそろえることもできない。隣を見ると、麻世ちゃんも同じところでつまずいている。

「やだやだ、できないー」

麻世ちゃんが悲鳴を上げた。

「あせらない、あせらない。マイペースでいいんやから。ほら、野呂先生も頑張って」

デジタル技術によって伝統工芸を学ぶ、医師の僕が患者さんに励まされる——あべこべな状況に笑いそうになる。

もう一度、僕は露子さんの手先に注目する。画面の向こうで、張りのある水引が一本一本、立ち上がった。それが露子さんの指の動きに合わせて自由自在にしなり、すっと納まるところへ納まる。

そのとき、何か胸騒ぎがした。光るものが見えたのだ。露子さんが作業を続けている部屋のテーブルの上だった。

「ちょっと僕、見てきます！」

作りかけの水引を置き、診療所の玄関へ走った。

仙川先生と麻世ちゃんはあっけにとられているが、構ってはいられない。僕は訪問診療車に飛び乗る。

あれは一体、何なのか？　水引細工の材料の一つだったら、それでいい。でも、そうでなければ……。主計町《かずえまち》を離れて浅野川を渡り、露子さんの住む森山の家へ向かう。

「失礼します！」

返事を待たずに引き戸を開け、露子さんのいる部屋へ入った。

「あれー、さっきまで向こうにおったがに」

露子さんはタブレット端末の前で水引を手にしたまま、画面と僕を交互に見る。

「ちょうどいいわ、仙川先生と看護師さんに新しい水引を持ってってって」

露子さんが椅子から立ち上がった。その瞬間、体が大きく揺れる。

危ない！　慌てて駆け寄り、背中から支えた。あやうく転倒するところだった。露子さんは「大丈夫、大丈夫」と口にして、不安定なまま立ち上がろうとする。

「座っていてください！　危険ですから」

露子さんの両肩を押さえ、室内を見回した。

あった——。テーブルの上、作りかけの花に埋もれて、何かがキラリと光った。近づいて手に取る。それは、パウチされた睡眠薬だった。

「これ、僕は処方した覚えがありません。別のクリニックから薬をもらっていますか？」

薬を手のひらに載せ、露子さんに見せる。

「ああ……死んだ主人が飲んどったの。まだ家にごっそり残っとるさかい、たまに私も寝る前に飲んどるだけ。毎日やないから、言うのを忘れとった」

露子さんは「それがどうしたの？」という顔で答える。僕はその場に座り込んでしまった。まさに「隠れた処方」による健康被害だ。「たまに」と言うが、薬の包装シートの空になった部分を見ると、使用頻度は低くなさそうだ。

高齢者は多くの病気を抱えていることが多く、ほかの病院で処方してもらった薬や、ずっと昔に処方されて残った薬、あるいは家族の薬などを服用し、いつの間にか六剤以上の「多剤処方」となっているケースが少なくない。すると、薬物の相互作用によって健康被害が生じやすいのだ。

「この薬は、いったんお休みしてください。足に力が入らなかったり、体が揺れたりするおそれがあるんです」

「あれま、飲んだらダメやったんか？」

露子さんはいたずらが見つかった子どものように、舌を出した。

睡眠薬を中止してもらってから一週間ほどがたった頃、リハビリ担当者からは「歩行が安定してきた」という報告が上がってきた。訪問ヘルパーからも、以前よりトイレ介助が楽になったと教えられた。露子さん自身も、「このごろ、足の指に力が入る」と喜んでくれている。

白石先生の言った「在宅医療の基本は、とにかく観察よ」という言葉の肝は、これだったのか。転倒事故が起こる前に見つけられてよかった。僕はひそかに安堵《あんど》する。

いつの間にかセミの声が聞こえる季節になっていた。七月上旬、金沢の町は晴れているのに小雨がぱらつく。何かに化かされているような不思議な現象だ。そんな天気雨を目にして麻世ちゃんは、狐の嫁入りだとはしゃぐ。

今日は、まほろば診療所に白石先生が来る日だった。

カンファレンスに入る前に、白石先生は事務室のデスクや棚に飾られたたくさんの水引細工を手に取った。すべて仙川先生の作品だ。

「わずかな期間に、こんなにも？　すごいわね」

カルテの棚の前に立った白石先生が、五色のあわじ結びを目の前に掲げる。雑然とした室内で見慣れてしまった水引だが、手にする人が違うと別物だ。まるでオリンピアの神殿で白いドレス姿の聖女が、小さな五輪マークを光にかざす様にも見える。そういえば、一年遅れの東京オリンピックは開幕まであと二週間余りだ。

「ね、仙川先生」

「ちっともすごくなんか。老人の手なぐさみですよ」

「いえ、そうではなくて……。仙川先生にここまで教え込んだ露子さんがすごいって意味です。ごめんなさい」

こちらをくるりと振り返り、白石先生がいたずらっ子のような目で笑う。

「ありゃあ、やられたな」

仙川先生はおどけて舌を出した。

「私もやっと、あわじ結びができるようになりました。今は梅結びに挑戦してます」

麻世ちゃんの言葉に、白石先生が身を乗り出してくる。

「梅結び？　おにぎりみたいでおいしそう。野呂先生も作れるの？」

「はい。僕、意外に器用だって気付きました」

「野呂っちが器用？　ちょっと先にあわじ結びができただけなのに！　しかも二本取り」

麻世ちゃんの抗議は容赦がない。白石先生はクスクスと笑った。

「随分楽しそうね。それで、肝心の大元露子さんのご体調は？」

「『隠れ処方』となっていた睡眠薬を中止したら足腰もしっかりしてきて順調です。娘さんは同居して介護したいと言っているのですが、本人が受け入れません。ちょっと宙ぶらりんな状況で、そこをどうしたらいいのか……」

僕は、露子さんの家族状況についてこぼした。白石先生が、少し考えるような表情になる。

「野呂先生。患者には介護を受けるのを強制されない権利もあるのよ」

予想もしない答えだった。

「介護を受けるのを強制されない権利……ですか」

白石先生の言葉を麻世ちゃんが繰り返す。僕にとっても初めて聞く概念だ。

白石先生は、壁際に置かれたホワイトボードを引き寄せた。

「そう。人は誰でも、介護に関して四つの権利を持っている——ある社会学者の説よ」

白石先生は、ホワイトボードに①から④までの数字を書く。そして、一行ずつ書き込んでいった。

①介護を受ける権利

②介護を行う権利

③介護を受けるのを強制されない権利

④介護を行うのを強制されない権利

「一つ目は、『介護を受ける権利』。年老いた親が息子や娘に介護してもらうケースや、事故で障害を負った妻が夫の介護を受けるといったケース。介護に関する権利という点では、一般に最も理解が得られやすい考えね」

介護に関して、極めてオーソドックスなイメージだ。

「補足すると、この第一の権利を社会全体で支えることを目指して二〇〇〇年に創設されたのが、介護保険制度ね」

白石先生の指が、次の行に移る。

「二つ目は、『介護を行う権利』。親の介護で他人は勝手に手を出すことはできないけれど、家族は介護をする権利がある、というもの」

「介護をする義務じゃなくて、権利なんですか」

少し混乱した。介護と言えば、家族の義務というイメージが強かった。

「そう、権利なの。野呂君、今は義務のことを忘れて」

そう言われて改めて②を見直す。確かに、身内のことをあれこれとケアできるのは、家族の権利なのだという考えも納得できる。

「そして、三つ目に『介護を受けるのを強制されない権利』がある。誰もが介護を受けたいと願っているわけではない。できる限り一人で生きていきたいという気持ちもまた、当然のこととして認められるべきね」

なるほど――他者に介護されることを拒否するのも、正当な権利であるというのか。

「露子さんの気持ちは、まさにこれですね！」

麻世ちゃんが小さく叫ぶ。

「その通り。どちらかと言えば新しい感覚かもしれないわね」

白石先生が満足そうにうなずいた。

「最後に、『介護を行うのを強制されない権利』があるとされる。これは、たとえ同じ家に暮らしていたとしても、親の介護を子に強いるのは間違っている、といった意味になるわね」

突然、僕の体に衝撃が走った。目の前が揺れるようだった。

介護を行うのを強制されない権利――そんな権利があるとは考えたこともなかった。介護拒否は、家族の身勝手だと思い込んでいた。高校に入った頃から、東京の実家で母とともに祖母の介護に追われた生活を思い返す。見えない檻《おり》の中で、やらなければならない介護という「仕事」が、いつも山のように積まれていた。僕は自分自身のことを考えられない状況に麻痺《まひ》していた。介護は家族の義務だから逃れることはできない、と思っていた。

「介護を行うのを強制されない権利か――」

介護という言葉を何度も口にしたせいか、徐々に息苦しくなってくる。普段は思い出さないようにしていたのに。こんなに何度も耳にすると、過去の記憶にスイッチが入ってしまう。


その日の昼食時、まほろば診療所の事務室で突然アラーム音が鳴り響いた。食べかけの弁当を脇にどけてモニターを見る。発信元は露子さんのウェアラブル端末だった。

「え？　心拍数三〇〇って、何これ……」

安静時の心拍数は六〇から一〇〇くらい。三〇〇に達せば心臓は震えているだけで、ポンプとしての機能を果たせない。つまり、死に直結する。

「すぐ行こう！」と僕は叫んだ。

麻世ちゃんの顔から血の気がうせる。自動体外式除細動器《AED》を胸に抱えて、泣きそうな声を出した。

「きっと、何かの間違いよ」

何かの間違いなら、それでいい。笑い話になるだけだ。やっぱり遠隔モニターだけでは当てになりませんね、と頭を下げればいい。

診療所を出るとき、アラームの音が変化した。まさか、心停止？

とにかく車を飛ばす。しかし、こんなときに限って信号に引っかかり、なかなか十字路を越えられない。ハンドルを握る手に力がこもる。露子さんの家の前に到着した瞬間、麻世ちゃんが転がり落ちるように車を降りた。

部屋に上がったとたん、床の上に露子さんが倒れているのが目に入った。すっかり脱力している。

「露子さん！」

返事はない。頸動脈《けいどうみゃく》に手を当てた。拍動を触れない。呼吸もしていなかった。すぐに心臓マッサージを開始する。その合間を縫って、麻世ちゃんがＡＥＤの電極を露子さんの胸に貼り付けた。いったん心臓マッサージを中断し、ＡＥＤの解析ボタンを押す。

――電気ショックは不要です――

非情なアナウンスが流れた。ＡＥＤでは救えない状態になっている、ということだ。おそらく心室細動から心静止へ――ＡＥＤによる処置が有効な時間は過ぎ、心臓が完全に止まった状態へ移行してしまったのだろう。

心臓マッサージを再開する。ＡＥＤが使えない以上、心臓のポンプ機能を維持させるには胸骨を圧迫し続けるしかない。さらに、心臓に刺激を与える強心剤を打つのだ。万が一でも拍動が戻るのを期待して。

「ボスミン！」

そのとき、テーブルの上に置かれたままだったタブレット端末が鳴った。電話アプリの着信音だ。

「もういい――中止しなさい」

仙川先生の声がした。

「まだ蘇生中です！」

麻世ちゃんが半泣きで応答する。僕もあきらめきれなかった。

「早く、早くボスミンを！」

心臓マッサージを続け、ボスミンを打つ。けれど、露子さんの心臓はピクリとも反応しなかった。汗が顔に流れ、目にしみる。

「野呂先生、それで十分だ」

仙川先生が静かに、けれどきっぱりと蘇生停止を宣言した。

「こっちでウェアラブル端末のデータをモニターし続けた。二人が診療所を出てすぐに心拍が消え、酸素飽和度も低下して測定不能になった。そこから時間にして十分が経過している。もはや脳死状態だ」

「野呂っち……」

弱々しく肩をたたかれ、我に返る。麻世ちゃんが首を左右に振っていた。これ以上は自己満足だ、と諭された思いだった。

救えなかった――。認めたくはないが、目の前の現実は動かせなかった。

露子さんの体からそっと手を離す。

左手首に巻かれたウェアラブル端末が目に入った。

「これがあると安心ですよ」と言いながら、得意げにデバイスをつけてあげた日を思い出す。腕時計の形をした端末は、今も時を刻んでいた。申し訳ないような、いたたまれない気持ちになる。

「お母さん！」

部屋に飛び込んできた美沙子さんが、露子さんの腕に触れ、体を抱くように覆いかぶさった。

「お母さん、お母さん、お母さん！」

しばらくして、涙でくしゃくしゃになった顔を上げた。

「ありがとうございました。母の思い通りにしてくださって……」

驚いた。患者さんが亡くなったときに感謝されたのは初めてだった。「お世話になりました」という言葉はよくもらう。けれど、こんなふうにお礼を言われたことはなかった。

「ほんと、金沢はよく降るなあ」

露子さんの葬儀の日は朝から雨だった。

医師は普通、患者の葬儀に参列しない。けれど露子さんはまほろばの医師になった僕が初めて看取《みと》った患者だった。対面でお別れをしたかった。

コロナ禍で、葬儀はどこでも簡略化されている。お酒やお清めの席はもとより、通夜や葬儀そのものを見送るケースが増えていた。「直葬」という、式を営まずに火葬のみを行う簡素なスタイルも多い。美沙子さんによると、市民斎場を会場に選んだ露子さんのお葬式も、小さな祭壇を前にごく少数の列席を待つとのことだった。

ところが、葬儀場の外には予想外の風景が広がっていた。傘を差した参列者が大勢、たたずんでいる。年齢はさまざまだが、ほとんどが女性。前後を一メートル空け、先の見えない静かな列をなしていた。全員が水引を手にしている。露子さんの水引教室の生徒のようだ。

長い列の先にたどり着いた棺《ひつぎ》の中は、無数の水引で埋め尽くされていた。

お別れの挨拶で数人がマイクを握った。皆が口をそろえて言うのは、「露子先生と水引に育ててもらった」という言葉だった。

「露子先生は、どんな結び方の水引も否定されませんでした」

若い生徒は、そう言って声を詰まらせた。

「うまく結べなくて落ち込んでいたとき、自分のペースでいいって。人と人とを結ぶための水引なんだから、喜んでもらえればどんな結び方でもいいって……」

それからは、うまい下手ではなく喜んでもらうことだけを考えるようになったという。

年配の女性は、「どんな作品も、思った通りの結び方でいい、誰のまねもしなくていい。それが自分らしく生きるということだ——と教えていただきました。毎年、干支《えと》にちなんだ水引クラフトの手ほどきを受け、生徒はみんな十二支を作り上げるのを目標にしていますが、私は二回り目に入っていました」と語った。

布のヘアキャップをかぶった女性は、「私自身の結婚式、父の葬儀、乳癌《にゅうがん》手術のお見舞い……。そのたびに露子先生からお手製の水引をかけた熨斗袋《のし》をいただきました。普通の蝶結《ちょう》びではなく、一度結んだら二度とほどけない『結び切り』の水引。先生のあたたかい祈りが感じられて、今でも私の宝物です」と涙ながらに語った。

出棺の直前、美沙子さんが露子さんの棺に取りすがった。

「お母さん！」

普段は穏やかで冷静な彼女からは考えられない姿だった。いつまでも離れようとしないその様子に、僕はこみ上げるものを抑えきれなかった。

葬儀から三日後の昼下がり。美沙子さんがまほろば診療所にやって来た。窓辺は夏の日差しに満たされていた。

「親孝行もできないまま、母は逝ってしまいました。でも唯一、母のためにまほろば診療所を見つけたことは感謝してもらえたかなと。本当にありがとうございました」

仙川先生とともに、僕たちは静かに頭を下げる。

「お母様は思い通り、一人で生ききった。その思いを支えてあげたのはあなたです。十分に親孝行だったと思いますよ」

美沙子さんがふわりとした笑顔を見せた。

「実は私、亡くなる前の週に、母とＺｏｏｍしたんです。放課後、勤務先の教員室から、今後のことを話そうって。でも、『定年の少し前に学校を辞めるだけだから、お母さんは何も遠慮しなくていい』と私が同居を持ちかけても、母は聞こうとしません。いつものように、『あんたの時間を奪いたない』と言うばかりで。そのうちに会話が途切れて、二人とも長いこと黙り込んでしまった……」

寂しそうに視線を落とす。

「そんなとき、隣の音楽室で吹奏楽部の部員たちが練習を始める大きな音が流れてきました。それが聞こえたんでしょう。母は、『美沙子の時間を奪いたないっていうのは、あんたの教え子のためでもあるがや』と。私が部活の顧問を務めているのを母は知っていたんです。『ほら、美沙子は早くあの子たちのところへ行くまっし』――それが最後の会話になってしまいました」

仙川先生は、美沙子さんに向かってうんうんとうなずく。

「最後に、母の気持ちが分かってよかったです。母は、私と私の仕事のことを本当に尊重してくれていたのですね」

美沙子さんは、晴れやかな表情を向けてきた。

「いい会話ができましたね。でも、これだけはお母様に見てもらいたかったな」

仙川先生が机の引き出しを開けた。中から六本取りの大きな梅結びが出てくる。

「私もそれ、やっとできるようになったのに」

麻世ちゃんの言葉にも悲しみがにじんでいる。

「私も、なんです。初めて挑戦してみたのですけど……」

なんと美沙子さんまでもが、自作の水引を取り出した。紅白の水引が滑らかに交差し、中央で無限大「∞」の形を見せている。美しいあわじ結びだった。

「仙川先生とのオンライン講座にこっそり参加してくださっていましたもんね」

露子さんの様子を見守っていただけでなく、一緒に水引を作っていたのか。

「あのですね、実は僕も……」

いびつな形の梅結びをズボンのポケットから出して見せる。美沙子さんが声を立てて笑った。

「母の影響力って、ほんとにすごかった……」

しばらく笑い続けた美沙子さんは、やがて両手で顔を覆った。

「もう会えないなんて、信じられないです。同居したいと思ったのは、むしろ私の方が母に支えられたかったのかもしれません」

無限大の水引は、彼女の手帳の中にしまわれた。ちらりと見えたページには、美沙子さんの仕事の充実ぶりをうかがわせるいくつもの予定が美しい文字で書き込まれていた。

翌日の空も、すっきりと晴れ渡っていた。久しぶりにバーＳＴＡＴＩＯＮで食事する。まん延防止等重点措置の解除で外食の自由度は少し増した。ただ、いつまた状況が悪化するか分からない。

東京の感染拡大が止まらないというニュースが流れていた。今月二十三日にはオリンピックの開会式があるが、町にお祭り気分はない。

「バーSTATIONの存続を応援して、カンパオ！」

モンゴルの移動式住居を模した店内で、仙川先生が皿を持ち上げる。コロナ禍で、乾杯の代わりに皆で中華まんじゅう——包子《パオズ》を食べるのが先生のお気に入りになっていた。食べていないときはマスクをし、大声は出さない、窓とドアを開けて換気をし、ディスタンスを取って……。

話題はいつしか露子さんのことに移った。

「振り返ってみると、新しい親子の絆《きずな》の結び方を教えてもらったのかもしれんなあ」

仙川先生がしみじみとした声で言う。

「野呂先生は、露子さんにも美沙子さんにも満足してもらえたね」

気恥ずかしさとうれしさが満ちてくる。

「はい、ありがとうございます」

患者さんと家族、双方の思いに沿った医療——。簡単ではないが、常に考えていたい。

カウンターに黄色い花が飾られていた。

「あれ、それって水引細工ですよね？」

薄暗い店内で、本物と見間違えそうになる。

「露子さんの遺作だよ」

仙川先生が、自分の正面に置き直した。

「美沙子さんが届けてくれたんだ。水仙は、水引が好きな仙川先生にぴったりだって」

「水」引の「仙」川というシャレですかと言いたかったが、突っ込まないでおく。今、何か言葉を出せば泣いてしまいそうだったから。

翌日の地元紙には、「『水引の母』よ、安らかに」と題された大きな署名記事が掲載された。露子さんの作品の数々を紹介し、笑顔の写真が添えられている。記者の名前は有森勇樹《ありもりゆうき》と記されていた。

第二章　ゴリの家

診察室の外から、とがったセミの声が突き刺さってくる。後になればなるほど強くなるクレッシェンドの鋭い音色。それは何かに追い立てられるように繰り返され、暑苦しい夏を予感させる。

僕がこの町に来て、いつの間にか三か月がたとうとしていた。

「次の患者さんをお呼びしますね」

新しいカルテが目の前に置かれる。岩間《いわま》七栄《ななえ》さん、八十歳。初めての患者さんだった。診察前アンケートの「本日のお困りごと」欄には、「呆《ぼ》け」と書き込まれている。

高齢の女性が、麻世ちゃんに手を引かれて入ってきた。

「岩間さん、こちらへどうぞ。野呂先生ですよ」

患者用の椅子に座った七栄さんは、穏やかな笑顔で頭をちょっと下げる。傍らに付き添いの中年男性が立っていた。二人とも布と不織布のマスクを二重にしている。コロナ禍で珍しくなくなった来診スタイルだ。

「今日は、いかがされましたか？」

まずは患者さんと話をする。患者さん自身が受診をどう捉えているかを知るためだ。

「え？　私、何で来たんかねぇ。息子に無理やり連れてこられたがや」

後方の椅子に腰かけた男性は、苦笑いした。

「お体の具合はいかがですか？」

「膝が痛うて……」

七栄さんは膝頭を両手でさする。そこで男性が「あの、すみません」と、じれた様子で口を挟んできた。

「おふくろが呆けちゃいまして。面倒見きれないんです」

ストレートな表現にぎくりとする。僕は反射的に七栄さんへ目をやった。

古いガラス窓から差し込む光が、額や頰にまだら模様の影を落としていた。背中を丸めた七栄さんは、うっすらとしたほほ笑みを崩さない。高齢の母親の耳には、息子の声が届かなかったようだ。二重マスクで声がこもり気味だからかもしれない。

「私、宅配便のドライバーをしているんですけど、おふくろからの電話が多くて仕事にならないんですよ」

息子の哲也《てつや》さんは、七栄さんが八十歳だから五十代半ばか。中肉中背の、温厚を絵に描いたような風貌の男性だった。話し方にも落ち着きがある。ただ、その言葉からは疲労感が滴《したた》り落ちてくるようだった。

「電話、ですか。どのくらいの頻度でしょう？」

哲也さんはポケットをまさぐる。スマホを取り出して、画面を示した。

「こんな感じ、です」

着信履歴には、「母」という字がずらりと並んでいた。一日に五十件はあるという。

「最初の頃は、何かあったんじゃないかと思って電話に出ていました。でも、それがくだらない用事ばかりなんです。テレビのリモコンが故障したとか、洗濯機が動かない、今日は何時に帰ってくるのか、といったような。しかも三分前に教えたばっかりなのに、またかけてきて。もう母親の電話には出ないことにしてるんですが」

七栄さんは驚いた様子で息子の顔を見た。

「私、ほんなに電話しとる？」

哲也さんは、あきれた表情になった。

「……しとるよ」

「嘘ばっかり言わんといて。しとらんわいね」

七栄さんの口調が厳しくなる。

「しとるって。ほら！」

哲也さんも声が大きくなった。親子げんかになりそうだ。

「すみません、では別の質問です」

僕は問診を続ける。聞き取りの対象は、親と子の双方だ。

「物忘れの症状はいつごろからでしょうか？」

哲也さんは少し考えるように顔を上げた。

「忘れっぽいのは、だいぶん前からです」

七栄さんの目がまた細くなる。

「私、ほんなに忘れとらんよ！」

「えーと、五年前？」

母親は抗議の声を上げるものの、息子はそれを無視する戦術に出た。僕も、ひとまずは家族の訴えに耳を傾けることにする。

「いや、五年よりもっと前かな。年も年だし、こんなものだと思っていたんです。それが、今年に入って急にひどくなりまして。一か月前から電話の回数が異常で、さすがにこれはおかしいなと」

〈五年前に発症した認知症疑い。半年ほど前より増悪傾向あり。一か月前より、息子への電話が頻回となる〉

僕はカルテにそう記入した。

デスクの左端に手を伸ばし、レターケースから「改訂　長谷川式簡易知能評価スケール」と書かれた認知症診断用の検査用紙を取り出した。その際、年季の入った診察椅子が、キイと耳障りな音を立てる。七栄さんが顔をしかめて耳を押さえた。

「ああ、すみません。うるさかったですね」

「油が切れとるがでないかいね？　うちの自転車と同じや」

七栄さんはそう言って笑った。遠慮のないストレートな言い方だが、会話は成立する。もう少し対話を重ね、自然な形で検査に入ろう。

「岩間さん、下のお名前を教えていただけますか？」

「はい？」

七栄さんは、目をしばたたかせる。

「名前だよ。母ちゃんの名前を教えてくれって」

哲也さんが小声でささやく。

「ああ、何や、名前け。名前は、い、わ、ま、な、な、え」

一文字ずつ区切るような言い方をした。

「七栄さんですか。ありがとうございました。ところで今日は、どうしていらっしゃったんですか？」

「どうして？　そういえば私、何で来たがかね。息子に無理やり連れてこられたがや」

記憶障害についての自覚はなさそうだ。

「そうですか。お体の具合でお困りのことはありませんか？　物忘れをしやすいとか……」

「そうね、ちょっと腰が痛いわね」

さっきは膝と言ったのに、今度の訴えは違う部位だった。こうした現象は認知症患者にしばしば見られる。僕は、先ほど取り出した検査用紙に患者の名前を書き込む。

「じゃあ、簡単な質問をしますね。息子さんに聞かないで、一人で答えてくださいね」

「はいはい、聞いたらダメながやね」

七栄さんは背筋を伸ばし、両手を膝の上にそろえた。

「ご年齢は？」

「はい？」

「お年は、何歳ですか？」

僕が問い直しても、七栄さんは反応しない。直後に哲也さんが言い添える。

「だから母ちゃん、何歳になったかって」

七栄さんはようやく反応した。

「ああ、年ね！　ええと、いくつになったんかな。昭和十六年三月十二日生まれ。先生、計算しといてたいま！」

認知機能の程度をより正確に把握するため、少しだけ追い詰める。

「すみません、僕も計算が苦手で。だいたい何歳くらいでしたっけ？」

「うーん、六十歳くらい？　あれ、七十になったんやったかな？」

七栄さんは、ちらりと息子を振り返った。

「母ちゃん、サバ読みすぎや」と哲也さんが苦笑する。

「分かりました。では、年齢はそのくらいということで。次の質問です。今日は何月何日か、分かりますか」

七栄さんはキョトンとした。

「母ちゃん、今日の日付だよ、何月何日かって」

「ああ、日付！　私、そういうのは昔っから全然、気にせんがや！」

同じ質問でも、なぜか哲也さんの言葉なら通じる。家族の声やイントネーションは頭に入っていきやすいのか。岩間さん親子に限らず、よく見られる現象だ。

診察室の壁にはカレンダーが三か月分見えるように掛かっているが、七栄さんは目を向けようともしなかった。

さらに検査を進める。百から七を順番に引いていく計算問題や、三つの単語を復唱してもらう即時記憶、思いつく野菜の名前を十挙げてもらう語想起、鉛筆やカギなど五つの品物を見せて隠し、思い出してもらう視覚記憶力などをチェックした。

すべての質問が終了し、点数を計算する。三十点満点のところ、九点しか取れていなかった。二十点以下は認知症が疑われ、十点未満は高度と考えられる。

検査結果を踏まえて哲也さんの訴えを振り返ると、困りごとの実態が見えてきた。

「テレビのリモコンが故障した」「洗濯機が動かない」などと言って助けを求めるのは、リモコンや洗濯機の操作の仕方が分からなくなっているのだろう。

「今日は何時に帰ってくるのか」と哲也さんに何度も電話をかけるのも、少し前に聞いたことを忘れてしまう短期の記憶障害によるものだ。

七栄さんは、重度の認知症だった。

「検査、どんな感じでしょう？」

哲也さんが心配そうな目を向けてくる。

「体調などによってもスコアは変動しますけど、厳しいです。血液検査や頭部の磁気共鳴画像検査《MRI》を受けていただいて最終的に判断しますが、進行したアルツハイマー型認知症だと思われます」

あえて早口で専門用語も交えて哲也さんに結果を伝える。七栄さんに聞き取られないようにするためだ。

「やっぱり……」

哲也さんは母親から目をそむけ、天を仰いだ。七栄さんの表情は変わらない。

直後に哲也さんが大きな声を上げた。

「ほらあ、マスクを外したらダメやって、何回言うたら分かるがや！」

いつの間にか七栄さんがマスクを口からずらしていた。気付いた哲也さんがそれを乱暴な手つきで戻す。いきなり息子に鼻先を触られた七栄さんは、おびえたように目をぎゅっと閉じる。けれどそれは一瞬のことで、七栄さんはすぐに穏やかな顔つきに戻った。

アルツハイマー型認知症の治療薬としては、「アリセプト」の商品名で知られるドネペジル塩酸塩が広く使われている。これは、脳内の神経が互いに連絡し合うときに必要な化学物質アセチルコリンを増加させ、脳の神経細胞の活動を高める働きがある薬だ。中等度までの患者さんなら、症状が進むのを遅らせる効果が期待できる。ただ、病気そのものの進行を止める薬ではない。その意味では、残念ながらアルツハイマー型認知症の特効薬はないと言える。

　認知症が重度になればなるほど効果は乏しくなり、副作用が目立つケースも少なくない。不眠や下痢、食欲低下のほか、薬で脳神経の活動が高まることによってイライラ、不安、怒りといった興奮性の感情が強まるおそれがある。あらゆる薬について言えることだが、メリットとデメリットを天秤《てんびん》にかけつつ、処方するかどうかを決定しなければならない。

　重い認知症の症状が出ている七栄さんの場合、薬の服用で効果が得られるかどうかは心もとない。一方で、副作用として覚悟しなければならない不安症状は、すでに息子が悲鳴を上げるほどの状態に達している。

　七栄さんにはドネペジル塩酸塩は使いづらい――。今後の治療方針を立てるにあたり、僕はそんなふうに考えた。

「認知症の進行を遅らせる薬はあるのですが、不眠や焦燥感などが増す副作用もあります。お母様の場合は薬に頼らず、介護保険のサービスを利用して生活援助を手厚くするのがいいと思うのですが」

「そうですね、眠れなくなるのは困ります。やれることは生活援助を手厚く、ですか……」

　哲也さんは、途方に暮れた様子でため息をつく。

「要介護認定は受けていますか？　手続きを進めて、デイサービスや施設への入所を検討してはいかがでしょう」

　哲也さんは、「ああ……」とうなだれた。

「何か問題でも？」

しばし沈黙があった。

「……そういうの、おふくろは嫌がるんですよ」

自分に言い聞かせるような調子だった。

「ただ私としては、おふくろが、もうちょっと眠ってくれれば助かります。夜中にトイレで何度も起こされますので、薬でも使って……」

哲也さんは手で目を覆った。診察室に入ってきたときに感じた疲労の影が、その体全体に広がって見える。介護負担は相当に重いと思われた。

僕としても、七栄さんにしっかり眠ってもらう道筋はつけたい。ただし、足腰がふらつくような睡眠薬では、哲也さんの目が届かないときに転倒し、骨折する可能性がある。

「軽いお薬から試してみましょう。ふらつきが起きにくいタイプの睡眠薬です」

脳の、体内時計をつかさどる部分に作用する睡眠薬を一週間分、処方した。


この日、午前中に外来を訪れた患者は七人だった。

まほろば診療所は、これまで他院からの紹介患者に対して訪問診療を行う運営方法をとっていた。今年の四月からはそれを変更し、週に三日を外来診療の日と定めている。外来業務は、仙川先生と僕が担当していた。

先週の症例検討会《カンファレンス》のあと、白石先生からは「在宅の患者さんからも、外来受診の患者さんからも、医師が教えられることは数えきれないほどある。さまざまな局面でさまざまな患者さんを診ることで、野呂君は経験を積みなさいね」と励まされた。「心配しなくて大丈夫。仙川先生には、野呂君を支援するようにお願いしたから」とも。

けれど仙川先生は今日、県のコロナ対策専門家会議に参考人として招かれて不在だった。相談したいケースがある日に限って、こうなる。

「やっぱり、初診は大変だ」

サンドイッチを食べつつ、思わずぼやいてしまう。午前中に診療した七人のうち三人が新患だった。初めて診察する患者さんは、「おなじみさん」の五倍くらいの労力を要する。

すでに病状や家族関係が分かっていて、治療方針を立てやすいのがおなじみさん。一方で、初めての患者さんは現在の症状を診るだけでは不十分だ。過去にさかのぼった病歴や治療内容の変遷、さらには家族の援助がどの程度期待できるかといった情報まで必要になる。その先にやっと在宅診療の可否が見えてくる。

「……にしても、あの親子、大丈夫ですかね？」

そう言いながら麻世ちゃんが手作り弁当の包みを開ける。岩間さんのことだ。

「認知症はかなり進んでいる。よく今まで息子さんと二人だけで暮らしてきたものだよ」

「現実的に、施設しかないと思うんですけど」

「でも施設入所の提案、息子さんはまったく受け入れる気はなさそうだったなあ」

きっと母思いの息子なのだろう。自分一人で介護を担うことを前提に、七栄さんの不眠治療をリクエストしてきた。けれど、睡眠リズムはそう簡単に改善するものではない。うまくいかないと哲也さんの睡眠不足が蓄積し、親子共倒れになりかねない。

「息子さん、お母さんのマスクをつけ直すとき、なんかイライラしていた。七栄さんがかわいそうだったな」

麻世ちゃんが思い出したように言う。

追い詰められているのだろう。あるいは母親の認知症の症状に、やるせない思いを抱いているのかもしれない
「息子さん一人じゃ無理だよね。もっと強く施設をすすめたら？」

麻世ちゃんに言われるまでもなく、そうするつもりだった。


初診の翌週、麻世ちゃんとともに七栄さんの家へ向かう。この日なら、息子の哲也さんも仕事を休めると言ったからだ。

場所は本多《ほんだ》町《まち》、兼六園《けんろくえん》と本多の森公園の南西側にある町だった。加賀大学医学部附属病院や加賀医療センターも近く、多くの医療機関にアクセスしやすい場所だ。

訪問診療車のハンドルを握っていると、どこからともなくセミの声に包まれる。

出がけに仙川先生から「本多町はセミの名所だよ」と聞いていたが、本当にその通りだ。

環境省の定める「残したい日本の音風景100選」に、金沢からは「本多の森の蟬時雨《せみしぐれ》」がリストアップされているのだという。札幌市「時計台の鐘」や十和田《とわだ》市「奥入瀬《おいらせ》の渓流」、

徳島市「阿波踊《あわ》り」などと肩を並べる自然・文化遺産ということだ。

「四月のハルゼミから九月のチッチゼミまで、セミの種類で季節の移ろいが分かる。何しろ金沢は、里山みたいな町だからねえ」と、仙川先生は自慢げに語っていた。

教えられた森の脇を走る。セミの声が、車の中にまでシャワーのように降り注いでくる。聞こえる鳴き声は、アブラゼミとミンミンゼミ。こんなに自己主張する昆虫はほかにない。

森から工業高校の側へ出た。その一角にパークハイツという名前の古いアパートがある。一階の三号室が親子の住居だった。時刻は午後二時。インターホンを押すと、家の中から哲也さんの声がした。

「開いてますからー、勝手にどうぞー」

少し塗装の落ちた木製のドアを開け、麻世ちゃんが「まほろばでーす」と慣れた調子で上がっていく。いつものように僕もその動きに従った。

何だろう。部屋の中が少し生臭い。哲也さんは、リビングの隅で腰をかがめ、何かの作業中だった。

「やっと水換えが済んだところなんですよ。ちょっと手を洗ってきます」

プラスチックケースがいくつか並んでいた。水槽のようだ。ただ、一見したところ、魚の姿は見えない。

七栄さんはソファーに腰かけ、うたた寝をしていた。

「おい、母ちゃん。先生だよっ」

「はわわ」

おかしな声とともに七栄さんが目を開ける。普段から、こんなふうにウトウトしながら過ごしているのか。そうであれば、夜中に目が覚めてしまうのも当然だ。

「七栄さん、こんにちは。今から血圧を測りますね！」

麻世ちゃんが血圧計のマンシェットを巻く。七栄さんは腕を差し出した姿勢のまま、再び目を閉じてしまった。洗面所から戻ってきた哲也さんが、母親の肩を遠慮なくたたいた。

「母ちゃん、起きんかいや」

七栄さんはまた驚いたように目を開ける。

「ごはん、か？」

哲也さんは顔をゆがめて舌打ちした。

「さっき食べたばっかりやろ」

「食べとらん」

「いいさかいに、先に診察してもらおう。……このところ、おふくろは食べてばっかりなんですよ。昨日も夜中にお菓子をめちゃめちゃ食べて」

小さなため息が哲也さんの口から漏れた。

「日中はいつもこんな感じで眠ってらっしゃるんでしょうか？」

「そうですね。私がいる日はいつもこんな感じなので、ほかの日もそうだと思います。なるべく起きてテレビでも見ろって言ってるんですけどね……」

生活リズムがおかしくなっている。

「で、午後に目を覚ますと、まずは私に電話してくるんです。電話するか、眠っているか。なぜでしょうね」

またも哲也さんは、「ふぅ」と息を吐く。

「お母様は昼間に眠っているせいで、夜中に目がさえてしまうのでは……」

年を取ると一般に睡眠が浅くなり、夜間の中途覚醒や早朝覚醒が増える。さらに、自分のいる場所や時間が分からなくなる認知症の見当識障害も、睡眠を妨げる要因となる。高齢者はとりわけ正しい生活リズムの維持が重要だ。

「昼夜の活動のメリハリをつけると、夜はもっと眠ってくれると思いますよ」

「まあ、そうなんでしょうけれど……」

腕組みをした哲也さんは、僕の説明にうなずきながらも、納得しきれない様子だった。

「でも先生、最近はそれだけじゃないんです」

哲也さんの訴えが続いた。

「通帳をどこに置いたのかって、何度も聞いてくるんですよ」

「預金通帳ですか……」

「ゆうべは特に大変でした。『明日の朝になれば教える』ってかわそうとしたら怒り出してしまって。仕方がないのでテーブルの上に出しておいたんです。なのにその後も『通帳は？』と尋ねるから、テーブルだって答えたら、ないって。そんなばかなと思って確かめてみると、本当に消えていましてね。私も眠れなくなって、家中を捜しまくったんです」

「大変！　それで、通帳は見つかったんですか？」

少しオーバーなリアクションで麻世ちゃんが先を促す。

「結局、おふくろの枕の下にありました。さすがに腹が立ちましたよ」

哲也さんは目をこすり、大きなあくびをした。

「それはつらいですね」

「ええ。今日は休みを取っておいてよかったです。魚の世話もできますし」

先ほどの水槽を見て口元をゆるめる。哲也さんが時間をかけて世話をしたいのは、魚の方なのか。

「かわいいやつなんですよ」

その言葉に誘われて、僕と麻世ちゃんも水の中をのぞき込む。だが、大きめの敷石が並べられ、緑色の水草が細かな気泡とともに揺れているのが見えるばかりだった。

「どこ……に？」

「石の上で、じっとしている黒っぽいの、分かりませんか」

「あっ、いた！」

麻世ちゃんが叫んだ。それと同時に、水草の根元がわずかに動き、十センチほどの暗い色の魚が現れる。

「わっ！」

僕は思わずのけぞった。だまし絵の中に突如、不気味な魚を見いだした思いだ。魚は目が飛び出て唇が厚い。体には墨を散らしたような斑紋が浮かんでいる。グロテスクな迫力があった。大きなヒレを下ろし、石の上で休んでいるようだ。

「ゴリ、です」

哲也さんの声は、どこか誇らしげだった。

「ゴリ？」

聞いたことがない。

「カジカ科の淡水魚です。私が子どもの頃は、犀川《さいがわ》でよく釣れたんですよ」

哲也さんは、生き生きとした顔になった。

「やだ、野呂先生。ゴリも知らないの？」

「え？　初めて聞いたけど……」

麻世ちゃんによると、金沢では有名な魚らしい。

「確か、野呂先生の家の近くにもゴリ料理の店があったはずよ」

「へえ。これ、食べられるんですか」

哲也さんは顔をくしゃっとさせて笑った。不用意な反応をしてしまったか。

「もともと金沢の郷土料理で、刺身にしてもフライにしても、うまいんです。今では高級食材ですが、佃煮《つくだに》なら市場ですぐに手に入りますよ」

そう言われたものの、あまり食指は動かない。

「よその町で子どもがセミやカブトムシを捕りに森へ行くとしたら、こっちの子どもは川でゴリ釣りでした。釘をおもりにして、ゴリがいそうな場所にそっと釣り針を下ろすんです。ちょっとだけ上下に揺らすと、案外簡単に食いついてくれましてね。手や網で捕まえたこともありました」

哲也さんは、楽しそうに話し続けた。

「これは、釣り仲間が犀川の上流で捕ったのを分けてもらったものです。ダム湖まで川をさかのぼり、箱眼鏡とタモ網で採取したと。私は今、おふくろの世話に追われて、しばらく橋のたもとにさえ行ってません。このままだと釣りざおだって腐ってしまいますよ」

哲也さんが乾いた声で笑った。七栄さんの世話で、釣りどころではないのだろう。

「また行けるといいですね」

麻世ちゃんの言葉に、哲也さんの眉がピクリと動く。そして眉間に深いしわが寄った。一体どうやって、と言わんばかりに。

「お母様ですが、日中の覚醒度を上げるためにも、要介護認定を受けてデイサービスを利用できるようにしましょうよ。そうしたら、釣りに行く時間も作れますよ」

麻世ちゃんが、資料を手元に広げた。

「まずはここにある窓口に行って……」

要介護認定を申請する方法について説明を始める。けれど哲也さんはどこか集中できない様子でぼんやりと麻世ちゃんの手元を見ていた。

制度と手続きに関する一通りの説明が終わる。

「ご質問はありませんか？」

哲也さんは力のない表情で、テーブルに肘を乗せた。

「福祉の世話も受けなければ、とは思っています。けれど、私にとっては今夜が心配なんです。即効性と言いますか、今日、すぐにでも強い眠り薬がほしいのですが……」

確かに、哲也さんにとっては常に「今夜」が問題なのだ。それは分かる。だが、強い睡眠薬は足元をふらつかせる副作用が出やすく、転倒すれば骨折に至る可能性もある。それで困るのは足や腰の痛みで苦しむ七栄さんであり、介護負担の増える哲也さんだ。

睡眠薬の使い方は簡単ではない。どんな作用のあるタイプか、持続時間はどれくらいか、補助薬をどう組み合わせるか、などのさまざまな観点から患者さんに合う薬を検討していく。たとえ同じ睡眠薬であっても、効果や副作用の出方は個人差が大きい。体質や病状によっても加減が必要になる。

僕が前回、副作用の出にくい薬を処方した結果、効果は十分でなかったようだ。

心配ごとを訴えて息子を起こしてしまう七栄さんには、もう少し不安や緊張をやわらげる力が強く、寝つきをよくする薬に変更した方が得策かもしれない。

「分かりました。では、前回の薬より強めのタイプにしますね。ただ、薬が効いている間に立ち上がると、足がふらつく可能性もありますので注意が必要です」

「しっかり眠ってくれますか？」

「薬の効き方には個人差があります。しばらく様子を見ましょう」

哲也さんは黙ってうなずく。

「お母様の睡眠障害は、昼寝をし過ぎているのも原因でしょう。ですから、生活習慣の改善も併せて行いましょう」

哲也さんが暗い声になる。

「明日は朝早くから運転の仕事があるんです。おふくろの生活習慣を変えるとか、役所で手続きするとかって、私にとっては気の遠くなる話にしか思えなくて。申し訳ないんですけれど」

何より即効性を求めたい気持ちは分かる。ただ、それとは別に気になるのは、哲也さんが公的サービスの利用について積極的でない点だ。思い起こせば前回も、「そういうの、おふくろは嫌がるんですよ」と言っていた。

「介護サービスを受けるのは、息子さんとしても気が進みませんか？」

ずばり問いかけてみる。哲也さんはハッとした表情になった。

「そうかもしれません。おふくろの状態がそこまでひどいと認めたくない思いもあって……。腰が引けてますよね。そっちも時間を見つけて申し込んでみます」

哲也さんはそう言って、頭を下げた。

七栄さんを訪問した日の三日後は、カンファレンスの日だった。僕は七栄さんの症例を最後に報告した。

なぜ、電話を繰り返すのか。

なぜ、夜になって通帳を捜すのか。

哲也さんのために睡眠薬を強くしていくしかないのか。

白石先生と仙川先生に少しでもヒントをもらいたかった。

「……困ったわね」

白石先生がちょっと顔を曇らせる。急に安心感が満ちてきた。白石先生が一緒に困ってくれたというだけで、何も事態は変わっていないにもかかわらず、半分くらい解決したように感じる。

「で、野呂先生の今の治療は？」

仙川先生に先を促された。

「はい。日中に訪問した際、七栄さんはほとんど居眠りしていました。息子さんの話からも、完全に昼夜逆転しているようでしたので、日中の覚醒度を上げるように生活改善に取り組む予定です。ただ息子さんのリクエストで夜間の睡眠を促すため、睡眠薬を調整して様子を見ています。転倒リスクについては本人と家族に説明し、注意喚起しています」

麻世ちゃんが挙手した。

「あの息子さん、仕事が大変なのは分かるんですけれど……。お母さんをほとんど一日中、放ったらかしにして、さすがにひどくないですか。あそこまで認知症があるのに電話にも出てあげないなんて、ネグレクトですよね？」

ネグレクト——介護放棄。そうか、麻世ちゃんの言う通りなのかもしれない。僕は、自分の危機意識の低さを実感した。

確かに一日の大半をアパートの一室に残されて過ごす七栄さんは、誰にもケアされず、自分の命を守る行動ができているとは言えない状況だ。

七栄さんの状況について、主治医である僕がチェックすべき点はまだまだあった。

食事の準備はできているのか？

薬の管理は大丈夫なのか？

室内に転倒などのリスクはないのか？

過去に事故は起きていないのか？

「その患者さん、子どもだったら児童相談所に通報されてしまうレベルだなあ」

仙川先生も険しい顔を見せる。

「高齢者の場合は、児相に相当する公的な機関がないから、問題は放置されやすい」

「ただね」と、白石先生が話に入ってきた。

「少し視点を変えると、患者さんの別の姿が見えてこないかしら？　私にはその岩間七栄さんが、すごい人だと思えるの」

白石先生は不思議な言い方をした。

「何が、でしょう？」

「だって、息子さんは日中、仕事でほとんど家にいないのよ。つまり七栄さんは重度の認知症を抱えながら、夜間以外はたった一人で生きている。それは本当にすごいことよね。人間の生きる力を感じるわ」

思ってもみない指摘だった。

「で、問題のポイントはここにあるわね。七栄さんは一人で生きるために相当、気を張っていると思う。熱心に繰り返される確認行動は、その反映じゃないかしら」

「確認行動、ですか？」

七栄さんの心理と行動を改めて考える必要がある――と白石先生は言っている。

「大事なことを確認しなきゃって思うのは、正常な心の動きです。でも七栄さんは、短期の記憶が障害されている。そのせいで常に不安に駆られ、何度も確かめてしまう状態になっている。七栄さんにとって息子さんとの電話は命綱だから、つながらないとさらに不安になって、ますますかけてしまうでしょうね。お金についても、自分の生活を守るもの、命にかかわるものという意識が働くから、誰にとっても不安と結びつきやすい。いつでも預金通帳のありかを確認したくなるのも、そのためね」

合理的な見立てだ。つまり七栄さんなりに精一杯、頑張ろうとしているからこそ、哲也さんに電話するのだ。夜になって通帳が気になるのも、暮らしていくため、自分の命を守るための確認行動なのだ。

「生きるための電話と通帳――。七栄さんは懸命に闘っている。単に、夜眠ればいいという問題ではない」

僕は、白石先生に道を示された思いがした。

「野呂先生、その通りなのよ」

白石先生が大きくうなずく。

「つまり……七栄さんを安心させてあげることこそが問題を解決する」

僕は自分の言葉に力を込めた。今後の方向が見えてきた気がする。

「だけど、息子さんはどういう神経してるのかな。七栄さんがぐうぐう眠っているのに、起こしもしないで魚の世話ばっかりして。気分転換したいのは分かるけど」

麻世ちゃんの憤慨は続いている。

「魚の世話って？」

仙川先生が質問した。

「なんか変な名前の魚を飼っているんです。息抜きのためとは思うんですが」

僕が途中から引き受け、できるだけニュートラルに言う。個人の趣味まで否定されるべきではない。

「あれはゴリ。野呂っち、一回食べたら覚えられるよ」

麻世ちゃんが笑う。

「へえ、ゴリか。しばらく食ってないな。あれは揚げがうまくてね。そうそう、以前、連れていってもらったゴリ料理の店ではねえ……」

「仙川先生、その話はあとでゆっくり」

白石先生が軌道修正する。

「まあ、その息子も追い詰められているんだろうね。これからの生活費をどうするか。自分のキャリアはどうなるのか。介護者は介護者で、やり場のない大きな不安を抱え、何かに救いを求めているものだよ」

深いため息が仙川先生の口から漏れた。

「家族には家族の事情があるものよね……」

白石先生が七栄さんのカルテに目を落とし、たった一人の名前が記載された家族欄を指でなぞる。追い詰められる哲也さんの気持ち――僕にはそれが痛いほど理解できた。


高校時代から僕は祖母を介護していた。当時、東京消防庁に勤務していた父と兄は、出動に便利な「待機宿舎」という名の官舎住まいを続け、八王子の実家は、祖母、母、僕の三人暮らしという時期が長かった。祖母のことは好きだったし、母も病気がちだったから、自分が祖母の介護を担うのは当然だと思っていた。

医学部に合格してからも、状況は同じだった。祖母の介護をしつつ、実家から池袋の城北医大に通学した。電車で片道一時間。その間は必ず勉強する、と決めたのがよかったに違いない。試験は順調にクリアできた。

おかしいと思ったのは、将来の専門を決める五年生の後半になった頃だ。同級生は次々に自分の方向性を定めていく。外科系か内科系かをめぐってさんざん迷っていた仲間たちも、希望する診療科と研修先をいつの間にか選び抜いていた。だが、なぜか僕はまったく考えをまとめることができなかった。

その頃、常に僕の頭を占めていたのは介護のことだった。授業と授業の間の休み時間には、冷蔵庫に残っていた食材のストックを思い出しながら、ネットスーパーで食料品を調達しておく。オムツやトイレットペーパー、ティッシュなども同時に頼む。祖母のオムツは一種類では足りない。メーカーによって微妙に異なるサイズをきちんと把握し、昼用と夜用をそれぞれ準備する。オムツの内側に入れて使う尿取りパッドも、夜間の多尿や軟便に対処できるタイプなど、複数の種類を用意する必要があった。

不足している食料品や生活用品は大学の帰り道に買い足し、定時に食事を提供する。歯が悪いうえに、年とともに偏食が目立ってきた祖母の食べられる物はおのずと限られた。毎食、魚や煮物を中心に調理した。

家の中では、いつ祖母に呼ばれるか分からなかった。トイレや食事の介助だけでなく、背中や腰が痛くなったときはマッサージをし、目薬をさし、着替えや歯磨きを手伝った。オムツをしていても排泄の失敗はある。洗濯機の上には、いつも大量の洗い物が順番を待っていた。清潔なタオルは常に足りなかった。隙間時間を使って勉強することはできても、将来の方向性といった大きな考え事はできなかった。

電撃イライラ棒というゲームがある。曲がりくねったワイヤーに触れないよう金属の輪を通すゲームだ。触れてしまえば、電流が走ってゲームオーバーになる。誰かを介護しながらの生活というのは、まさにそれだった。

自分の将来に思いをはせつつ片手間でできるほど、介護は甘いものではない。食事中の誤嚥や浴室での転倒など、ヒヤリとした経験は何度もあった。


「……家族の事情は事情だけど」

白石先生が七栄さんのカルテを閉じる。

「やはり、介護サービスをきちんと申し込みましょう」

白石先生流の、きっぱりとした口調だった。

「七栄さんを守るために、そして介護者である息子さんを守るために。介護者がつぶれてしまわないように支えることは、そのまま患者さんを守ることでもあるのだから」

「はい！」

びっくりするくらい大きな声で麻世ちゃんが反応する。

「野呂君、介護に関する四つの権利を思い出して」

白石先生はホワイトボードの前に立った。
①介護を受ける権利
いつもよりシャープな文字だ。先生の強い意志が伝わってくる。

「患者さんにとっても家族にとっても、最も基本的な権利。岩間七栄さんとご家族のケースでカギとなるポイントは、息子さんに権利を権利として認識してもらうこと。そして、この権利の行使が幸せの道であると認識してもらうこと。野呂君、次の訪問の際には、ご家族と具体的な対話に臨むつもりでね」

新型コロナウイルスの感染者数は、これまでになく増加していた。

明るい材料は、着実に進むワクチン接種だ。金沢では七月末までに高齢者の八割が二回目の接種を終える見込みで、訪問診療の現場は落ち着きを取り戻しつつあった。一方、ワクチン未接種の中年層を中心とした重症者の数は増え続け、コロナ患者を受け入れる病院からは「医療ひっ迫」が伝えられている。感染に弱い患者層の多い集団が先に落ち着く――ワクチンのおかげだが、どこか不思議な現象にも思えた。

この日は、午後から七栄さん宅の訪問が組み込まれていた。

「暑いよお」

マスクをつけた麻世ちゃんが叫ぶ。夏の訪問診療は、車の乗り始めがやっかいだ。エアコンは効きが悪い。しかも、熱のこもった車内を外気で冷やそうにも、窓からは生暖かい風しか入ってこなかった。

「窓を閉めてエアコンにする?」

「うーん。もうすぐ着いちゃうから、このままでいい」

結局、窓を全開にして車を走らせる。間もなく七栄さんたちの住むアパートだ。

「哲也さん、眠れてるといいけど」

僕は思わず吹き出す。

「七栄さんでしょ。麻世ちゃん、暑さでやられた？」

「同じことよ」

なるほど。夜間、七栄さんが眠ってくれれば、いや、眠れないまでも静かに横になっていられれば、哲也さんも休むことができる。そもそも不眠で困っているのは患者さん本人ではなく、家族なのだ。

「そっか。不眠は七栄さんの問題じゃないね」

認知症の患者は、記憶障害をはじめとする「中核症状」が特徴的だが、場合によっては徘《はい》徊《かい》、異食、妄想、幻覚、暴力、不潔などの「周辺症状」を呈する。こうした症状に困惑するのは家族や周囲の関係者であって、患者本人はさほど気にかけていないケースが多い。七栄さんの睡眠障害も同様だ。困っているのは当人でなく周囲の人、という状況も考え合わせた治療計画が必要になる。

「……よろしくお願いします」

哲也さんは眠そうな声で言い、続いて大きなあくびをした。

「お母様、眠れませんでしたか？」

「新しい薬、ボチボチですね。最初の晩はよく眠ったんですけど、次の日からは、効いたり効かなかったりで……まあ、ないよりはマシですけど」

そう話す哲也さんの表情は、前回よりいくぶんか落ち着いて見えた。わずかではあるが、手応えもあったようだ。ただ、介護者にしてみれば期待通りではなかった――というのが正直なところか。

「ところで、市役所へは行かれましたか？」

「はい、行きました」

思いがけない答えだった。あんなに気が進まない様子だったのに。それだけ七栄さんのケアが大変だったに違いない。いずれにしても、これで介護保険によるサービスを利用するための要介護認定を受ける手続きが進められる。先週のカンファレンスで僕たちが確認した新たな方向への第一歩だ。

「よかったです。診療所に書類が届きましたら、すぐに書きますね」

要介護認定の調査は、本人への訪問調査と担当医師が書く意見書の二本立てで行われる。できるだけ早く進むよう協力したかった。

平日の日中、七栄さんがデイリービスへ通うようになれば、哲也さんは安心して自分の仕事に打ち込める。七栄さんの側も、同年代のお年寄りとともにデイサービスで食事やレクリエーションを楽しみ、排泄介助や入浴などのケアを受ければ生活リズムも自然に整ってくるだろう。うまくすれば睡眠薬の量を減らせるかもしれない。

金沢の夏は涼しい、というイメージは大間違いだ。ここに暮らす以前は、「薄暗い日本海側で、冬の寒さは厳しいものの夏は過ごしやすい」と思っていた。ところが、だ。夏の金沢は暑い。風はなく、きれいな青空。日差しは容赦なく照りつけてくる。春はあんなにも雨が降ってくれていたのにと、恨めしいほどだ。

避暑がてら能登の海や山中《やまなか》温泉に行ってみたいが、コロナでとてもそんな状況ではない。何気なしに僕は、ネットの旅行情報サイトでインドネシアのバリ島ツアーを眺めた。外出制限が長引く中、ごく普通の海外旅行の風景が妙に面白く感じられ、ついつい見入ってしまう。

昼過ぎ、暑い時間帯であるのは分かっていたものの、散歩に出てみることにした。せっかくの休日に、部屋にこもって何もせずにいるのももったいない。頭の中は、すっかりオンラインで見た南国だった。ビーチサンダルにTシャツ、半ズボンでアパートを出る。デイパックにはペットボトルのお茶が二本入っている。

浅野川沿いをぶらつき始めた。アパートから最も近い常盤《ときわ》橋に立つ。くすんだピンク色の橋は、卯辰山《うたつやま》を背にしてゆるやかな流れを見せる浅野川と優しくマッチしていた。南国のビーチとは違うけれど、これはこれで、のどかで癒やされる。

さて、どこに行こうかとあてもなく足を運ぶ。卯辰山につながる道は勾配《こうばい》があり、汗だくになりそうだった。

川面に目をやった拍子に、この近くにゴリを提供する加賀料理の店があると聞いたのを思い出した。あんな奇怪千万な姿を見たせいか、口に入れることを考えるとひるんでしまう。でもまあ、ゴリ以外の料理もあるだろう。

店の前に着いた。残念ながら閉まっている。営業時間外なのか、定休日なのかも分からない。ただ、入り口からして立派な日本料理店の構えで、とてもビーチサンダルでふらりと入れる店ではない。

ゴリを食べる決心がつく前だったので、ちょっとほっとした。一方で、それほど食べたかったわけでもないのに、残念な気持ちも募ってくる。

そういえば哲也さんが、市場ではゴリの佃煮を売っていると話していたっけ。

近江町《おうみちょう》市場まではバスに乗ってすぐだった。久しぶりに市場の中を歩く。アーケードも、続く八百屋も魚屋も三年前と変わらないが、閑散としている。

「何探しとるがや？」

魚屋のおじさんに声をかけられた。

「ゴリの佃煮を……」

「珍味か。あっちの店に聞いてみまっし」

言われるがまま、示された小さな店へ行く。そうか、やっぱり珍味なのかと納得しながら。

「すみません、ゴリの佃煮はあり……」

「あるよ。どれにする？」

透明なプラ容器に収められており、量は大中小とあった。

「一番小さいので」

おかみさんが手早く包んでくれる。新聞紙の乾いた音と輪ゴムで留める音にときめいた。

「お兄さん、甘エビの塩辛、食べてみんけ？」

ついでに試食をすすめられる。

「いえ、結構です」

僕は塩辛の類が苦手だ。それに、早くゴリを食べてみたかった。

デイパックにしまうのももどかしく、ゴリの小さな包みを手にしたまま、近江町市場を出た。木陰にあるベンチに腰かけ、アルコール消毒ティッシュを取り出す。コロナ禍になってから、いつも携帯している「新しい日常」だ。指先をしっかりと拭き、準備万端となった。

インクの臭いのする包みを開ける。「極上ごり」というラベルに期待が高まる。容器の底に貼られたシールには、原材料名にゴリのほか、しょうゆ、砂糖、米飴、みりん、米酢、寒天、内容量は百グラムと書かれていた。

蓋《ふた》を取ると、黒っぽいしょうゆ色をした小魚が塊になっていた。思ったよりたくさん入っている。茶わんに軽く一杯分くらいはありそうだ。濃厚なタレでくっつき合う魚群から、一匹だけを引きはがすように指でつまみ取る。小さめの煮干しサイズ。腹の部分がちょっと膨らんでいる。

じっくり見ていると食べられなくなりそうだったので、すぐに口に入れた。甘辛いしょうゆ味が口の中に広がる。予想以上に歯ごたえがあった。かんでいくと、魚はほろりと口の中でほどけてゆき、タレの風味の奥から、かつお節のような淡白な魚の味わいがしみ出てくる。苦みはない。

「うん、いける」

指先をなめた。ペットボトルのお茶を口に含み、もう一度、ゴリをつまむ。今度は数匹まとめて。

「うまい」

いくらでも口に入れられる気がした。汗をかいたせいで、体が塩分を欲しているのだろう。高級な老舗《しにせ》料亭で日本酒とゴリもいいけれど、木陰でお茶とゴリも悪くない、と思う。

しょうゆ味の指をなめつつ、スマホでゴリについて検索してみる。成長したゴリは、川底を歩けるような太い胸ビレを備えている。なるほど、見ようによっては愛嬌《あいきょう》のある顔だ。ペットにしたくなる気持ちも分かるような気がした。


暑さがピークを過ぎた時間帯に、僕たちは七栄さんの家を訪ねた。訪問診療の三回目だ。

その日、七栄さんはぐっすりと眠っていた。僕と麻世ちゃんが声をかけても、いつものようには目を開けてくれない。血圧は一三二の七二、酸素飽和度は九八パーセント。バイタルに問題はなかった。睡眠薬が強すぎたのかもしれない。哲也さんは疲れた表情で母親の寝顔を見下ろしている。

「いつから眠っていますか?」

作業服を着た哲也さんは、「朝からです。もう、やっと静かになったところですよ」と答えた。

「夜は眠れませんでしたか？」

「眠れない、なんてもんじゃありません」

僕は七栄さんの睡眠状態を質問したつもりだったが、哲也さんには意図がきちんと伝わらなかったようだ。

「昨晩なんて、妙な感じがして目を開けたら、母が私の寝顔をのぞき込んでいたんです。それだけでも驚くのに、深刻な顔で『父さんはどこに行ったのか』と言い出して。親父《おやじ》は三年前に死んだんですよ。さすがに頭に来て、いい加減にしろってぶちギレました」

哲也さんは、そこで目を固くつむり、しばらくして口を開いた。

「……ほんと、絞め殺してやろうかと思いましたよ」

かなりストレスがたまっている。

「おふくろのせいで、仕事になりません。とにかく眠くて、ポカばかり。この間は居眠り運転で事故りそうになって、ぞっとしました。もう限界です」

できることならショートステイで七栄さんを何泊か預かってもらい、その間に哲也さんが睡眠不足を解消する方策を提案したいところだ。けれど要介護認定がまだ下りていない。

「薬を飲ませるだけじゃなくて、おふくろを、そのデイなんとかというのに行かせればいいんですよね？」

デイサービスは、正式には「通所介護」と呼ばれる介護保険のサービスだ。介護を必要とする人が日帰りで施設に通い、食事や入浴などの介助を受けたり、日常生活に必要な動作の訓練をしたりする。

自宅にこもりがちな高齢者の孤立感を解消し、身体機能の維持をサポートするとともに、家族の介護負担を軽減する目的もある。事業所は全国に四万か所。条件に合った事業所を選ぶ際には、ケアマネジャーに相談しながら進める。そのほかにも、ヘルパーの派遣を受ける訪問介護や訪問入浴、短期宿泊のショートステイ、これらの事業を複合的に展開する小規模多機能型居宅介護など、さまざまな介護サービスが選択肢となり——。

説明の最後に、麻世ちゃんはこう付け加えた。

「デイサービスから帰宅すると、ああ疲れた、と言って熟睡する利用者さんが多いんですよ。一度、体験されてはいかがでしょう？」

「なるほど……」

哲也さんも、強い睡眠薬があれば問題が解決するわけではないと気付いたようだ。


母から電話があったのは、その日の夜のことだった。

「聖ちゃん、ちゃんと食べてる？」

食事の心配をしてくる日は、特に用件はないはずだ。こちらも気楽に対応する。

「大丈夫、いっぱい食べてるよー。お母さんは食べ過ぎてない？」

母が大笑いする。いつものお約束だ。

母は、近所の家がリフォームしていて騒音がうるさいとか、居間にある観葉植物が元気がないとか、行ったことのない近所の喫茶店がつぶれたとか、ダラダラと話をした。

「無理しちゃダメよ。とにかく体を大事にね」

僕が何度も「大丈夫」を繰り返すのを聞き届けてから、母は電話を切る。もしかして七栄さんと同じ現象が始まっているのだろうかと少し不安になる。

電話を終えて数分後、再び呼び出し音が鳴った。おふくろ、冗談はやめてくれよ——。

だが、スマホに表示されていたのは久しぶりに見る名前だった。進藤幸一郎《しんどうこういちろう》先生。研修医のときに城北医大病院で世話になった救急部の指導医だ。

かつて、「進藤先生からの電話」と言えば、それは患者の急変を告げるコールだった。電話と同時に、食事もトイレも、対応中の患者すらも後回しにして駆け付けたものだ。

今日は何の用だろう。元患者の病状に関する話か、それとも教授の退職祝いの集金だろうか、金沢に遊びに来るという話は新型コロナのご時世でありえないだろうな、などと思いをめぐらせつつ電話に出る。

「野呂です！　進藤先生、お久しぶりっす！」

以前のように声を張る。

「おおー、野呂先生。元気でやってる？」

進藤先生は一回り近く年上だが、変わらぬ雰囲気でフレンドリーだった。先生には可愛《かわい》がってもらった。僕も弟分のような気持ちで慕った。何でも質問しやすく、医師としての基礎を作ってくれた恩人とも言える。

「おかげさまで、元気にしてます。進藤先生は?」

一瞬、声が途切れた。

「俺は元気、元気。ただな、周りがどんどん倒れちゃってさ。人が足りなくなって、まいってるんだ」

医療スタッフの人手不足は慢性的だ。特に大学病院の救急部は、相当に荒れているようだった。

「そうですか。スタッフにも感染が広がっているんですか?」

「メンタルかな。長時間の拘束で燃え尽きたり、ストレス続きで嫌気がさしたり。百年に一度の非常態勢も長くなったからなあ」

コロナ禍は第五波を迎え、石川県でも一日の感染者が百人前後と、これまでにない数に増えていた。東京はなおさらだ。一向に収まらない感染の拡大を前に、城北医大病院救急部の現場スタッフの疲弊はすさまじいものがあると想像された。

「でさ、野呂先生、戻ってきてよ」

引っ越しの手伝いに来てよ、とでも言うような軽い調子に面食らう。

「まだ若いのに、訪問なんて退屈でしょ? こっちは勉強になるぞ」

新しい医療を学べるチャンスをちらつかされると、ふと迷いが頭をもたげる。

「はあ。ただ、こっちも人手が……。今、白石先生を加賀大に取られちゃってますから」

白石先生が不在がちな現状で、まほろば診療所を支えるのは僕の使命だ。

「何？　咲和子先生、そっちでも大学病院に呼ばれたの？　さすがだなあ」

自分がほめられたわけでもないのに、うれしくなる。

「で、野呂先生はそのままでいいの？　まだ研修が終わったばっかりなのに、そんな所でのんびりしてると、いい医師になれないぞ」

心がさっと冷える。進藤先生の言葉に悪気がないのは分かっていた。けれど、大学病院で行う医療を学ぶだけが、いい医師になる道なのか。

「咲和子先生を追いかけてそっちに行ったのは知ってるけどさ。咲和子先生だって、大学で腕を磨いたから今があるんだろ。こっちでも、野呂先生をずっと救急に縛りつけるつもりはないよ。いずれコロナが落ち着いたら好きな科に行って、最先端の医療技術を学べばいいし」

最先端の技術――魅力的な言葉だった。心が揺れる。

「勉強になりそうですね……」

でも、ここを放り出せるはずがない。

「だろ？　なあ、頼むよ。一年、いや、半年でいいから助けてくれよ」

先輩に助けてくれと言われれば、飛んでいきたい気持ちになる。ただ、城北医大の周辺には僕程度の人材は数多くいる。けれど、まほろば診療所には僕しかいない。

「僕がいないと、こっちの仕事が回りませんので……」

少し沈黙があったものの、すぐに進藤先生の明るい声が返ってきた。

「そうか。野呂先生にとっても悪くない話だと思ったんだけどなあ」

先輩はやっとあきらめてくれたような声になった。

「僕なんかをお誘いくださって、ありがとうございました」

「まあいいや。また今度、飲もうぜ」

「あ、進藤先生。いつか金沢に来てください。うまい酒があるんです」

「おう。そっちは魚もうまいんだろ？」

「ええ、ゴリとか」

「ゴリ？　何だそれは」

「地元の珍しい川魚です。先輩のような方にこそ、味わっていただきたいんです」

僕は、先日入りそびれた高級料亭を思い浮かべて言った。ところが進藤先生は、笑いながら「いやいやいやいや」と抵抗する。

「やめてくれよ、泥臭いやつは。俺は香箱《こうばこ》ガニがいい」

「あっ今、ノロ臭いって言いましたね。先輩でも許しませんよ！」

「あはは。野呂先生、相変わらず面白いなあ。でも食の好みは譲れん！」

研修医時代に、よくふざけ合ったのを思い出した。

「いや先生、本当においしいらしいんですってば」

「らしいって……」

「実は、僕も佃煮しか食べてないんです」

「何だ、そりゃ。じゃあいいよ。そのうちにゴリも行こうぜ。香箱ガニとセットでな。それを楽しみに頑張るよ。そっちも頑張れ」

進藤先生は笑いながら、「じゃあな」と電話を切った。

アパートの部屋が急に静かになる。進藤先生と仕事に明け暮れた日々を思い返した。あの頃はさまざまな技術や知識を夢中で吸収したものだ。医局の教授や准教授、進藤先生をはじめ、すべての先輩が僕の師だった。あの頃ほど効率的に、集中的に、与えられるままに医療技術を習得する機会は今はない。何か大きな学びのチャンスを失ったようにも感じた。

城北医科大学のホームページにアクセスする。救命救急センターの高度医療が紹介されていた。低体温療法に、高圧酸素療法。ドクターヘリもある。重篤な患者を二十四時間体制で受け入れる「第三次救急」を担う面々。彼らの表情は輝かしく、まるで香箱ガニやノドグロの群れだ。

でも、僕はゴリを選ぶのだ。しかも、天ぷらや刺身ではなく、じっくりと味をしみこませた佃煮のゴリがいい。

四年前に白石先生を追って東京から金沢に来て、まほろば診療所で約一年間、仕事をさせてもらった。ただの雑用係ではあったが、それでもさまざまな患者さんや家族と出会った。

並木《なみき》徳三郎《とくさぶろう》さんは、妻のシズさんを亡くしてどうしているだろう。男性は奥さんに先立たれると、一気に老け込んでしまうケースが多いものだ。長く鮮魚店を出していたという近江町市場で聞いてみれば、徳さんの最近の様子が聞けるかもしれない。

腎腫瘍《じんしゅよう》で亡くなった若林萌《わかばやしもえ》ちゃんと、能登の海に行ったのがつい先日のことのように思い出される。あのとき萌ちゃんはまだ六歳だった。そういえば、初めて僕を「先生」と呼んでくれたのが萌ちゃんだ。ご両親は元気に過ごしているだろうか。

東京から故郷に戻って最期を迎えた厚生労働省の宮嶋一義《みやじまかずよし》さんも忘れられない。できることなら意識のあるうちに息子さんに会わせてあげたかった。癌に倒れることがなければ、今ごろは新型コロナウイルス対策の最前線で、大車輪の活躍をされていたことだろう……。

まほろば診療所では、患者さんや家族とのゆったりとしたかかわりがある。大げさかもしれないが、人生を共に歩む、そんな魅力がある。しかも、自分が必要とされていると心の底から実感する日々。それは、大学病院ではできなかった経験だ。

今、まほろば診療所を支えるのは僕の使命だと思う。白石先生も仙川先生もそれを望んでくれている。両先生の訪問診療にかける志を受け継ぐためにも、僕はここに残り、修業するのだ。僕にとって最前線の医療は、ここにある。最先端の技術を追うばかりが、いい医師になる道だとは言わせない。

本多の森ではセミの声の音域が広くなった。夏もこの時期になると、何種類ものセミが混じってくるからだろう。音域だけでなく、音量も増している。

もう間もなく七栄さんの住むアパートに着く。

「介護認定、どうだった？」

ハンドルを握りながら、僕は麻世ちゃんに尋ねる。

「要介護1です」

ケアマネから届いたばかりの書類に目を落とし、麻世ちゃんの声が暗くなる。

介護保険制度は、サービスを受ける主な対象者を、「要介護状態にある六十五歳以上の者」と定めている。そして、ここで言う「要介護状態」は、法律で五つの区分――要介護1から要介護5までに分けられている。

食事とトイレはほとんど一人でこなせるものの、歩行が不安定という場合は要介護1で、グレードとしては最も軽い。一人での歩行が困難で、トイレや入浴など身の回りのことに一部手助けが必要になると要介護2。自力では歩けず、食事や排泄に介助が必要で風呂に入ることも一人でできなくなると要介護3。食事や着替えも含めて生活の全般に介助を要するか、徘徊などの問題行動があると要介護4。さらに、寝たきりで食事も一人でできなくなると最も重いグレードの要介護5となる。

「1しか出なかったのか……」

要介護認定は、病気や障害の「重さ」ではなく、介護の「手間」を数字で表したものだ。認知症のために屋外で徘徊を繰り返したり、糞便をもてあそぶといった不潔な行為が問題になったりすれば要介護度を高める方向に作用するが、特段の身体介助を必要としない七栄さんのようなケースでは、思ったよりも低めに出てしまう傾向がある。

要介護1では、次に打つ手が限られてしまう。特別養護老人ホームの入居条件は、要介護

３以上と定められている。また、各種サービスの利用回数なども制約がある。

「七栄さんも哲也さんも、こんなに困っているのに。特養はまず無理か……」

ところが麻世ちゃんは、「まあ、そんなもんですよ」と答える。

「七栄さん、日常生活は結構できるから。心持ちも穏やかで一人で食事もできる。息子さんが同居している点も大きい。ひしまず、デイサービスも体験したらしいから、進歩、進歩。野呂先生、もっと大変な家もあるんですよ」

アパートの前に着き、訪問診療車を停めた。麻世ちゃんは大きなバスケットに詰め込んだ診察道具一式を抱え、勢いをつけるように車からサッと降りる。こうした動きにしても発言にしても、麻世ちゃんは頼もしくなった。その前向きな言葉に励まされる一方で、哲也さんのがっかりする顔が思い浮かび、気持ちが沈む。

玄関で出迎えてくれた哲也さんは、相変わらず疲れた表情をしていた。

「デイサービスはどうでした？　お試しで行かれたんですよね」

「ええ、月曜と木曜に行きました」

哲也さんは、気だるそうな声で答えた。

「お母様、日中に活動量が増えて、よく眠れたんじゃないですか？」

麻世ちゃんが、期待を込めた日で哲也さんと七栄さんを見つめる。

「そっちはあまり変化ないですね」

効果を尋ねるのは性急だったかもしれない。

哲也さんの声の調子が、どこか投げやりなのが気になった。何をしてもダメだとあきらめかけているのだろうか。あるいは、七栄さんが行くのを嫌がったのだろうか。

「七栄さん、デイサービスはいかがでしたか？」

哲也さんは「それなんですが」と、大きな声になる。

「ようやく行く気になったのに、来るなって連絡がありまして」

「え、どういうこと？」

麻世ちゃんが驚く。

「施設でコロナ患者が出たらしいんです。それで、しばらく閉鎖するって」

「なんと……。ブレークスルー感染か」

ほとんどの福祉関連施設では、利用者や職員のワクチン接種が終わり、運営は再び軌道に乗り始めていた。それでも患者の発生はゼロにならない。ワクチン接種をしていても感染してしまうブレークスルー感染が報告され、不安の残る状況だった。

「ケアマネさんにほかのデイサービスを探してもらってるんですけど、今は新規の者が条件に合う所を見つけるのはなかなか大変で。ほんと、コロナって何なんでしょう」

「はーあ」というため息が宙を舞う。哲也さんが嘆く気持ちはよく分かった。

僕はもう一つの対応策についても尋ねる。施設入所の検討だ。

「ホームの方は、いかがでしたか？」

「ああ、そっちはなかなかいい感じで……」

哲也さんがパンフレットを引き寄せる。笑顔の高齢者を写し込んだ、あたたかいイメージの表紙だ。「みはらしの里」という施設名が中央に躍る。

「あまり高くなくて、雰囲気のいい所がありました。これならいいかと。でも、長蛇の列でして……」

条件のいい高齢者施設や専用住宅は多くの人が入居の順番を待っている。待機期間が長くなることも珍しくない。

「やっぱり親には、いい所に入ってもらいたいですからね」

そのときだ。そばで僕たちの会話を聞いていた七栄さんが、興奮し始めた。

「嫌や！　ここにおる！」

「だからぁ、この間見に行った所や。ほら、熱帯魚がいっぱい泳いどったホーム」

哲也さんがパンフレットを示す。大きな水槽が置かれたフロアが印象的だ。

「家におる！」

「何で？　ここなら入ってもいいって言《ゆ》うとったがに」

「ここは動かん！」

そう叫びつつ、施設のパンフレットを放り投げる。厚手の冊子が壁に当たり、バサリという大きな音がした。

「何すんの」

「嫌やったら、嫌や！」

いつになく激しい反応を繰り返す七栄さんを前に、哲也さんはひどく気落ちした表情になる。

「なあ母ちゃん、頼んから施設に行ってや。このままやと、二人ともダメになってしまうがいね……」

麻世ちゃんが七栄さんの肩をさする。

「七栄さん、びっくりしたよね。ごめんね。でも、これから住むとこはね、息子さんが一生懸命考えてくれてんし」

七栄さんは、徐々に落ち着きを取り戻した。

「お母様の安全のためにも、ゆっくりと説得していきましょう。私たちもできるだけのことをしますから」

哲也さんは、無表情でうなずくばかりだった。

麻世ちゃんが施設のパンフレットを壁際から拾い上げる。その近くには、釣りざおやルアー、ナイフなど、さまざまな釣り具が並べられていた。

「わあ、すごい。いっぱいあるんですね。楽しそう！」

はじけるような麻世ちゃんの声に、哲也さんは力なく笑った。

「当面の在宅介護の環境を整えるためにも、使っていない道具はもう処分しようかなと思いまして……」

哲也さんはナイフの刃を古い布でさっとなでる。きれいな銀色に光っていた。

「こんなものもまだまだ使えるんです。あー、釣りに行きたいなあ」

続いて釣りざおを手に、先端をしならせる。

「お忙しいでしょうけれど、ヘルパーを入れたりして、何とか時間を作れるといいですね」

哲也さんは浮かない顔を僕に向ける。

「でも先生、今はコロナでどこの事業所もヘルパーさんの数にゆとりがないらしくて」

「ええ、聞いてはいます」

昨年来、介護職員、特に訪問ヘルパーの離職が全国各地で報告されていた。これもまた、新型コロナ感染拡大の長期化によるものだ。僕もため息が出る思いだった。

「毎日が、なぜだかうまく回らない。もう、どうにでもなれって気分ですよ」

そう言いながら哲也さんは、水槽を指先でコツンとはじいた。

平たい顔をこちらに向けていた黒い魚が、水底でびくんと体を揺らす。

「……先生。こいつの字、ゴリって漢字でどう書くかご存じですか？」

「いえ」

寿司屋の湯飲みで見た覚えのある魚の漢字を思い浮かべてみるが、あれにゴリがあったとも思えない。それに、最後に寿司屋に行ったのはいつだったろうか。

「魚へんに、休むって書くんですよ」

「へえ、なるほど。確かにほとんど動きませんし、まるで休んでいるように見えますね」

「それを休みのない人間が世話してるって、何だか皮肉でしょ」

哲也さんの乾いた笑い声が部屋に響いた。

七栄さんを診察してから六日後の朝だった。まほろば診療所に来訪者があった。真夏だというのに背広を着込んでいる。

「岩間七栄さんの件でお話を聞かせてもらいたいのですが……」

麻世ちゃんにカルテの用意を頼むと、その場で耳打ちされた。

「お役所の人らしぃよ」

男性は、亮子さんの案内で面談スペースに入って来た。礼儀正しく頭を下げ、市役所の名刺を差し出す。

「いきいき介護福祉課の陣内《じんない》と申します。本多町にお住まいの岩間七栄さんが、路上でナイフを振りかざした息子さんに暴行を受けました。近所からの通報で警察が出動し、岩間七栄さんは急きょ、特別養護老人ホームで保護させてもらうことになりましたので、お知らせに参りました」

「えっ？」

予想もしていなかった出来事――いや、事件だった。

「ど、どういうことですか……」

騒ぎが起きたのは、二日前の夜七時ごろ。女性の叫び声をアパートの住人が聞きつけた。普段は静かな住宅地であり、不審に思った住人が何人か表に出た。すると、アパートから七栄さんがはだしで飛び出し、それを哲也さんがナイフを持って追いかける姿が見えた。住人はすぐに一一〇番したという。

七栄さんは顔を血だらけにしていたらしい。いつか哲也さんが「絞め殺してやろうか」と言っていたのを思い出す。

哲也さんは銃刀法違反と暴行の容疑で逮捕された。それが事件の一部始終だった。

警察から連絡を受けた市は、関係部局で対応を協議し、七栄さんを特養ホームで保護する決定をしたという。

「七栄さんは、要介護1なのに特養で大丈夫なのですか?」

思いも寄らぬ特養入りだった。僕はおそるおそる尋ねたが、陣内さんは表情を変えない。

「野呂先生、これは高齢者虐待《ぎゃくたい》防止法の第九条に基づく措置なのです。市町村または市町村長は、関係先から通報または届け出があった場合、養護者による高齢者虐待で生命または身体に重大な危険が生じているおそれがある高齢者を、一時的に保護するため措置を講じるものとする——と定められています」

知らなかった。事件どころか、法律も。「なるほど」と答えながら、僕は自らの不明を恥じる。

「岩間七栄さんのケースでは、ひとまず特養ホームのベッドを利用して、緊急一時保護を実施します。期間は原則として十四日間ですが、延長もありえます。また、その後も家族による深刻な虐待が疑われ、心身の安全・安心の確保が困難であると認定されれば、ホームへの特例入所の対象とする場合があります」

「特例入所、ですか？」

陣内さんが手元のノートを広げながら説明を続けた。

「はい。今申し上げたようなケースに当てはまる場合は、要介護1または2の方であっても、特別養護老人ホームの入所申請を排除してはならない――二〇一七年三月に出された厚労省の改正指針です」

「と、いうことは？」

「岩間七栄さんには、施設入所を継続してもらうことになるかもしれません」

これもまた、予期しえない展開だった。

「そうでしたか……。お知らせくださいましてありがとうございました」

僕は陣内さんに頭を下げる。麻世ちゃんもあっけにとられている様子だ。

「それで野呂先生、引き続き診療をお願いできないでしょうか？　一時保護した施設でも、岩間七栄さんが夜間に眠れなくて困っているようなんです。もう少し効く睡眠薬を処方していただくと助かるのですが……」

施設でも不眠が問題になっていた。もっと効果の強い睡眠薬を出せなかったのを責められているようにも感じた。

「分かりました。明日の午前中でよろしければ早速うかがいましょう。患者さんを拝見して、睡眠薬を調整します」

陣内さんはうなずき、「助かります。では明日、お迎えに参ります」と言って立ち上がった。

陣内さんが診療所を出ていくのを見送る。「施設から求められれば強い睡眠薬をすぐに出すのか。家族が言ってもなかなか処方してくれないのに」——そんなふうに哲也さんに誤解されなければいいなと思いながら。

投薬は、誰に対しても一律というわけにはいかない。リスク管理がどこまで可能か、によっても左右される。特養などの施設の場合は、たとえ睡眠薬を強くしても転倒リスクはぐっと下がる。二十四時間の見守りが可能だからだ。一方、在宅では監視し続けるのが難しいため、足元のふらつく強い薬は処方しにくい。

54歳元配達員を不起訴—金沢
金沢地検は26日、銃刀法違反と暴行の疑いで送検された金沢市本多町の元配達員（54）を不起訴処分にした。元配達員は今月17日夜、自宅アパート前の路上で正当な理由がないのにナイフ（刃渡り約14センチ）を所持し、80歳の母親の顔を殴ったとして現行犯逮捕された。

朝、診療所の事務室で亮子さんに示された朝刊に目を通す。あの日以来、僕は新聞を注意深く読むようになっていた。

「野呂っち、哲也さんが！」

麻世ちゃんの大きな声が聞こえる。

「ああ、今読んでるところ」

今日は、哲也さんの不起訴を伝える小さな記事が掲載されていた。

「違うよ、診療所に来てるの！」

「ええっ、哲也さんが？」

狭い診察室で向き合った哲也さんは、少しやつれたように見えた。何と声をかければいいのだろう。手が汗ばむ。

「大変でしたね」

そう言うと、哲也さんは耳を赤くした。

「いやあ、気付いたらとんだ騒ぎになっていて。あのときは私も慌てていたので、おかしなことになってしまって」

哲也さんによると、問題の日、七栄さんはいつものように「通帳がない」と部屋のあちこちを引っかき回し始めた。哲也さん自身は、夕食の準備に取りかかっていた。そして、ふと目をやると、七栄さんがゴリの水槽に手を入れていたという。

「触るな、と怒鳴りつけてしまいました。私はまた台所に戻ったんです。そうしたら今度は玄関で大きな音がして。行ってみると、おふくろの額から血が出ていました。転んで下駄箱にでも頭をぶつけたみたいで。で、そのままアパートの外へ出ていこうとするから追いかけたんです」

「それでお母様も哲也さんも外へ？」

「はい。ところが、間の悪いことに私、手にフィッシングナイフを持っていまして」

「ああ、例の釣り道具の」

釣りに行けないのなら、いっそ処分してしまおうと思いながらも、普段の調理に使えないかと試していたところだったという。

「おふくろは頭から血を流していた。私は人目につくナイフを手にして、大声で叫んでいた。それを見た近所の人に、警察を呼ばれてしまって……」

哲也さんは頭をかきながら続けた。

「今日は、施設に提出するように言われた『診療情報提供書』を書いてほしいと思って来ました」

「なるほど、よく分かりました」

哲也さんの声が、案外あっさりしているのに胸をなでおろした。

「ひとまず七栄さん、特養ホームで落ち着かれているようですね」

「はあ、おかげさまで。ただ私としては、あらぬ虐待の疑いをかけられたまま、母親を特養で世話してもらうのは何とも……。事件は不起訴になりましたし、これから役所としっかり話し合おうと思います」

僕は診療情報提供書——紹介状を書くためのソフトを立ち上げる。

「おふくろはホームでよく食べているらしいです。入浴も爪切りも、ヘアカットもしてもらって助かっています。美容院なんてずっと連れていけなかったから、髪は伸び放題でしたし。今じゃおふくろ、私に電話をかけることなんて、すっかり忘れてるみたいで」

哲也さんは、気が抜けたように笑った。

「はい、できました。受付でお渡ししますね」

「野呂先生、ありがとうございました。いやあ、それにしても眠れるってありがたいことですね。警察の留置場では、毎晩ぐっすり眠ることができました」

「そうでしたか……」

僕は少しうなだれる。七栄さんの睡眠をうまくコントロールできなかったことを責められているようにも感じた。

「あのまま行ってたら、本当におふくろを刺していたかもしれません……」

胸の奥に冷たいものが落ちる。

「警察に逮捕されて私、宅配便の仕事もクビになりました」

そうだったのか。新聞が「元配達員」と書いていたのを今さらながら思い出す。

「すべてを失うところまで落ちて、何が大切なのかを考え直しているところです。自分にとって大切に思えるものを一つ一つ取り戻す。今は何と言いますか、すごくポジティブな気持ちです」

哲也さんの声は、意外にも晴れ晴れとしていた。

「まずは、心も体も健康でいる。次に、新たに仕事を探す。そして、家族——おふくろとのことを、ちゃんとする」

「ちゃんと、ってどういうことでしょう？」

麻世ちゃんが話に入ってくる。

そのとき、哲也さんのスマホが鳴った。勢いよく椅子から立ち上がり、「はい、はい」と、歯切れよく答えている。通話を終えた哲也さんは、満足そうな笑顔でこちらを見た。

「市の担当者からでした。おふくろの件で、これから面談をしたいと。頑張って話を進めてきます」

僕も椅子から立ち上がり、哲也さんとグータッチをする。

「どうか、しっかり話をしてきてください」

診察室を出ていく前に、哲也さんは麻世ちゃんに頭を下げた。

「看護師さんもありがとうございました。介護に詳しい会社の元同僚が言ってたんですよ。ケアする家族がいると、行政はなかなか援助してくれないって。でも、その家族が壊れたら、救いの手は早まるものなんですね」

哲也さんの背中を見つめながら、麻世ちゃんが小さな声で言葉を漏らした。

僕にはそれが、「まさか……」と聞こえた。

その夜、三日ぶりに白石先生がまほろば診療所に顔を出した。

「今夜のワクチン接種、医局員が代わりに入ってくれたの」

コロナワクチンの集団接種は、朝、昼、夜の三交代制だった。検温、問診、注射、さらには体調急変時の治療も視野に入れたプロセスを、三密回避のうえで、安全確実かつスピーディーに実行する。氷点下で管理する必要のあるワクチンそのものの取り扱いも含め、気を配るべき事柄は多岐にわたるという。

「時間ができてラッキーだったわ」

ラッキーなのはむしろ僕たちだ。普段のカンファレンスとは違って、いろいろな教えを請うチャンスでもあった。

「七栄さんのような症例は、本当に困りました。息子さんも最初は施設入所を望まず、とにかく薬で眠らせてくれって」

「在宅医療に頼らざるを得ない患者さんとご家族は、ぎりぎりの状況に追い込まれている方が多いのよね。そうした段階ですべてを引き受けるのは本当に大変だけど、支えられるのは私たちしかいないという強い思いが求められる。患者さんとご家族は、ほかに行く場所がないのだから」

麻世ちゃんの目が生き生きと輝く。

「白石先生のおっしゃる通り！　私たち、最後の砦なんですね！」

「実はね、救急医療と在宅医療はよく似ているのよ。両方を経験したことがある野呂先生には分かるかしら？」

「え……」

意外すぎる比較で、答えに詰まった。

「救急医療の現場では、脳出血なら脳外科医を呼ぶ。体外式膜型人工肺《エクモ》が必要なら、操作に慣れている麻酔科医を呼ぶ。心筋梗塞なら循環器内科の心臓カテーテルチームに依頼する。日々多くの患者さんを、そうやって救っていく。じゃあ、救命救急医の役割は何？　一次救命のあとは、単なる交通整理だけ？」

白石先生の謎かけは、さらに厳しくなる。

「……分かりません」

「実はね、病院で救命できた患者の陰には、命を救えなかった患者がたくさんいるの。その結果をどう家族に受け止めてもらうか、それを考えるのも救命医の役割だと私は思っている」

その通りだ。不幸にして救えなかった患者さんたち。大切な人の死に直面した家族は、大きなショックを受け、倒れてしまう人も少なくない。

「救命医が患者の命を救おうと懸命になるのは、生を願う家族の強い思いを感じるから。患者さんのベッドサイドで家族と長い時間を過ごす在宅医も同じ立場ね。しかも私たちは、医療では救えない命、治せない病気、元には戻らない症状があることを家族に伝えなければならない。そんな医療の限界を受容してもらうためのサポート役……救急医療も在宅医療も同じ責務を担っていると感じるの」

白石先生の言葉を僕は手帳にメモする。城北医大病院の進藤先生に「救急に戻ってこい」

と言われたのはつい先日のこと。あのとき感じた心の揺れは、もう僕の中になかった。

「ただいま〜」

先ほど診療所を抜け出した仙川先生が戻ってきた。手には大きなエコバッグを提げている。

「どうしても包子が食べたくなっちゃってさあ」

スパイスの利いた中華まんじゅうのいい香りが漂ってきた。

「STATIONの、ですね！」

白石先生がうれしそうな声を上げる。

「仙川先生、さすがー」

麻世ちゃんが小さく拍手する。

仙川先生にバッグを託された亮子さんが、湯気でふやけた紙箱を取り出し、包子を一人一人に配ってくれた。

新型コロナウイルスの感染者数は依然、高止まりしており、緊急事態宣言の対象地域も拡大が続いている。金沢市が対象地域となっているまん延防止等重点措置は、八月末の期限が九月十二日まで延長された。飲食店の営業時間短縮と酒類の提供中止はずっと続いている。バーSTATIONも例外ではない。苦肉の策としてランチや持ち帰り弁当に力を入れている。仙川先生は、店の取り組みを何とか応援しようとしているのだ。

僕たちはアクリル板で仕切られたそれぞれの席に座り、包子を黙々と口に運ぶ。

黙食——少し前なら、食事中の光景としてありえなかった。けれど今は、たとえワクチン接種が済んでいても、互いが互いを守り、日々、接する患者さんにもウイルス感染のリスクを広げないためだと了解し合っている。

お気に入りのＤＶＤを自席のパソコンに差し込む。静かな自然を映し出した環境ビデオに飽き、ふと手に入れた映像だった。

お祭りの映像が映し出される。徳島の阿波踊り、京都の祇園《ぎおん》祭、青森のねぶた。さらに海外に移り、バンコクの青果市場の雑踏、エッフェル塔の行列、リオのカーニバルの群れ、青の洞窟を目指すクルーズ船の人々、ニューヨークのおしゃれなバーで頬を寄せ合って話す恋人たち——。こんなふうに人々が密集して楽しんでいた風景が、とてつもなく遠い昔のことのように感じられる。

「ごちそうさま」

仙川先生が、マスクをして手を合わせた。

「ほんとにおいしかったわ。仙川先生、ごちそうさまでした」

白石先生が仙川先生に頭を下げる。

「いやー。皆が喜んでくれたこと、マスターにも言っとくよ」

仙川先生はご機嫌だった。

「そういえば白石先生、江《え》ノ原《はら》さんが順調でよかったねえ」

ＩＴ企業社長の江ノ原一誠《いっせい》さんのことだ。四年前に脊髄損傷に対する再生医療を他院で受け、その後は白石先生の指示でリハビリテーションを継続しているはずだ。

「手は動くようになったんですか？」

江ノ原さんは当時、首から下、両手両足が動かない状態だった。そのままでは生涯、後遺症が改善することはほとんどない。もし手だけでも動かせるようになれば画期的だった。

「手どころか、歩けるようになったのよ！　まだ数歩だけど」

白石先生の声が一オクターブ高くなる。

「えっ、それはすごいですね！」

「奥さんの話では、江ノ原さん、会社で社員の指揮を執れるようになったらしいです」

そう話す麻世ちゃんは実に誇らしげだ。奥さんの喜ぶ顔が目に浮かぶ。

「まったく動けなかった、あの江ノ原さんが……」

在宅で脊髄損傷の治療ができるとは、少し前まで誰も想像しなかった。江ノ原さんが経営するIT企業のイメージCMも、最近よく見かける。訪問する機会があれば再会が楽しみだ。

「在宅で最先端の医療を支える——これって本当にすごいことだよね。うんうん」

仙川先生は盛んにうなずいている。院長として感慨深いものがあるに違いない。

「本当ですね。どんな素晴らしい医療であっても、きちんと支えていかなければいい結果を生むなんてできない。私たちは、最先端医療とともに、まだまだチャレンジすることがあるはずね」

白石先生の考える在宅医療は、僕が考えているよりも、ずっと大きな可能性を秘めているようだ。自分の家で生活する患者さんの医療を、家族とともにきちんと支える——その意義をとても強く感じる。

「加賀大の再生医療センター長、柿沢芳城《かきざわよしき》先生によると、将来は、認知症や脳梗塞の改善にも再生医療の活用が有望視されているって」

「認知症も、ですか！」

つい大きな声が出てしまった。

改めて僕は七栄さんに思いをはせる。認知症がよくなっていれば、哲也さんのナイフ事件も起きずに済んだだろうに、と。そして、僕のおばあちゃんも、あんなふうには……。

「いつも心が痛むんですけれど、ご家族って、認知症の患者さんに冷たいですよね」

「認知症になった人に罪はない」

仙川先生が即座に返してきた。

「ですよね。私も、周囲の人がうまく環境を整えられないのが問題だと思うんです」

麻世ちゃんが強い口調で続ける。

「岩間さん親子も、一緒に暮らすばかりが正解じゃなかった。だって、七栄さんが家を離れて、親子は幸せになりましたもんね」

そこで麻世ちゃんがちょっと日を泳がせた。

「あの、実は私、哲也さんが最後に言った言葉が気になっているんですが……会社の元同僚に何か言われたとか」

——家族が壊れたら、救いの手は早まる。

そうだ、彼はそんなことを言っていた。僕はあの場にいなかった白石先生のために、哲也さんの言葉を口にする。

「じゃあ、誰かに入れ知恵されて、警察を巻き込む騒ぎを故意に引き起こしたってこと？」

白石先生が眉間にしわを寄せた。

「母親を特養に入れるための警察騒ぎ？　そりゃあ、川底の岩間から動かない魚を無理やり動かすみたいなもんだな」

仙川先生のつぶやきに、麻世ちゃんが「それこそ、ゴリ押しですね！」と応じる。

「まさか、そこまでの計略があったなんて……」

意図的だったとは思えなかった。

「野呂先生は、甘いよ」

「でも、逃げる所がないんですよ！　ああいう家族は、ど、どこにも、行き場が――」

診療所のみんなが、驚いたような目で僕を見た。

「哲也さんのことは、何て言うか……他人事じゃなくて」

思いがけず、そんな言葉が出てしまう。

「野呂っち、ご家族を介護したことがあるの？」

麻世ちゃんが意外そうな表情になった。

「あ、いや、別に言うつもりはなかったんだけどさ」

何となく言葉をにごす。決して楽しい思い出ではない。人に話せるほど自分の中で整理もできていない。

美談や苦労話なんかでは収まらないし、そんな話にはしたくない。「偉かったね」とか「大変だったね」とか、軽々しく言ってほしくもなかった。どんなふうに言われようと、自分が納得できないのは分かっている。

「野呂君……」

なぜだか分からない。白石先生の声を耳にしたとたん、体が震えた。

「すみません、ちゃんとお話ししていなくて」

僕はとっさに謝る。だがこの先、何を謝って、どう説明すればいいのだろう。

「でもまだ、何と言っていいのか……」

言葉に詰まる。

「無理に話さなくていいのよ」

白石先生からそんなふうに助け船を出されて、むしろ黙っていられなくなった。

「高校、大学時代と、僕は母と一緒に、祖母の介護をしていたんです。祖母は脳血管型認知症で、周辺症状も深刻でした。なのに父は仕事人間で家庭のことに理解がなく、母はストレスから体調を崩してしまうし、そんなところに兄の死も重なって……。正直言って、大変な毎日でした。祖母は結局、僕が大学を卒業する直前に施設に入り、何だかんだで僕は介護から解放されました。でも、その年末に脳梗塞を再発して亡くなってしまって。僕としてはものすごくショックでした。これを言うと、二回も国試に落ちた言い訳みたいでカッコ悪いですけどね、あはは」

最後は冗談めかした。けれど、誰も笑わなかった。

「だから七栄さんの息子さんの気持ちがよく分かったのね」

白石先生の穏やかな声が心にしみる。

そう。だから、なのだ。あの頃、僕はいつも心のどこかで祖母のことを考えていた。そして、祖母を介護する母が疲れていないかと気にしていた。

大学から家に帰ると、まず母が横になっているかどうかを確認した。母が布団の中にいれば、動けるのは僕しかいない。体は自動的に動いた。食事を用意して、風呂の準備をする。合間に口頭試問の準備や実習レポートを片付けつつ、洗濯機を回す。母は「聖二、悪いね。体がだるくて」と僕に謝ってばかりだった。母が心苦しく思わないで済むよう、僕は何でもないことだと言わんばかりに、さっさと祖母の世話に取りかかった。

けれど実際は、楽なことではなかった。物理的に介護の作業に追われること以上に、朝も夜も段取りを考えることに気持ちを持っていかれる方がきつかった。心身ともに自由がない状態だった。

哲也さんも同じように疲れ切っていたのを知っていた。僕の治療方針は間違っていなかっただろうか？　七栄さんの転倒や食欲低下のリスクを考えるあまり、安全な睡眠薬を選んだのは正しかったのか？　本当は哲也さんの要望を重視して、最初から強力な睡眠薬や鎮静薬を使っておけばよかったのか。いや、それでは七栄さんのＱＯＬ――生活の質を守れなかったはず。

一方で、介護者からうとまれれば、むしろ七栄さんにとっては不利益になる。ならば強力な薬は七栄さんのため、という考え方もできる。けれど副作用で——。

堂々めぐりだった。ただ、患者の命を危険にさらす治療はどうしてもできない。医師としてというより、人として越えてはならない一線のように感じられた。けれど——。

何度も何度も堂々めぐりをしながら、じわりと額ににじむ汗を拭う。

「野呂先生、どうしたの？」

白石先生がこちらをじっと見ていた。

「あ、七栄さんのことでちょっと考えてしまって。僕がもっと強い睡眠薬を処方していれば、まだ在宅で対応できたのかなと……」

「それは違う」

間髪《かんぱつ》を容れず、仙川先生が言い切った。

「あのとき、あのときの条件で、野呂君も我々も最善の判断をしたんだよ。症例報告も聞いて、僕も賛成だった。僕たちは、あくまでも患者さんの味方にならなきゃ。そして、それが家族の喜びにつながればさらにいい。もし転倒して骨折する事態にでもなっていたら、今の岩間親子の幸せは生まれなかったんだよ」

「そうよ、野呂先生。自信を持ちなさい」

白石先生にポーンと背中をたたかれた。

「自信なんて……自信なんて、どうやったら持てるんですか」

途方に暮れる思いで尋ねる。どうすればよかったのか、僕にはまだ答えが見つからない。

「あのとき、最善と思える方法を誰よりも考えた医師は、野呂先生以外にいない。そうでしょ？　その自分を信じるのよ」


八月最後の日曜日、僕は七栄さんのいる特別養護老人ホームを訪ねることにした。哲也さんが面会に行くという時間に合わせて、施設に向かう。

連日の暑さは一向に勢いが衰えない。昼間はまだ三十度を超える日が続いていた。

浅野川の右岸に広がる卯辰山。その見晴らし台の南側をぐるりと回るように走った先に、目指すホームがある。

車から降りると、市街と同じ強い日差しに照りつけられた。だが、高台に位置するためか、少しばかりの気温差に救われた思いがする。すっかり耳になじんだセミの盛んな鳴き声も、ここでは心なしか夏の終わりを感じさせる響きがあった。

施設のエントランスで、哲也さんが大きく手を振っているのが見えた。

「野呂先生、こっちです。感染防止のため、ガラス越しの面会しかできませんが」

哲也さんはホームの建物の中に入ることなく、花壇の上に渡された板敷きのスロープを伝い、勝手知ったる足取りで中庭へ回った。

木々の間を抜けてガラス張りの廊下に近づくと、中ほどの位置にテーブルと折りたたみ椅子が何脚か並べられ、その上にヘッドセットが置かれていた。ガラスを隔てた向こう側にも、同様に椅子とヘッドセットが用意されている。

「面会はここで。スタッフの人がおふくろを連れて来てくれます」

指定された時間になった。制服姿の女性職員に付き添われ、七栄さんが廊下を歩いてきた。入居者と面会者が、ガラスを挟んで顔をそろえた。僕は哲也さんにならって椅子に座り、ヘッドセットを装着する。

会話を始める前から、みんなが笑顔になっていた。マイクを通すせいか、声は大きく響く。

「母ちゃん、そこはどうや？」

「いい所やよ。みんな優しいし」

七栄さんの声が明るい。とても穏やかで、精神的に安定している様子だ。顔色もいい。ヘアカットしてもらったという髪型は七栄さんを随分と若く見せていた。しっかりと目がさえており、夜はよく眠れているに違いない。

「ほうか。よかった。ごはんおいしいけ？」

「おいしいよ。あれ、今朝は食べたんけ？」

後方を振り返った七栄さんに、「たくさん召し上がりましたよ」と職員がにこやかに答える声が聞こえた。

「こんないい所なんに、何で家におりたかったんや？」

七栄さんはキョトンとした顔をしている。

「母ちゃん、聞こえとる？　何で家から動かなんだんや？」

七栄さんは「ほやかて」とつぶやく。

「ほやかて、家には哲《て》っちゃんが帰ってくるがいね」

「え？」

「犀川へ釣りに行っとってな。そろそろお腹《なか》を空《す》かして戻ってくるわ。水に濡れてベチョベチョになっとるやろ。帰ったらすぐ風呂に入れんと」

「母ちゃん……」

「あの子が川で溺れとらんか、心配で心配で。あんた、哲っちゃんを見てきてくれんけ？」

哲也さんはしばらく無言になった。

「……大丈夫や。哲っちゃんは絶対に溺れんよ。ごはんも、俺がちゃんとしとくから心配せんでいい」

「ほうか？」

「うん、大丈夫。ほやから安心しまっし」

「あんやと」

「それはこっちのセリフや。母ちゃん、ありがとう。また来るから」

「はいはい、さよなら」

七栄さんは、哲也さんにあっさりとバイバイをした。すぐに背を向け、職員とともに遠ざかっていく。

「本当に、ありがとう」

そうつぶやき、哲也さんはゆっくり立ち上がった。面会に訪れた別の家族が席に着き、次の入居者がガラスの向こう側に現れる。

いつまでも母親の後ろ姿を見つめたまま、息子はその場を動こうとしなかった。

「面会時間は三十分なんです。あっという間です」

少し寂しそうに言う。

「お母様、お元気そうでしたね」

「ええ、すっかりホームになじんだようです。おふくろにとっては三十分の面会時間がちょうどいいようで。何だか今は、私の方が何度も会いたくなっている状態です。おかしなもんですね」

哲也さんは苦笑した。

「いい加減にしろ、電話をかけてくるな、なんて言っていたのに」

「よかったです」

僕も同じだった、と思い当たる。

最後の最後になって、祖母を激しく怒鳴りつけてしまったことがある。大好きな祖母だったのに、なぜあんなことになってしまったのだろう。まさか、祖母を憎む日が来るなんて、想像もしなかった。

祖母が施設で亡くなってから、自分を責めない日はなかった。僕が家を出たから祖母は命を落としたような気がしていた。けれど、別の考えも浮かんでくる。もっと早いうちに祖母と離れていれば、最後まで憎むことなく、祖母を好きなままお別れできたのかもしれない――と。

別れ際、特養ホームのバス停の前で、僕は哲也さんに問いかけた。

「で、岩間さん、これからどうされるのですか？」

あの「暴行事件」の通報を受けて下された七栄さんの緊急一時保護措置から、間もなく二週間が経過する。

「養護者による虐待疑い」については、近く開かれる関係機関の連絡会議で、「懸念するに当たらず」という裁定が下る見通しだと、僕は市役所の陣内さんから聞かされていた。

「――私、もう一度、母とやり直してみます」

哲也さんは太陽を背に片手を上げた。夏の日に川釣りをして遊ぶ少年のような、屈託のない笑顔だった。

その答えは、再び母親と家で暮らす考えを告げたものなのか、あるいは一から施設入所の道を模索し直すことを意味するのか。

一段と勢いを増したセミの声にもまれ、僕は尋ね返すことができないでいた。

第三章　シャチョウの笑顔

午前の外来診療が終わって伸びをしていたら、不意に肩をつつかれた。

「野呂先生、もう時間です。行きましょう」

麻世ちゃんが僕をせきたてる。いつになく真剣な顔つきだ。

「おうっ、そうだった」

診察室で白衣を脱ぎ、代わりにパーカーを羽織った。

外は、霧のような小雨が降っている。少し肌寒い。九月に入ったとたん、金沢の季節はがらりと変わってしまった。

「さぶっ」

やっぱり傘を差してくればよかったと思いつつ、立ち止まってフードをかぶる。

「もう。野呂っち、早く！」

下新町《しもしんちょう》にある神社の境内から、暗がり坂を下る。その昔、旦那衆の通った主計町茶屋街に続く、秘密の香りがする急坂。麻世ちゃんの背中を見ながら、曲がりくねる細い石段をゆっくりと進む。敷石の苔《こけ》が水を含んでやわらかそうだ。

僕たちは、坂の途中にある小さな店の前に立った。

バーSTATIONの重厚な木の扉に目をやる。麻世ちゃんが歓喜の声を上げた。

そこには、「テイクアウト新メニュー試食会＝関係者のみ」と書かれた紙が貼り付けられている。コロナ禍の集客テコ入れ策としてSTATIONでは、包子のテイクアウトを始めていた。

店の扉を開ける。あったかい空気とともにいい香りが僕たちの体を包む。たまらない気持ちになり、思い切り息を吸い込んだ。

カウンター内にいたマスターの柳瀬《やなせ》さんがこちらを振り返った。

「お待ちしてました。おそろいで、ありがとうございます」

カウンター席の奥では、仙川先生が包子にかぶりついていた。

「仙川先生、それ、いつものと同じに見えますが？」

目だけをこちらに向け、仙川先生は「マスター、二人に説明してやってよ」と言うや、再び「アチチチ」と格闘し始める。至極ご満悦の様子だ。

マスターから「新メニュー」と題された小さな紙を渡される。

「中身が違うんです。これまでは羊肉オンリーでしたが、バリエーションを広げました。一番のおすすめは、エビです」

なんと、海のないモンゴルにはありえないメニューだ。何しろ彼《か》の地で「エビ」は、川に住む「虫」の扱いで、食材には用いられない。僕はマスターにそう聞かされていた。

「金沢ならではの食文化と合体させました。さすがに、金箔で覆った包子だけは、コスト面から断念しましたけど」

なるほど、こうやって食にまつわる文化というのはそれぞれの土地で進化していくのか。チーズ包子やあんこ包子もあった。全部、試してみたくなる。

長考の末に麻世ちゃんがエビを選ぶ。僕も同じくエビにした。

出てきた包子は、てっぺんに紅色の小さな印がついていた。ほんのり湯気の立つ一品は、いつもながらふっくらとした完璧なフォルムだ。白くてやわらかい肌をつぶさないよう、両手でそっと持ち上げる。舌に触れる生地は実にきめ細かだった。最初の一口は上品に——と思っていたのにうまそうな香りに我慢できず、勢いよくかじる。

「アチチチ」

仙川先生の状況がよく分かった。海の幸ならではの、味わい深いスープがじわっと口に広がる。甘みが強く、ほろほろとした食感。続いてショウガの香りが後を追いかけてくる。

「うまいっ！」

同じ包子でありながら、まったく別世界だ。

「これ、味はエビというよりカニに近い感じですね」

「ほお、野呂先生、分かりますか？」

「その具材、港で水揚げしたばかりのガスエビを使っているんです」

マスターに代わって、カウンター席の中央に座っていた中年の男性が口を開いた。

「ガスエビ？　なんか、おかしな名前ですね」

不用意な感想を口にしてしまったが、男性はうれしそうな顔を向けてくる。

「商売にならないカスのエビ、です」

「ひどい名前！　こんなにおいしいのに」

麻世ちゃんが高い声を上げた。

男性によると、ガスエビは棘雑魚蝦《とげざこえび》と黒雑魚蝦の総称だという。すぐに鮮度が落ちるから、商売には向かない雑魚とされてきた。ただ、生で食べれば甘エビと遜色《そんしょく》なく、火を通せばカニの味に近くなり、水揚げ地では人気がある。そこで、包子の餡《あん》に仕立て上げたのがこの一品だという。ザコだ、カスだと言われ続けたのに、面目を一新したのだ。僕はとても愉快な気持ちになった。

「で、この新メニューのアイデアと素材を提供してくださったのが、こちら、北沢《きたざわ》水産の北沢航明《こうめい》社長なんです」

マスターの仲立ちで名刺を交換する。北沢社長は、再び印象的な笑顔を見せた。

バーSTATION。ここにはどんな魔法がかかっているのだろう。赤い光に満ちたドーム型の天井、その下にある円形のカウンター、旅人のようなマスター、どこか懐かしいモンゴル音楽。砂時計の乾いた砂は、さらさら落ち続ける。広大な草原と悠久のゴビ砂漠。そこで偶然出会った者同士が仲良く雑談を楽しむような、あたたかい時間が流れていた。

二個目のあんこ包子も平らげ、やはり新しくメニューに加わった台湾の凍頂烏龍茶《とうちょうウーロンちゃ》を頼む。

麻世ちゃんが深さのある器に鼻を寄せ、「お花の香りがする」と目を細める。

はしゃいで食べ、お茶でくつろぐ僕らの隣で、北沢社長は先ほどの笑顔から一転、思い詰めたような表情をしていた。

「社長、さっき長電話してたけど、何かトラブルでも？」

様子を見かねたマスターが北沢社長に声をかける。

「どうしていいやら。実は、とんでもない病気が見つかって……」

「病気？　なら、仙川先生と野呂先生に……」

マスターのひと言が決め手になった。社長は意を決したようにスツールから立ち上がった。

「先生方、折り入って相談に乗ってもらえませんでしょうか？」

仙川先生の視線が鋭くなる。ゆるりとしたモンゴル時間から、僕も現実に引き戻された。

「ええと……ご家族でしょうか？」

四十代の半ばであろう北沢社長は、日焼けした顔に筋肉質の体つきだ。重い病気を抱えているようには見えない。となると、考えられるのは身内か。

「いえ、その……」

僕の問いに、北沢社長はあいまいに首をかしげた。イエスでもあり、ノーでもあると言いたげに。

「インドネシアからウチに来てくれた、技能実習生なんです」

午後の訪問診療を終えた夕方五時、北沢社長と奥さんがまほろば診療所にやって来た。面談スペースにかしこまって座る二人は、かなり緊張していた。

「ややや、先ほどはどうも。北沢さんは漁船に直営店にと、幅広くご活躍ですなあ」

仙川先生が加わり、相談とは関係のない話を始める。まずは緊張をほぐしてもらおうという、仙川先生なりの気遣いだった。

「いやまあ、それほどでも。祖父の代から沖合三十キロほどの所で網を引いて、今は魚市場の店頭販売と卸業務でも商売させてもらってます。漁の腕は、まだ若者に引けを取りませんよ」

「ほお、社長自ら漁にも出てらっしゃる。船主兼船長ですな」

北沢社長は「まあ、そういうことです」と、手拭いで顔を拭いて少し笑う。硬さが少しずつほぐれていく。

「で、今の旬は？」

「このところ、ノドグロにカレイがいいですねえ。包子に入れたガスエビは、季節が始まったばかりです。紅ズワイは……いや、先生、そろそろ本題に入らせてください」

北沢社長は咳払いし、真面目な表情に戻った。午後七時過ぎには自社船が金沢港に帰り着き、続いて夜セリが始まるということだ。

「ウチでは七年前から、外国人の技能実習生を受け入れています」

石川県内では、多くの外国人技能実習生が漁業に従事している。とりわけ若者が多く、十代から二十代が八割を占め、三十代を含めると九割になる。国別では、日本と同じ海洋国家であるインドネシアからの実習生が約百三十人と最も多い。漁師の高齢化が進む中で貴重な戦力だ。

一方で彼らは日本の進んだ漁法と技術を身につけて母国に戻り、いつかは自分の船を持って水産ビジネスを展開したいという大きな夢を持っているという。

「若い子ばかりで、けがは年がら年中です。が、基本的に病気とは無縁な、元気な若者たちです。なのに……」

北沢社長は、そこで言葉に詰まった。なかなか話が見えてこない。じりじりした様子で、隣から奥さんが身を乗り出した。

「あの、妻の朋子《ともこ》といいます。要は、実習生の一人が、末期癌を宣告されたんです」

控えめなタイプの女性に見えたが、肝は据わっていそうだ。抜き差しならない状況に気迫を漂わせていた。

朋子さんによると、今から二年前、インドネシアから外国人技能実習生として四人の男性が来日した。四人は北沢社長の家で暮らし、一緒に漁に出る生活を送ってきた。ところが、その中の一人、スラマットという二十九歳の青年が胃癌と診断されたという。

「スラマットが急に食欲をなくしたので、私、検査に行かせたんです。ホームシックで胃潰瘍にでもなったんじゃないのって言いながら。最初は近所のクリニックでバリウム検査をしました。そうしたら大学病院に行くようにと指示されて、胃カメラや血液検査を受けさせられました。何だか随分大げさだねえ、病院も検査代を稼ぎたいんだろう、なんて主人と冗談を言ったりしていました。それが今朝、スラマットが一人で大学病院に行きまして。そこで聞いてきた検査結果にびっくりして、すぐに主人に連絡を……」

バーSTATIONで北沢社長が長電話をしていたというのは、これだったのか。

「正確な病名は？」

一瞬、間があった。

「末期の胃癌、ということでした。この先は長くないって……」

朋子さんの声は震えていた。

胃癌といってもさまざまある。悪性度の低いものから高いものまで。また、手術が可能な場合から、すでに転移が進んで手の施しようがないものまで。

「すみません、どんな状況か、もう少し詳しく教えてもらえませんか。正確な病名とか？」

北沢社長は目をしばたたかせた。

「スラマットに詳しいことを問いただそうと思ったんですが、泣きながら部屋にこもってしまって、とても話せる状況じゃなかったんです。それでとりあえず先ほど、私と妻とで大学病院に行ってきました。でも主治医は不在で、別の日に予約しろと追い返されてしまいまして……」

「ええと、加賀大学病院ですね？」

仙川先生の質問に、北沢社長がうなずく。

「消化器なら、後輩の堂本《どうもと》がいたっけ……」

何かをつぶやきながら、仙川先生が受話器を持ち上げた。こんなとき、仙川先生が母校の加賀大に築いた人脈は心強い。

「患者さんのお名前と年齢をもう一度、教えてください」

「スラマット・リファイ・プトラ、二十九歳です」

北沢社長が返事をするや否や、仙川先生は電話のプッシュボタンを押した。

「もしもし、堂本先生？　今日、そっちを受診した患者さんのことで、ちょっと教えてほしいんだけど」

電話の最中、仙川先生はいつになく渋い顔だった。

「まいったな——病名はスキルス胃癌で、肺や肝臓、腹膜への転移も認められているらしい。すでにステージⅣの末期と」

若者に多い、悪性のスキルス胃癌だった。低い声で仙川先生の説明が続く。

「北沢さん、大変お気の毒ですが、スラマット君が亡くなるのはそんなに遠い先じゃなさそうです。一、二か月という単位で考えた方がいいでしょう」

北沢社長は唇をかみ、膝の上で手を組み合わせた。

「真面目で一生懸命な子なんですよ。海の仕事で一人前になって、いつかは生まれ故郷の家族のために立派な家を建ててやる。そんな夢を持つ、けなげな青年なのに」

「主人の言う通りです。人生これからだっていうのに、かわいそうなスラマット……」

両手で顔を覆った朋子さんが、声を震わせる。

「北沢さん、この先のことですが、緩和医療を受けられる病院やホスピスを探すか、帰国させるか、という選択を迫られると思いますよ」

仙川先生の語る今後の見通しに、北沢社長はがっくりと肩を落とす。

「コロナの影響もあるから、判断は難しいでしょうね。野呂先生、どう思う？」

仙川先生も意地が悪い。僕はいきなり重大な話を振られてしまった。

そもそも患者の体力はどのくらい残っているのだろう。

母国に帰るにしても、ここ金沢に一番近い小松空港からインドネシアへの直行便はないだろう。羽田や成田空港を経てジャカルタやバリ島へ飛ぶとして、移動には相当な時間がかかるはずだ。それに今、羽田や成田からインドネシア便は出ているのか？

もっと根本的な問題もある。このコロナ禍にあって出入国は認められるのか？　そうした事情は、どこに問い合わせれば分かるのだろう。外務省か、それともインドネシア大使館なのか？　いやいや、そんなことよりも、まずは患者の病状を把握する必要がある。

僕が考えをまとめきれないうちに、朋子さんが口を開いた。

「私たちは、なるべく早く家族のもとへ帰したいと思っているんですが、スラマット本人はインドネシアに戻りたくない、死ぬまで日本にいるって言うんです」

皆の視線が朋子さんに集中した。

「どうしてまた？」

仙川先生が眉を寄せる。僕も驚いた。異国で死の淵に立たされたときに、そんな心境になるものだろうかと。

唯一、思い当たるのはコロナだ。

「次々にコロナで亡くなる人が出ている状況で、自分の国に帰っても十分なケアを受けられないと心配しているのでしょうか」

新型コロナウイルスの感染は、東南アジアにも拡大していた。少し前にインドネシアでは一日当たりの新規感染者が三万人を超える日が続き、日系企業が現地の日本人駐在員を緊急帰国させる動きを加速させているというニュースをテレビで見た。

「自分の病状をしっかり把握できているのかな、スラマット君は？」

仙川先生の疑念はもっともだ。

「相当、落ち込んでいましたから、スラマットはある程度、厳しい病状を理解できていると思います。あの子は賢い子ですし、常々、生や死に対する自分の思いも口にしていました」

目尻に手をやりながら朋子さんが言う。

「じゃあ、なぜスラマット君は？」

死ぬかもしれない、なのに家族のもとへ帰らず、最後まで日本にいる——腑《ふ》に落ちなかった。

「あの、ですね……」

北沢社長が言いづらそうに口を開く。

「ほとんどの技能実習生は、日本に来るために借金をしているんです。日本で船に乗って得る収入は、月十五万円が基準額。食費や住宅費はこっちが出してますから、あの子たちは月にだいたい十万円を故郷への仕送りに回しているようです。借金を背負って送り出した家族の側としては、二年目の後半あたりからやっと元が取れるようになると言います。スラマットは、まだ十分に稼げていないから、帰国を切り出せないのかもしれない」

朋子さんが、いたたまれない様子で目を閉じる。誰も何も言わない。北沢社長が続けた。

「スラマットの実家が経済的にどんな事情を抱えているか、私どもは詳しく知りません。でも、当の本人が帰らないと言うのなら、彼を受け入れた責任者として、こっちも腹をくくろうという気持ちです」

「同じ家で二年も一緒に暮らして、私の作ったごはんを食べてくれた。あの子は、私たち夫婦の家族です。まほろばさん、私たちが自宅でスラマットを看病するのは可能でしょうか。できれば、最期まで、ちゃんと、看てあげたい……」

北沢社長だけでなく、朋子さんの目も真っ赤だった。

数日後、スラマット君の診療情報提供書がまほろば診療所にファックスされてきた。検査を受けた加賀大学医学部附属病院からだ。

診断名はステージⅣのスキルス胃癌。肺や肝臓、腹膜への転移も、仙川先生が電話で聞き出した通りだった。治療については、手術はおろか、抗癌剤も効果は見込めず、副作用によって体力を落としてしまう可能性が高い。今後については、在宅医療を希望しているので、貴院にてよろしく——とのことだった。

午後、僕は麻世ちゃんとともに北沢社長の家に向かった。

「大丈夫なのかなあ……」

訪問診療車のハンドルを握りながら、思った以上に不安な声が出てしまった。

「大丈夫、とは言えないよね。私たちにできるのは、疼痛緩和をしっかりすること？」

麻世ちゃんは、僕がスラマット君の治療について考えていると思ったようだ。

「いや、患者のことはもちろん心配なんだけど、故国《くに》の家族のことが気になってね。本当に日本で看取って大丈夫なのかな。コロナの感染拡大で渡航制限もあるし、インドネシアの医療にも不安があるしで、タイミングは最悪だけど」

麻世ちゃんが「そこはね、私も考えた」と低い声になる。

「私が患者の母親だったら、遠く離れた外国で死なれるなんてたまらない。あなたの息子は悪性のスキルス胃癌の末期です、もうすぐ死にます、しかも会うことはできませんって、納得できないよ……」

麻世ちゃんは頭を抱えて、「でもー」とうなる。

「何にしても、帰国しないと決めたのはスラマット君本人だよね。三十にもなろうって男が自分で決めたことは尊重してあげないといけないんじゃない？　野呂先生としても、そう思うでしょ？」

「いや、やっぱり後に残される家族のことをちゃんと考えないと。家族は最後に一目だけでも会いたいって思うはずだ。それがかなわない別れは、家族の心に深い傷を残す。僕にはそれが分かるから……」

僕なりに思ったところを口にしたものの、麻世ちゃんから言葉が返ってこない。助手席に目をやると、麻世ちゃんは顔をゆがめていた。

「ごめん、野呂っちのお兄さんのこと、忘れてた」

消防士だった兄の殉職は、まほろば診療所の皆に知られていた。

「いや、そういうことじゃないから……」

そんなふうに言いつつも、本当は兄の姿が心をかすめていたのを自覚する。

兄は突然、僕の知らない場所で死んだ。五年前、東京・お台場の火災現場だった。係留中の帆船が炎上したうえ、可燃ガスが爆発し、兄は乗船客の救出活動中に、同僚二人とともに命を落とした。

霊安室に寝かされた兄の遺体は、さらしで巻かれていた。損傷が激しかったためだ。母はただ泣き崩れるばかりだった。僕も呆然とその場にたたずむことしかできなかった。せめてもう一度、兄と話がしたかった。

スラマット君の両親は、まだ「せめてもう一度」がかなうのだ。

「私はそれでも患者さんの側に立つ。患者本人の意志を支えられるのは、私たちしかいないから」

麻世ちゃんは冷たいほどきっぱり言った。

北沢社長の家がある大野町《おおのまち》は、古くからの港町だった。北前船の交易で栄えた地区で、金沢港にほど近い。

訪問診療車をゆっくりと進めた。時代を感じさせる木造の商店や町家、風情《ふぜい》のある蔵などが次々と現れ、その向こうに日本海が見える。港と商いの実力を誇示するようなレトロな町並み。全国に知られた金沢の茶屋街や武家屋敷跡とはまた異なる趣だ。

晴れ渡った空が広がる日曜日。町を歩く人の姿はさほど多くはなかった。どこか香ばしい空気を感じる。車の窓は閉めたままで、さらにマスクをしていても気付くほど強い。

「海の匂い……じゃない。しょうゆ？」

「ピンポーン。すごいすごい。この先、しょうゆの蔵元が集まっているから」

「へえ。金沢で、しょうゆ？」

麻世ちゃんが空手チョップで僕の頭をたたくまねをする。

「知らないの？　上品でまろやか、最高のうまくちしょうゆよ。スーパーの刺身が、料亭の味になるんだから」

まるで宣伝コピーのようだった。

麻世ちゃんが、「ああ、よだれが出そう。こんな話、させないでよ」と文句を言う。その横顔には、小さな笑みが浮かんでいた。先ほどまでの、大切な人の死と別れに関する話題から風向きが変わり、僕はほんの一瞬だけほっとする。

「うまくち、しょうゆ」

小さくつぶやいてみた。確かに、うまそうだ。今度の休みにでもゆっくり買いに来るとしよう。ついでにスーパーで刺身も。ガスエビってのも買えるのかな。

「そこ、北沢家！　小路が狭いから気をつけて入って」

表札を見つけた麻世ちゃんの指示に従って、車を停止させる。前庭のある、大きな二階建ての住宅だった。落ち着いた和風のたたずまいは、まさに三代続く網元の家といった雰囲気だ。

玄関の前に立った。呼び鈴を押したが、反応がない。裏手からにぎやかな話し声が聞こえてくる。

「イエス、イエス。そこを縫って。そうそう、上手！」

家の外をぐるりめぐると、海側に出た。

庭に大きな網が広げられており、そこでは中年の女性と四人の男性が車座になり、和気あいあいとおしゃべりしながら何かをしている。手元にあるのは、漁で使う網のようだ。

「こんにちはー」

ハローと言う方がいいかなと思いつつ、いつものように声をかける。

褐色の肌をした男性四人が一斉にこちらを見た。表情がさっと硬くなる。穏やかで平和な時間を壊した、無粋な侵入者のような気持ちになった。

「あ、まほろばさん」

漁網を囲む輪の中から女性がすっくと立った。先日会った北沢社長の妻、朋子さんだ。

「スラマット、おいで」と、朋子さんは傍らの一人に声をかける。

丸顔でニコニコした人物がゆっくり立ち上がった。痩せているが、腹部だけは異常に大きい。患者は自室で横になっている、と思い込んでいた僕の予想は、見事に裏切られた。

「こんにちは。僕の名前は野呂聖二、メディカル・ドクターです。今日は、あなたのヘルス・チェックをするために、クリニックから来ました」

外国人の患者を前にすると、普段とは勝手が違ってくるものだ。言葉を選びつつ、自己紹介と来訪の目的を告げる。

「コンニチハ、スラマット・リファイ・プトラです」

スラマット君は、ぎこちなく頭を下げた。優しい目の男だった。年齢は僕と同じだが、若く見えた。

「人気ダンサーのサムサムに似てない？」

麻世ちゃんの言葉に、スラマット君は「そんな……ドリアンとキュウリですよ」と返してきた。

「え？　ドリアンって、どういうこと？」

戸惑う麻世ちゃんに朋子さんが、「比べものにならない――日本語なら、月とスッポンという意味です」と言って笑う。

「何となく分かるけど、ひどくない？　私、モロキュウ大好きなのに」

麻世ちゃんが「キュウリさんに失礼よー」と、おかしな方向で憤慨する。僕も、彼らの国でドリアンが高級食材の代表選手に位置づけられるとは知らなかった。

いやそれよりも、死の病の宣告を受けて絶望の淵にいるかと思われた患者本人が、仲間と日の光を浴びながら笑顔で過ごし、冗談すら口にしたことに僕は正直驚いた。

北沢社長の家に上がる。ゆったりとした玄関の壁には、大漁旗が夕ペストリーのように掲げられていた。正面に立派な階段があり、下駄箱には民宿か学生寮のようにいくつもの靴が並ぶ。左手には大きな広間が見えた。

朋子さんとスラマット君の後に続き、家の中を進む。階段の手前で朋子さんは、右手の廊下に歩を移した。

奥の部屋の障子を開ける。広い室内が、カーテンで四つに仕切られていた。外から見たところ、一つのスペースは三畳ほどだろうか。四人の実習生それぞれのプライバシーがうまく確保されている。

「スラマット、先生をご案内して」

「ハイ」

朋子さんに促され、青年は左手前のカーテンを開けた。

「ドウゾ、お入りください」

畳の上には、いわゆるペルシャ風のじゅうたんが敷かれている。壁に据え付けられた長い棚の中央は大きな液晶テレビが占め、その両脇に湯沸かしポット、買い置きのカップラーメン、菓子袋、ペットボトル、辞書や雑誌、洗面用具などが並ぶ。衣類とリネンはたたんで棚の下段に収納されていた。それらの手前にマットレスが延べてある。感心するほどきちんと整頓されており、思ったよりも広く感じられた。

「早速ですが、体を診せてくださいね」

僕は診察の開始を告げる。

「近くにおりますので、何かあったら声をかけてください」

朋子さんはそう言ってカーテンの外に出た。

「スラマット君、シャツを脱いで、横になってもらえますか」

「ハイ」

素直にシャツを脱ぎ、スラマット君はマットの上に横たわった。

「お腹を出すから、ベルトを少しゆるめるね」

麻世ちゃんが、スラマット君のズボンを少し下げる。

腹部は大きく盛り上がっていた。僕は左手を腹に当てつつ、反対側を右手で軽くたたく。その振動が、左手に伝わった。腹水が大量にたまっている所見だ。腹水の原因は、主に癌細胞の腹膜への転移である。癌に冒された腹膜から水分が漏れ出てしまうのだ。腹水がここまでたまる状態になってしまうと、患者に残された時間はそれほど長くない。もって二か月くらいか。今は九月の上旬だから、十月いっぱいくらいだろう。あらかじめ聞かされていたとはいえ、若い患者を前にすると、改めて暗然たる思いに駆られる。

「ボクの病気のこと、教えて。胃癌って、どうナルですか？」

スラマット君は、すでに病名を告げられていた。ただ、だからといって、患者が自分の病気のすべてを承知しているとは限らない。「厳しい病状を理解できていると思います」と朋子さんは言っていたが、改めて確認した方がよさそうだ。

正しく理解した結果、どんな精神状態になるかは見当がつかない。けれど、できる限り言葉を尽くそうと思った。

「ゆっくり説明しますから、分からないところがあったら何度でも聞いてください」

スラマット君は、まっすぐな目でこちらを見た。

「胃癌には、いくつかの種類があります」

スラマット君のかかった癌は、胃の粘膜の下をはうように広がるスキルスという胃癌であること、若い人がかかりやすいこと、治すのが難しいタイプであること、ほかの臓器へ転移しやすく、すでに腹膜という場所へ転移してしまったため、腹に水がたまるようになったこと、息苦しさや痛みが出たら苦しくないようにしっかりと治療すること、などをていねいに説明する。

「ボク、どのくらい生きるの？」

ストレートな質問をされ、僕は言葉に詰まった。麻世ちゃんが鋭い視線を投げてくる。

「野呂先生、言うしかないんじゃない？」

麻世ちゃんの言う通りだ。スラマット君の澄んだ目を前に嘘はつけない。

それに、いつどうなるかを知るのは患者の権利だ。しかもスラマット君だけの問題ではない。インドネシアにいる彼の家族のためにも、より正確な情報や心の準備が必要なはずだ。

「はっきりとは分からないけれど、新年は迎えられないと思う。場合によると、二か月後くらいかもしれない」

希望を失わないようにと願いつつも、本当のことを伝える。

「ワカリマシタ」

即座に返ってきた。静かな声だった。唇を強く結んでいる。

「少しでも痛かったり苦しかったりしたら、すぐに教えてね」

麻世ちゃんがスラマット君の手を握る。尋ねるとしたら、このタイミングだと思った。

「インドネシアに帰国するなら、今しかないけど。本当に帰らなくていいの？」

今度はほんのわずかな間を置いて、スラマット君が深くうなずいた。

「イロイロ考えて、決めたから。日本に来て、ボクは漁業ができるようになった。それ、すごくウレシこと。北沢シャチョウはボクのもう一人の父親。日本、ダイスキ。飛行機代は高いし、コロナでもあるし、インドネシアに帰っても入れる病院はない」

「ご家族は大丈夫？　何か言ってない？」

スラマット君は少し表情をこわばらせた。

「家族に、三年たつ前に帰らないと約束した。ダカラ、病気のことは知らせない」

驚いた。突然に体調を崩したこと、病院でスキルス胃癌と診断されたこと、余命が長くないと言われたこと。スラマット君は、そのいずれについてもインドネシアの両親や兄弟に伝えていないというのだ。

「どうして言わないの？　ご両親は君のことを心配しているはずだよ」

言ったそばから、矛盾しているような気がした。深刻な病状を知らせれば、家族は当然心配する。日本で元気でやっていると思うから、穏やかな心持ちでいられるのだ。

だからといって、知らせないのは果たして正しいのだろうか。本当は、「君が亡くなってから家族につらい思いをさせてしまうよ」と言いたかったが、患者本人に向かってそんな前提を口にするのはさすがにはばかられた。

「ボク、日本にいたいです。ボクはインドネシアの家族のために大きな家を建てるのが夢。それに、ここには……」

そう語ると、スラマット君は顔を赤らめてうつむいた。

その日の夜、僕は母に電話をした。

「聖ちゃん、どうしたの？　何かあったのね！　どっか体が悪いの？」

母があまりに驚くものだから、それらしい理由を作らなければならなくなった。

「大丈夫だよ。ほら、お父さんの血圧が高いって言ってたじゃない。でさ、うまい減塩しょうゆを見つけたから、送ろうと思ってさ」

麻世ちゃんから教えてもらった、うまくちしょうゆの話をした。

「ほら、お母さんからはいろいろ送ってもらってるし、僕から何か送れないかなって」

ようやく特段の用件はないと納得した母は、「びっくりさせないでよ」と恨みがましい声を出した。おそらく兄の死がトラウマになっているのだ。突然の電話は、不吉なことを連想させてしまうに違いない。

「減塩しょうゆなんてスーパーで買えるから、わざわざいいわよ。でも聖ちゃん、よかった。ありがとう」

母の声は、わずかに潤んでいた。最後の言葉は、「聖ちゃんが生きていてよかった」という母の思いであると感じる。

もっと電話をしなければ——僕は改めて思った。


再びスラマット君を訪ねたのは十日後のことだった。重い雲が海の上にのしかかって見える。僕と麻世ちゃんは、北沢社長宅の玄関先で朋子さんに迎えられた。

「今日は静かですね」

前回の訪問日は、家の裏手から朋子さんと実習生たちのにぎやかな声が聞こえた。

「今朝は早くからスラマット以外、全員が漁に出てますから」

朋子さんにそう教えられ、なるほどと思う。

「それより先生、スラマットがつらそうなんです。診てやってください。どうぞこちらへ」

促され、がらんとした玄関に足を踏み入れる。僕は、留守番役のスラマット君が広間か階段でぽつんと一人たたずむ姿を想像していた。漁には出られないものの、北沢社長や仲間たちの安全と大漁を祈って穏やかに、そして寂しそうに船の帰りを待つスラマット君を。

だがすぐに、それは楽観的すぎたと思い知らされた。スラマット君は部屋で横になっていた。額に脂汗を浮かべている。起き上がるだけで腹部が苦しくなり、姿勢を保つことができない様子だ。

「センセイ、お腹、キツイ」

腹水で腹はパンパンに張っていた。妊娠後期のように腹部がせり出している。その圧迫により、呼吸がひどく浅い。

パルスオキシメーターを使って酸素飽和度を測定したところ、九二パーセントまで落ちていた。前回は一〇〇パーセント近くあったから、スラマット君にとっては酸素不足、つまり呼吸不全の状態だ。一般的に、この値が九〇パーセントを切ると必ず酸素投与が必要になる。

「息苦しくない？」

僕の問いかけにスラマット君は首を横に振った。

「それより、お腹がツライ」

あるはずの息苦しささえ感じていない。それほど腹の張りが強いのだ。

携帯型の超音波診断装置《エコー》を使って画像を映し出す。腹水は二リットル以上もたまっていた。ここで腹水を抜いても、何日かすればまたすぐ同じ症状に悩まされる。けれど、処置をすれば腹の張り感がやわらぎ、呼吸の改善も見込める。

「よし、腹水を抜こう」

たとえ一時しのぎではあっても、スラマット君はそうした治療を優先すべき状況と思われた。麻世ちゃんがうなずき、腹水穿刺《せんし》に必要な道具を用意し始める。

僕は再びエコーの探触子《プローブ》を腹に当てた。針を刺しても安全な場所を確認するためだ。へその左下に、たっぷりと腹水の貯留する場所があった。腸管からも離れている。その場所に向かって針を刺し入れることにした。

腹部をイソジン消毒し、麻酔する。外筒のプラスチック・チューブと内筒の金属針という二重構造になった特殊な針――リーフロー留置針を腹壁からそっと刺入する。針の根元に黄色の腹水が出てきた。外筒のチューブだけを刺し進め、金属針を引き抜く。これで腹部にはチューブだけが残された状態となり、腸管を傷つける心配がなくなった。

サーフロー留置針の外筒にさらに延長チューブを取り付け、目盛りのついた容器に腹水が流れ落ちるようにセットする。すぐさま、タラタラと黄色い液体が落ちてきた。

スラマット君の顔が、徐々に明るくなってくる。

「ああ、お腹、楽デス」

まだ二百ミリリットルくらいしか流出させていないにもかかわらず、いい反応が返ってきた。腹の皮膚が引き伸ばされ、張り裂けるほどの限界に達していたのだろう。

「どのくらい抜きますか？」

麻世ちゃんが尋ねてくる。たくさん抜いても、また、すぐにたまってしまうものだ。かといって処置する量が少なければ、時を置かずにまた腹が張り裂けるような痛みを感じさせてしまう。一方で腹水を抜く行為は、体から栄養も一緒に取り去ることを意味する。加減が難しいところだ。

「酸素飽和度は？」

「九二パーセント、同じです」

処置前と比べて変化はなかった。もう少し腹水を除去して、横隔膜が動きやすくなる程度を目指そうと考える。

「五百ミリリットル前後を目標にしよう」

「了解。今、三百ミリリットルになります」

麻世ちゃんは、容器の目盛りを見ながら答えた。

「スラマット君、呼吸はつらくないかな？」

「ダイジョブ」

「北沢社長ってさ、カッコいいよね。いかにも海の男って感じで」

麻世ちゃんが唐突に言った。

「はい。ボク、大好きデス」

スラマット君の表情がゆるむ。

「社長のどんなところが一番好きなの？」

話が途切れないように問い続ける。のんびり無駄話をしているわけではない。おしゃべりは、患者の意識状態を確認するのに重要なのだ。

「笑ってくれるところ」

「え？　そこ？」

僕は思わず吹き出してしまう。

北沢社長の魅力といえば、親切、腕がいい、食事や住まいを提供してくれる、あるいは賃金をくれる、といった返事を想像していた。

「日本に来て、いろんな人がいた。社長は親切だけど、ほかの人は笑わないし、イジワル。オマエ何の用だ、ナニジンだって。指さされて、あっち行け、こっち来い……。ちょっと怖かった。でもシャチョウはボクに笑ってくれた。そのときボク、初めてここにいてもいいんだって思った」

笑顔か――。

笑顔を向けることの大切さは、日常の診察業務でもよく感じる。笑顔でないと、いくら説明しても患者さんに理解してもらえず、薬も飲んでもらえない。笑顔はつまり、あなたは大切な人で、理解され、受け入れられていますよ、という合図なのだ。

麻世ちゃんが眉を上げた。

「そういえば、ひどいニュースがあったよね。コロナ感染予防のため外国人と食事しないようにっていうお触れを出した保健所があったのよ。それまで一緒にごはん食べて、生活を共にしてきたのに、日本人でない人とは接触まかりならんって」

聞いたことがあった。ひとくくりに「外国人」と区別してしまう乱暴な指導があったと。技能実習生という立場で外国からやって来た人々は、その実態から見れば、日本に不足する若い労働力となってくれている。感謝すべき存在と言っていい。

「日本人はこんなにも外国籍の人に助けられているのに、何だか冷たいね」

それを聞いたスラマット君は、慌てた様子で首を左右に振った。

「ツメタクナイ、ツメタクナイ。日本人のトモダチはダイジョブ。みんな優しい」

世界の国々の中から日本を選んで来てくれて、日本人と一緒に現場で汗を流してくれ、しかも日本を愛してくれている。そんなスラマット君たちの状況を思えば思うほど、申し訳ない気持ちになる。

「そろそろ五百ミリリットルです」

「酸素飽和度は？」

「九五パーセントに上がりました」

「じゃあ、終了しよう。スラマット君、気分は悪くない？」

「ダイジョブデス」

血圧や脈拍も問題なかった。顔色もさっきより随分よくなっている。

止血を確認し、腹水穿刺を終了した。

「お腹、フワフワになってよかったね」

スラマット君の腹部に麻世ちゃんがばんそうこうを貼る。

「うん、よかった。ありがとう」

スラマット君は白い歯をこぼした。

地球上のどこにでもいる、僕と同世代の、屈託のない笑顔だった。

診察道具を抱えて帰ろうとしたときだ。カーテン越しにこちらをのぞく女性がいるのに気付いた。

「こんにちは」

麻世ちゃんが声をかける。

「コンニチハー」

女性は愛らしいしぐさで答えた。スラマット君と同じ、インドネシア人のようだ。

「アニサ、来てくれたの？　おいで」

背後でスラマット君が声を上げた。だが、女性は僕の顔をじっと見つめてきた。

「センセ……スラマットをタスケテ」

目に深い悲しみをたたえている。

「スラマット、ダイジ。センセ、病気治して」

アニサさんは顔の前で両手を合わせた。

「そうか、君がいるからか」

スラマット君が帰国しないと言い張る理由が分かったような気がした。

「苦しくないように、ちゃんと助けるからね」

決して彼女の望んでいる答えではないと知りながら、僕はそう答えるしかなかった。

兼六園では、十月桜が開花した。これから冬にかけて、淡い色の花が咲くという。

コロナ禍の緊急事態宣言は、九月末にすべての都道府県で解除され、石川県内は十月に入って一日の新規感染者が十人を下回るようになっていた。

世間に明るい兆しが見えてきた中で、スラマット君の容態はそれとは対照的だった。

花の便りを耳にした日の夕刻、僕は白石先生と仙川先生の前でスラマット君の病状説明に臨んだ。

「腹水は週に一回の頻度で抜けばよい状態でしたが、十月に入ってからは三日ももたずに大量にたまるようになりました。貯留は胸部にも認められます」

「呼吸状態はどうなの?」

白石先生が的確な質問を投げてくる。

「実は、酸素飽和度も下がりやすくなってきました」

「呼吸不全も、か。まずいな。野呂先生、次の手はどうする?」

仙川先生は腕組みをして先を促した。

呼吸困難の原因は胸水だ。肺の外側を覆う胸膜腔《きょうまくくう》に水が貯留して周辺を圧迫し、咳や胸痛、息苦しさを引き起こし、ひどくなると呼吸困難を生じる。僕は先月末から、酸素吸入を開始していた。スラマット君の呼吸をできるだけ楽にしてやるための処置だった。

「まず酸素投与を始めました」

「酸素流量は？」

「三リットルから五リットルの範囲で変動しています」

「五リットルになるときもあるのね……。厳しいわね」

白石先生に指摘され、僕はおびえにも似た気持ちになる。

このところ、スラマット君は終日横になって過ごしている。青白くむくんだ顔は生気がなかった。それにもかかわらず、明るい表情を見せようとしてくれているのがかえって痛々しい。短い呼吸をしつつ、額には汗を浮かべている。見ているだけで、こちらも息が苦しくなるほどだった。

スラマット君の酸素飽和度は、酸素投与量を一分当たり三リットルに増やしても九〇パーセントを維持するのがやっとというときもあった。以前は一、二リットルで十分だったのに。癌の増殖と胸水によって、肺の容積が減少しているせいだ。

胸水を抜き、一度は酸素流量を三リットルにまで下げることができた。だが、効果は長続きしない。一般的に、投与する酸素の量が五リットルを超えてくれれば重症だ。スラマット君の呼吸機能は、限界に近づきつつあった。

「癌そのものの治療が難しい以上、きちんと緩和するべきだな」

仙川先生の言葉に、白石先生もうなずく。僕も同感だった。

根本的な治療法がなく、現在行っている胸水穿刺や酸素投与といった対症療法の効き目が薄れて苦痛が取れないときはどうするか？　患者の体に働きかけ、苦しさそのものを感じにくくするしかない。

　医療用麻薬、つまりモルヒネの使用が検討されなければならない段階だということだ。それはすなわち、苦痛を含めたあらゆる感覚が低下する可能性も意味する。

「モルヒネ、ですね」

　仙川先生が「そうだね」と言い、白石先生と目を合わせる。

「でも仙川先生、患者を家族に会わせなくて本当にいいんでしょうか？」

　僕はまだ、スラマット君の帰国をあきらめる気にはなれなかった。帰すならばモルヒネで意識レベルが低下する可能性が生じる前に、だ。

　仙川先生が首を左右に振る。

「患者には、経済的な事情もあると北沢社長が言ってたからね」

　そう言われても、僕は納得しきれなかった。

「もしスラマット君を帰国させるなら、僕がインドネシアまで付き添います」

　スラマット君の家族に会い、彼が技能実習生として日本でどんなに一生懸命仕事をし、どれほど皆に愛されていたか伝えたかった。

　白石先生がどこか寂しげに表情を崩す。

「野呂先生のそのまっすぐな気持ちは好きよ。でもね、人にはいろんな事情があるから」

「必要なら、早くきちんとモルヒネを始めなさい。我々が第一に求められるのは、患者の苦痛緩和。そして今、患者を支えている『日本の家族』へのインフォームド《I》・コンセント《C》だよ。患者が望んでもいないのに、勝手に帰国について心配している場合じゃない」

早急な緩和医療の必要性と、それに関する北沢社長夫妻へのIC——説明と同意。仙川先生の言葉を聞いて、冷水を浴びせられたような気持ちになった。事態は急を要している。けれど僕は、まだそうとは認めたくなかったのだ。

次の訪問日、スラマット君のいない部屋で、僕は北沢社長、それに朋子さんと三人になった。例の話をするためだった。

「……スラマット君が直面している痛みの話ですが、苦しさは日ごとに増しています。そこで提案ですが、モルヒネを使った方が楽に過ごせると思います」

夫妻は目を何度かしばたたかせた。

「モルヒネですか！」

朋子さんは驚いた顔で言う。

「モルヒネなんか使ったら、あっという間に逝ってしまうと聞いてますが……」

北沢社長も動揺しているようだ。

「いいえ、そんなことはありません」

モルヒネ治療の効用について、僕は北沢夫妻に一から説明する。

モルヒネを使えば、体の痛みだけでなく、癌に伴う何とも言えない不快感も取り除ける。

そして、呼吸困難感や倦怠感といった苦痛を積極的に取り除いた方が、生活の質が向上し、残された時間を有意義に過ごせる——と。

その一方でモルヒネは、病気の最終段階で使われることが多いため、患者の家族からは「最後に投与されたモルヒネのせいで命を落とした」という誤解を受けやすい。だがそれは、まったくもって誤った解釈で、患者の死はあくまで病気の進行によるものだ。現に、モルヒネ治療は命を縮めないとする論文も発表されている。

「ただ、モルヒネは効きすぎると、眠る時間が長くなることもあります。投与が過剰にならないよう少量から調整していきます」

二人は黙って聞いているが、理解してもらえただろうか。

「これからは、最後の大切な時間です。スラマット君ができるだけ穏やかな日々を送れるようにしてあげましょう」

朋子さんの気持ちを確かめたくて、僕はゆっくりと視線を向けた。

「何だか、麻薬というだけで恐ろしくて」

朋子さんの声は、まだおろおろしている。

頭の中で僕は、身近な例を探した。

「歯医者さんに歯を抜いてもらうとき、麻酔を使ったことはありませんか？　モルヒネで癌の苦しさを取らないというのは、麻酔なしで抜歯するようなものですよ」

長い間、日本の医療は「我慢させる医療」だと指摘されてきた。欧米に比べて、モルヒネの使用量は数分の一ないし十数分の一と少ないレベルにとどまっている。医療者側も患者側も、漠然とした恐怖心と忌避感が先に立ってしまい、麻薬を適切に利用してこなかった――僕はできるだけていねいに説明した。

「……分かりました。よろしくお願いします。野呂先生にお任せします」

北沢社長の絞り出すような声と同時に、朋子さんが暗然とした面持ちでうなずいた。

「確かに、これ以上あの子が苦しむ姿を見るのは耐えられません。これは、仕方のないことなんですよね」

朋子さんの言い方は、まるでスラマット君の命を縮めるのに同意したかのような悲痛なものだった。医療用麻薬への誤解や抵抗感は、簡単には解けない。それが日本の現実なのだ。

静まり返った廊下を抜けて、僕は再びスラマット君の部屋へ向かう。障子を開ける前から麻世ちゃんのにぎやかな笑い声が聞こえてきた。

「スラマット君が日本に来て、びっくりしたことって何？」

「んー、日本人だけじゃなくて、外国人もいっぱいいたこと」

「あはは、そうなんだー」

これからスラマット君にシビアな話をしなければならない。そんな空気を、麻世ちゃんが少しでもやわらげてくれているのは本当にありがたかった。

「……いいかな？　今後の治療の話をするね」

改めて患者であるスラマット君に向けて、モルヒネ使用についての説明をする。可能な限り分かりやすく、平易な言葉を使って。スラマット君は、僕をまっすぐに見つめつつ、時折うなずきを返した。

最後にスラマット君は、まるで僕の提案を予想していたかのように、すらりと答えた。

「オネガイシマス」


翌日、日本海は強風で波頭が白く逆巻いていたが、空は限りなく青かった。

スラマット君は、驚くほど晴れ晴れとした顔になっていた。モルヒネの効果があったようだ。今朝はきちんと食事も取れたらしい。体の動きも昨日よりずっとよかった。

「スラマットはいつも『そんなに苦しくない』と言っていましたが、本当は違ったんですね。モルヒネを使ってもらってよかったです」

朋子さんがうれしそうに言う。恐れていたほど怖い薬ではなかった——という本音もあるのだろう。

「先生、何だかボク、病気が治っちゃったみたいな気がするんですけど」

その声は、別人のように明るかった。

今日もエコーで胸水や腹水の程度を確かめる。右横隔膜の下腔《かくう》、それに脾臓《ひぞう》の側方から左《ひだり》傍結腸溝《ぼうけつちょうこう》に水が貯留している。以前と同じくらいの量、二リットルにはなるだろう。健常者でも五十ミリリットル程度の「生理的な腹水」は存在し、臓器や組織間の摩擦を防ぐ潤滑剤の役割を果たしているが、スラマット君の量は比較にならないほど多い。

体の状態は決して改善していなかった。モルヒネによる苦痛除去がうまくいっているだけだ。もう一つ残念なことがある。こうした安定した時間は、決して長く続かないという現実だ。

「気分がよさそうでよかった。今の時間を大切にしてください」

「センセイ……」

スラマット君から静かな目を向けられた。何かを悟ったような穏やかな顔だった。

「先生は、インドネシアのトラジャ族って、聞いたコトありますか？」

「ごめん、知らないよ。残念ながらバリ島にも行ったことがないんだ。インドネシアにはたくさんの民族がいるんだってね」

診療記録をカルテに記入しながら、僕は知っている限りの知識で応じる。

「はい、民族の数は全部で三百くらい。ジャワ島生まれのボクも、たくさんはシリマセン。でもね、有名なんです、スラウェシ島のトラジャ族は、世界でも」

「ふうん」

「トラジャの地では、『人は、死ぬために生きている』と言います」

スラマット君の言葉にドキリとした。そして、続く説明はさらに驚くべきものだった。

大小無数の島から成るインドネシアのほぼ中央、ヒトデの形をしたスラウェシ島の山岳地帯に居住するトラジャ族。彼らは、屋根の両端が反り返った舟形家屋の集落に住むことで知られている。しかも彼らの慣習はさらにユニークだという。一番の特徴は、盛大な葬儀にある。大切な家族を失った遺族は、何日もかけて弔いの儀式を行う。そのたびに多額の費用をかけ、何十頭もの水牛や豚を殺し、競い合うようにして参列者にふるまう。中には、葬儀のために破産するケースもあるというのだ。

「なんか、すごい話ね」

麻世ちゃんが驚嘆の声を上げる。

「生きるよりも、死ぬ方がお金がかかるというのが、トラジャの地の言い習わしです。バカみたい。そんなことを続けてたら、いつまでたっても幸せにナレナイ。人々は豊かに生きるためじゃなくて、豊かに死ぬために生きてる。ほんと、バカみたいデス」

おかしさをこらえきれない様子で、スラマット君の声のトーンが一段高くなった。

「うーん、文化の違いだね。ま、とにかく笑顔が出るのはいいことだ」

僕は、診察道具をバッグに収める。麻世ちゃんを促し、スラマット君にまた来るねと挨拶した。

カーテンの外へ出ようとしたところで、アニサさんの姿が目に入った。以前に「スラマットをタスケテ」と言ってきた女性だ。ほかにも何人かの男女を連れてきている。随分とにぎやかなお見舞いだ。

「もうチョット待ってて」

スラマット君は、彼らに手で待つようにと合図した。

「ボクの大切な仲間です。乗ってる船やシゴト場は違うけど。何だかスゴクおしゃべりしたくなったから来てもらったデス」

インドネシア出身の友人たちだった。彼らとの会話を楽しめるほど気分がいいということだ。そばで見守る北沢社長と朋了さんも、今日は表情が明るい。モルヒネ治療を開始して本当によかった。

朝から海が大きく荒れたこの日、港は全船が休漁となったと聞いた。スラマット君と北沢夫妻、それに仲間たちにとっては、心と体が休まる日になったことだろう。


しばらくの間、小康状態が続いた。

十月下旬、魚市場が休みになる日曜日にスラマット君の訪問診療をリクエストされた。

指定された昼過ぎの時間帯に、僕と麻世ちゃんは北沢邸の玄関に入る。すると、そこには置き場がないほどびっしりと靴が並んでいた。何やら奥が騒々しい。片言の日本語や知らない外国語がにぎやかに飛び交っている。

どうしたんだろう。なぜこんなにも、たくさんの人々が集まっているんだ？

トラジャ族の盛大な葬式の話を思い出した。まさか――。

僕は慌てて奥座敷のカーテンを引き開けた。いつもとまったく異なる雰囲気だった。スラマット君の部屋には、何人もの男性がぎっしりと車座になっている。カーテンの中に収まりきらないほどの人数だった。

「スラマット君！」

人々の中央に、スラマット君の笑顔が浮かび上がる。目が合うまでに、しばらく時間がかかった。

「あ、先生！　みんな、診察あるから、チョット隣の部屋に行ってて」

スラマット君に促されて、彼らはぞろぞろと出ていく。記憶を手がかりに面々を眺めたが、初めての顔も少なくない。

「ええと……友だち？」

「ハイ。みんなインドネシアから来た技能実習生」

同郷の友人たちを送り出し、スラマット君は白い歯を見せた。

「随分来てるね」

「ハイ。今日はパーティー、あります」

「あ、そうなんだ。気晴らしもいいけど、無理し過ぎないでね。じゃあ、シャツを上げるよ」

胸を聴診する。同時に、指先にパルスオキシメーターをつけて計測すると、酸素飽和度が八九パーセントに低下していた。厳しい数字だ。僕は酸素流量を三リットルから四リットルに増やす。

「息苦しさは、どう？」

「ダイジョブ。苦しくないデス」

スラマット君の顔つきは穏やかだった。バイタルの数字としては悪いが、モルヒネの効果で息苦しいと感じにくくなっているのだ。ただし、この状態が長続きするとは思えなかった。

腹水の量はほぼ変わらない。

「今日は抜かなくてもよさそうだね」

スラマット君は「よかった」と言い、文字通り胸をなでおろした。

腹水を除去するための腹腔穿刺は、局所麻酔をかけて行うので痛みはほとんど感じない。しかし、腹部に長い針を刺す行為は、スラマット君に強い恐怖とストレスを与えていたようだ。

診察道具を片付けていると、朋子さんに声をかけられた。

「野呂先生、星野さん、もしよろしかったら、ちょっとだけでもお付き合いくださいませんか？」

「パーティー」のことだろう。朋子さんに誘われるがまま、後をついていく。階段の下を通り抜け、いつもは入らない大広間に案内された。

障子を朋子さんが開けると、そこでは宴会の準備がされていた。三十人をゆうに超える人々が長いテーブルを囲んでいる。部屋には、大漁旗がたくさん飾られており、見るからに華やかな雰囲気だ。

「わあ、すごいですね！」

卓上にいくつも並ぶ大皿には、エビやイカ、ブリなどが大量に載せられている。いなり寿司も山のように積まれ、バーSTATIONで食べたエビ包子、それに独特の匂いからしてドリアンを含むデザートの皿もあった。同郷者の集う懇親会というだけではなさそうだ。

「何の集まりなんですか？」

朋子さんが、「ほら、先生にご説明しなさい」と、傍らに立つスラマット君の肩をたたく。

スラマット君は、てれながら頭をかいた。

「今日は、ボクの結婚式」

「えっ！」

驚いた。麻世ちゃんも目を大きく見開いたまま絶句している。

そのとき、背後から一人の女性が仲間に押し出されるようにして現れた。白いベールをかぶっている。大きな瞳は……間違いない。

「アニサさんとの結婚か！」

あとの言葉が続かない。結婚したとしても、夫婦らしい暮らしができるかどうか、それどころか、生きていられる時間さえも分からない状況だった。

「アニサの強い希望です。野呂先生も星野さんも、どうか祝ってやってください。スラマットの残された時間をできるだけ充実させてやりたくて。今日の料理は、組合の連中やインドネシアから一緒に来た実習生たちからの差し入れです」

モーニングを着込んだ北沢社長がノンアルコールビールをグラスに注《つ》いでくれる。そうか、北沢社長がスラマット君のために企画したのか。そして、事情を知った船主仲間や同郷の実習生たちが、粋な計らいをしたのだ。

スラマット君のスピーチが始まった。

「ボクの大事な人生は、ここで始まった。尊敬するシャチョウがいて、優しい奥さんがいて。仲間も、日本のトモダチもたくさん。そしてアニサがいる。ここで人生が終わるのは、とても悔しい。けれど、今はうれしいことばかり。最後までシャチョウを手伝えなくてごめんなさい。でも、夢がかないます」

そう言って、スラマット君はアニサさんを静かに見つめた。

大広間に拍手が鳴り響く。テーブルをたたく者、箸でグラスを打ち鳴らす者もいた。

「アリガト、アリガトウ」

スラマット君は両手を合わせる。

「みんな、集まって！」

麻世ちゃんが、スマホを構えた。アニサさんとスラマット君を中心に、全員が集合する。

新郎新婦が仲間たちと集合写真を撮るのは、これが最初で最後になるのだろう。いや、写真だけではない。二人で食事することも、会話をすることも厳しくなってきている。

十月二十七日の早朝、スラマット君は息を引き取った。あの結婚式から、まだ三日しかたっていなかった。予想していたこととはいえ、一つの命が消えてしまうのを見届けた日は気持ちが沈む。

スラマット君の苦痛を十分にやわらげられていただろうか？

スラマット君の心の痛みにどれほど寄り添えただろうか？

僕は、スラマット君の最期にふさわしい医療を行えたのだろうか？

反省とも不安とも言えない何かが心の奥底で渦を巻く。

そして、スラマット君の屈託のない笑顔をもう二度と見られないという事実にも、すぐにはなじめなかった。わずか二か月足らずではあるが、見守り続けたあの笑顔。短すぎる時間だった。

それから四日後のことだ。夕方遅く、七件の訪問診療を終えてまほろば診療所に戻ると、クリニック内が静まり返っていた。

「あれ、仙川先生は？」

「待ち合わせがあるって、STATIONに行かれました」

亮子さんがパソコンの画面から顔を上げて答える。

「もうすぐ七時ですね。ここを閉めたら、僕たちも行きませんか？」

亮子さんと麻世ちゃんに声をかけた。北沢社長に初めて会った場所で、スラマット君のことをゆっくりと考えてみるのもいいと思った。

「おおー、みんな来たか。座れ座れ」

バーSTATIONのカウンターを独占するかのように、仙川先生が中央の席に陣取っている。先生の目の前にはいつもの大きな包子があった。

「仙川先生、お好きですね」

皿に伸びかけた仙川先生の手が、麻世ちゃんのひと言で止まる。

「マスター、三人に包子を。定番の羊肉と新メニューのエビ、二個セットでね」

「ありがとうございまーす」

麻世ちゃんと亮子さんの声がそろった。僕は二人のテンションの高さについていけない。

「……すんません。ではいただきます」

僕は、まだスラマット君の死を引きずっていた。

店には先客がいたようだ。店の奥にあるトイレの方からマスク姿の男性が現れ、仙川先生の隣のカウンター席に座った。アクリル板越しに視線が合い、目礼する。どこかで見た覚えがあった。

「どうも。加賀日日新聞の有森と申します」

有森と名乗った男性はペコリと頭を下げた。

「ああ、記者さんでしたか」

以前、まほろば診療所に取材に来て、白石先生にぶしつけな質問をしていたのを思い出す。と同時に、亡くなった水引作家の大元露子さんに関する素晴らしい記事を書いてくれた記者だと思い当たる。

麻世ちゃんは怒ったような目つきで黙っていた。

仙川先生が待ち合わせしていたのは有森記者だったのか。先生の方から記者を呼び出したとは思えない。取材申し込みを受けてのことだろう。

それにしても一体、何の話を？

「そんなに、にらまないでくださいよ。不審者じゃありませんから」

麻世ちゃんに向かって、有森記者は愛想笑いをする。

「妹に叱られているみたいだな。いや、これでも地元のために役立つ記事を心がけているんですよ」

コースターの上にあるのは凍頂烏龍茶のグラス。どうやら酒は飲んでいないようだ。

「今回は何の取材なんですか？」

麻世ちゃんが抑揚のない声で尋ねる。有森記者は急に真面目な声になった。

「実は、外国人技能実習生の死を知らせる記事を書きたいと思って、仙川先生にお話をうかがっていたところなんです」

——スラマット君の件だ。この記者はどこでそんな話を聞きつけたのか。

「でもね、有森さん。医療者には守秘義務っていうのがあるから、患者の病状やプライバシーについては一切、話せないよ」

仙川先生がすぐに釘を刺す。

「もちろん、そのあたりについては心得ています」

記者はマスクを少しずらすと、一口、烏龍茶を飲んだ。それからマスクを戻し、話を続ける。

「憧れの日本とはいえ、故郷から遠く離れた異国で、家族に会うこともできずに死を迎えることになった二十九歳の若者、インドネシア出身のスラマット・リファイ・プトラさん。彼はどんな気持ちだったのか、と思いましてね」

有森記者は、新聞の見出しのような文章をスラスラと口にした。

両脇に冷たい汗が流れるのを感じる。死期の迫った患者を母国の家族に会わせることができなかった——触れてほしくないところを無遠慮に探られる不快感があった。僕自身、まだスラマット君の死を総括しきれていない。

「……そりゃあ、寂しかったんじゃないの？　最後は両親に会いたかったでしょうなあ。でも有森さん、私はその技能実習生に会ったことがないから、今のは勝手な憶測だけどね」

仙川先生はそう言うと「包子、もう一つ。次もガスエビのね」と、マスターに声をかける。

「担当されていたのは野呂先生、と関係先で聞きました。実際に診察の場に行かれて、どんなふうに感じられましたか？」

いきなり直球の質問を投げつけられた。どんなふうにと言われても、何と答えていいか分からなかった。

スラマット・リファイ・プトラという一人の人間の生と死について、希望と絶望、苦痛と安心、そして愛情と悲しみ——。感じたことすべてを正確に話すのは、簡単ではない。

「実習生自身の強い意志で帰国しなかった、と聞いていますが、なぜでしょう？」

記者はメモ帳を繰りながら尋ねてきた。

「もう、いいんじゃないですか」

僕はいら立つ気持ちを抑えきれなかった。故人を知りもしない人にあれこれと詮索されるのは、自分の大切な患者が侮辱されているように思えてならなかった。

「スラマット君は、三十歳を目前にした立派な大人でした。その人間の考えたことを否定するのは、僕はどうかと思うんです」

「否定はしていませんよ。ただ、どうして母国のインドネシアに戻らなかったのかと。それは、誰もが感じる純粋な疑問です。関係する方々から話を聞けば聞くほど、謎は深まるばかりでして」

有森記者は、あくまでも冷静な態度を崩さない。そこには、スラマット君が亡くなったことへの悲しみなど一切存在しないようで、それがさらに腹立たしかった。

「スラマット君は、海での仕事を愛し、日本のため、金沢のために尽くしてくれた実習生です。彼には日本にも家族がいた。師である北沢さん夫妻を本当の両親のように思っていたとしても不思議はないでしょう」

仙川先生が咳払いした。あんまり感情的になるな、という意味だろう。

僕は口を閉じる。

有森記者は「なるほど」とうなずきつつメモを取り続ける。

「その技能実習生の地元貢献については、聞いています。このエビ包子も、彼のアイデアだそうですね。市場に出せない、ごく小さなサイズのガスエビを加工品に仕立てた。いわば『未利用魚』を活用した食品ロスの解消。まさに今、国連が提唱するＳＤＧｓの達成に向けた好企画と評価できますね。市や漁協の幹部とは日常的な取材を通じて付き合いがあるので、私も小耳に挟んでいました」

知らなかった。スラマット君のことは、よく分かっていると思っていた。しかし、僕とは約二か月弱という、ほんの短期間の付き合いであり、彼にとってはおそらく最悪の時間しか共有していなかった。この地で彼は、想像よりもっと豊かで、はるかに素晴らしい時間を過ごしていたのだ。そう気付かされて、すごくうれしかった。

「有森さん、もう一個、包子食べない？」

仙川先生が「次はチーズを」と注文する。

「いえ、私はもう十分です」

「小食だねえ。新メニューはまだあるのに。少し持って帰るかい？」

「いえいえ、家族もいませんし。そういえば先日、テレビで見たんですけどね。介護分野での外国人材の受け入れで……」

有森記者は、仙川先生と少し雑談をしてから店を出ていった。

僕は、エビ包子を食べながら、心の中でスラマット君に手を合わせる。スラマット君の仲間たちの船がもたらしてくれたエビの味は、今日もまた甘みが強く、口に入れた瞬間に溶けていくようだった。

スラマット君が亡くなって十日になる。まほろば診療所の診察室では、穏やかな時間が過ぎていた。

「先生、卯辰山も紅葉が見ごろだよ」

四人目の患者さんに教えられた。兼六園の十月桜が開花してから早くも一か月。十一月の上旬は、秋の深まりをより確かに実感させてくれる。

「そうですか、ありがとう。お大事に」

次のカルテを手にする。名前に見覚えがあった。

「北沢朋子……あの朋子さん？」

麻世ちゃんがうなずき、朋子さんを診察室に呼び入れる。まずは北沢社長が、続いて朋子さんが入ってきた。

「野呂先生、このたびは大変お世話になりました。ただ……あれから朋子が毎日めそめそして、食欲が戻らないんです」

患者用の丸椅子に腰かけた朋子さんの顔は、やつれていた。かなり痩せたようにも見える。

「おつらそうですね。どんなお気持ちですか？」

「何だか、自分が自分でないような気がして……」

朋子さんの声はとても弱々しかった。

「お葬式だけでも、相当、お忙しかったでしょうね」

疲れて当然だ。

「ええ。でも、あれから十日もたつのに、何もやる気が起きないんです。変なことばかり考えてしまって」

「変なこと、と言いますと？」

「私たちがスラマットを看取って本当によかったのか。いくら本人が嫌だと言っても、国に連れて帰ってやればよかったんじゃないのか。あの子の両親はどんなに悲しんでいるだろう。そんなことを考え出すと、涙が止まらなくなってしまうんです……」

そう言いながら、朋子さんは日にハンカチを当てる。

「あちらの両親も、我々に任せるって言ってたじゃないか」

北沢社長が朋子さんの背中をさすった。

社長はあの結婚式のあと、通訳を通してスラマット君の両親に電話をかけ、子細を伝えたという。スラマット君の思いを聞いた両親は、北沢社長に謝意を示し、葬儀を含めた後事を夫妻に託したのだ。

「それは分かっているんですが、急に心臓がドキドキして、このまま自分も死んでしまうんじゃないかと……。夜も眠れませんし」

僕は、カルテに〈同居していた技能実習生の死後、精神的な不安定さと動悸《どうき》が出現。不眠あり〉と記入する。

「大変でしたね。ストレスによる一時的な症状の可能性が高いと思いますが、何か大きな病気が隠れているかもしれません。まずは診察をさせてください。心電図と血液検査もしましょう。場合によっては精神科のドクターも紹介します」

動悸があるということだったので、僕はていねいに聴診をした。しばらく心音を聴き続けたが、特に脈の乱れはなく、心臓の雑音も聞こえなかった。肺音の異常や体のむくみなど、心臓の病気に伴う所見もない。心電図検査にも異常はなかった。

「血液検査の結果が出るのは数日後になります。ひとまずは夜眠れるように、お薬を出しておきますね」

入眠剤を処方し、生活リズムを崩さないようアドバイスをする。

「ありがとうございます。まほろばさんは白石先生が金看板と聞いてましたが、野呂先生も本当に親身になってくださって……」

僕は「いえいえ」と言いながら、耳が熱くなるのを感じた。白石先生の足元にも及ばないのは、自分が一番よく分かっている。

「それこそ、ドリアンとキュウリです」

朋子さんがふっと吹き出した。

「そんなこともあったわね。ああ、懐かしい言葉」

思いがけないほどの明るい声だ。

「朋子、久しぶりに笑ったな。よかった、よかった」

朋子さん以上に明るい笑顔を見せたのは、北沢社長だった。

「野呂先生、私はスラマットからシャチョウって呼ばれてうれしかったです。あの子がシャチョウと呼んでくれるときの思いのこもった声、船で網を操る姿、ガスエビ利用のアイデア、それらのすべてが私を支えてくれたと思うとります」

ポケットから手拭いを取り出し、社長は顔をごしごしと拭いた。

「大げさに聞こえるかもしれませんが、このごろ、どの実習生からも同じことを感じるんです。立場に関係なく、お互いに影響を与え合っているという感じ。こうやって、人と人とが響き合うのが生きることだなって思うんです。それに気付かせてくれたスラマットのことは、ずっと忘れません。忘れようたって、忘れられない。この二年間、私はスラマットのシャチョウであり、家族であり、父親でいられて、本当に幸せだった……」

両方の目を押さえ、北沢社長がうつむいた。麻世ちゃんがティッシュの箱を持って来る。社長の鼻をかむ音がしばらく続いた。

「あなたが泣いてどうするの。はら、ほかの患者さんが待っていらっしゃるから、私たちはそろそろ……」

さっきまでとは立場が逆転だ。朋子さんが社長の袖を引っ張る。

「あ、そうでした。実習生たちからもよく言われるんですよ。私の話は長いって。いや、失礼しました」

社長は何度も頭を下げた。

「いえいえ、いいお話を聞かせていただきました。では一週間後にまた来てください。ゆっくりと時間をかけて、一緒に乗り越えましょう」

朋子さんと社長の手が重なる。夫婦はそろって大きくうなずいた。

朋子さんの不調は、大切な人を看取ったあとに起きやすい精神症状だと思われた。二人にとってスラマット君は、まさしく家族だったのだ。

家族の死を看取ったケアラーには、誰でもストレスによる精神症状が起きる。僕自身がそうだったように。そして今、北沢社長と朋子さんが同じ苦しみの中にいる。それはまさに社長の言った「生きるための響き合い」が断たれたショックに違いない。

支え合う二人の後ろ姿を見送りながら、僕はそんなことを考えていた。

夕方、訪問診療から戻ると、白石先生の凜《りん》とした姿があった。

「野呂先生、これ見てください！」

先生と挨拶する隙も与えられず、血相を変えた亮子さんに新聞を押し付けられる。加賀日日新聞の夕刊だ。社会面トップの大きな見出しが目に飛び込んできた。

技能実習生「日本で死にたい」

真意は保険金？

国内死亡に限って1千万円支給

「保険金？　そんな話は聞いていないけど」

僕は勢い込んで紙面に目を走らせる。

記事は、インドネシアから金沢にやって来た二十歳代の外国人技能実習生が末期癌のため夢半ばで亡くなった——という悲報の形で始まっていた。しかし、後半部分では、その技能実習生が保険金ほしさから母国へ帰る選択を拒んだのではないか、とする推測に力点が置かれている。

驚愕《きょうがく》した。技能実習生の氏名や実習先などは匿名《とくめい》になっていたし、記者の名前もない。だが有森記者の記事であることは疑いようがなかった。

それにしても、保険金とは一体何のことなのか……。

記事によると、来日した技能実習生を対象に、「外国人技能実習生総合保険」という保険制度が用意されている。この保険によって、日本でかかった医療費の自己負担分が原則無料になるだけでなく、実習中の事故や賠償責任もカバーされる。そして、スラマット君が加入していた保険のタイプでは、疾病死亡時の保険金は一千万円が支払われるというのだ。

ただし、支払いの対象となる期間には条件がある。「保険責任期間（補償の対象となる期間）」という名の取り決めだ。記事には、実際の規定が引用されていた。

〈技能実習の在留期間が満了する前であっても、保険期間の末日より前に技能実習が終了しないまま被保険者が日本国から出国した場合には、その時点において保険責任は終了します〉

「だから……だったのか？」

亡くなった技能実習生について記事は、インドネシアの家族に金を残したいがために、在留期間中に日本で看取られることを希望したと見られる――と結論づけていた。

ただただ驚くばかりだった。

「保険の案内書を見ても、やはりこれでスラマット君の家族に一千万円の保険金が入るようです」

亮子さんはタブレット端末を操作しながら言った。

「そんなに高い保険金だったの！」

麻世ちゃんも驚いている。そして、「あっ」と言ったまま口を押さえた。と同時に、僕もピンと来た。

あの結婚式のスピーチだ。最後にスラマット君は「夢がかないます」と語った。彼の言う「夢」の意味は、アニサとの結婚だと思っていた。けれど、それは僕の見当違いだったのかもしれない。

スラマット君を初めて診察した日、彼は「家族のために大きな家を建てるのが夢」と言っていた。まさか、真の夢は、家を建てる方だったのだろうか。

「こっちの苦労はともかく、日本での生活では北沢夫妻にすっごい負担をかけておいて、母国の親には一千万円をプレゼント？　なんかモヤモヤする」

麻世ちゃんの声は怒っていた。

「よかった……です」

思わず本音がこぼれ出る。

「えっ？」

麻世ちゃんや亮子さん、仙川先生と白石先生も、大きく目を開けて僕を見た。

「野呂先生、どうしてよ？」

すぐさま仙川先生に問いただされる。僕はみんなに向き直った。

「両親や兄弟にお金を送りたい。しかも、できることなら、びっくりするくらい多くのお金を送ってあげたい——そう願うのは、スラマット君が家族を愛していた証拠ですから」

スラマット君は、家族愛が薄い寂しい人間なのかもしれないと僕はひそかに心配していた。けれど、スラマット君はインドネシアの家族をしっかり愛していた。だからこそ精一杯のことをしたのだ。

スラマット君はあまり家族のことを話したがらなかった。それはきっと、「帰りたい」「会いたい」「異国なんかで死にたくない」という本当の気持ちが、胸の奥から漏れ出てしまうのを懸命に抑えていたからに違いない。

「スラマット君は何も悪くない。ただ、故郷の家族を愛していただけ、ということね」

白石先生が、僕の思いを代弁してくれる。

「そうなんです。心は愛に満ちていたんです。そのことが、僕、うれしくて」

何だか泣きたい気持ちになる。

「野呂っちってば、いい人だなあ」

麻世ちゃんがしみじみと言った。

「どういう意味だよ?」

からかってほしくない。なのに僕が顔をしかめたら、麻世ちゃんは吹き出した。亮子さんと白石先生も笑っている。

「野呂君は、分からなくていい。そのままでいいさ」

仙川先生に肩をポンポンとたたかれた。まあいいか、という気持ちになる。

有森記者が書いたと思われる記事は、識者の談話で締めくくられていた。

〈外国人技能実習制度は、日本で学んだ技術を母国に持ち帰ってもらう『国際貢献』を建前とするため、多くの技能実習生が最低賃金ぎりぎりで働いている。こうした中で、制度を支える保険システムが、疾病で体調不良に陥った実習生の選択・行動の自由を、結果的にでも狭めるようでは課題が残る。私たちは、実習生の待遇改善を含めて、より寛容な制度の設計・運営を進める必要がある〉

なるほど——。

診療所の玄関を出たとたん、晩秋の冷たい風が吹きつけてきた。

向かい風に負けないように、生きていかなければならないときもある。なかなか理解してもらえなくても、それぞれがそれぞれの環境の中で、精一杯生きるしかない。

いつだったか僕と麻世ちゃんは、インドネシアのトラジャ族の葬儀について話を聞かされた。あのときスラマット君は、「生きるよりも、死ぬ方がお金がかかる」という独特の文化を笑った。自らの死によってお金を作ったスラマット君は、まさに逆のことをやってのけたことになる。

しかしその一方で、「人は、死ぬために生きている」という言い回しは、皮肉にもスラマット君の生き方に重なるようにも思えた。

そんなことを考えながら、皆と別れて家路につく。川面に映る月がちらちらと揺れ動くのがいつもよりきれいだ。金色にまたたく影を見ながら、僕は浅野川のほとりをまっすぐに歩き続けた。

第四章　正月の待ち人

「こんにちはー。皆さん、おいでる？」

まほろば診療所の待合室に、にぎやかな女性の声が響いた。十二月一日の朝八時半、僕が自席にリュックを置いたタイミングだった。

「はーい」

出てみると、ふくよかな中年女性がニコニコしながら立っている。大きな風呂敷包みを手にしていた。

「ああ、百合子《ゆりこ》さん。入りまっし」

仙川先生が僕を押しのけるようにして前に出てきた。普段の来客対応は僕や亮子さんに任せているのに、珍しいこともあるものだ。

「仙川先生ったら、百合子さん、そろそろかな――って、随分お待ちかねだったのよ」

白石先生もクスクスと笑いながら現れる。

「今日は、白石先生がおいでると聞いたから朝一番で来たんやわ。会えてよかった。いつも世話になっとるしね」

「ううん。世話になっとるのはこっちの方。患者さんたちやご家族の方々も、どれほど救われているか。これからもよろしくお願いしますね。あ、そうだ。野呂先生を紹介しなきゃ」

白石先生が僕の肩をたたいた。

「東京から来てくれた野呂先生。まだ若いけど、頑張り屋さんなの。いろいろ教えてあげてね」

せめて白衣に袖を通しておけばよかった。僕はおずおずと頭を下げる。

「はじめまして。四月からまほろば診療所でお世話になっています野呂聖二です」

「こちらの百合子さんは、家族会の会長さんよ」

百合子さんは「東京の先生？　イケメンやし、緊張するわあ」と笑いながら名刺をくれた。

認知症よろず介護の家族会「ユル」
会長　藤木百合子

認知症家族会――。認知症の人を介護している家族の交流組織で、全国各地にさまざまな集まりがある。地域で気軽に集まれる場を提供し、認知症という病気や症状に関する理解を深めて患者さんのケアに生かすとともに、介護や生活の悩み、日ごろの思いを自由に語り合う。特に、毎日の介護で覚えるいら立ちや悲しみといった心情を聞いてもらえる貴重な機会にもなり、孤独を脱して安心と連帯感を得られるサロンとも言える。

家族会「エル」のポスターは、まほろば診療所の待合室の壁にも貼ってあった。認知症に関するよろず電話相談を受け付けるフリーダイヤルの番号が、中央に大きく書かれている。

「百合子さんに話を聞いてもらって救われたって言うご家族は大勢いるのよ」

白石先生の言葉に、百合子さんはてれた様子で手を振った。

「いやあ、白石先生、そんな大げさな。ほんでもお役に立てとるならうれしいわ。何かで困っとるご家族さんがおったら、野呂先生もぜひ紹介してくださいね。はい、これ。季節のご挨拶」

百合子さんから風呂敷包みを手渡された。

「おもっ！」

思わず声が出る。尋常ではない重さだ。

「何ですか、これ？」

「東京の先生はひ弱やねえ。うふふ」

またも百合子さんに笑われてしまう。

「かぶらずし。野呂先生は知らんかな。お口に合えばうれしいけど。ほんなら、よそも回るさけ、失礼するね」

それだけを言い、百合子さんはさっと帰った。ご進物の包みは、僕の手から亮子さんのもとへ移る。

「百合子さんのご実家は、麴屋《こうじや》さんなんです」

「こーじやさん？」

「ええ、藤木《ふじき》麹商店といって、お味噌《みそ》や甘酒もおいしいんですよ」

亮子さんは鼻歌交じりに包みをほどき始めた。現れた箱の中を麻世ちゃんがのぞき込む。十センチ四方くらいの透明な小袋がぎっしり敷き詰められている。

「わあ、今年もたくさん持って来てくれたんですね。野呂先生、かぶらずし初めてよね？」

白石先生が中から一つ取り、渡してくれた。手にずしりとした重みを感じる。重量感のある野菜の塊が、白い麹まみれで小袋に封入されていた。

「これが、すし？」と麻世ちゃんにそっと尋ねる。

「かぶらの間にブリが挟まってるんです」

白色の野菜は厚く切られた二枚のカブで、少し赤みのある魚らしきものがサンドされていた。

「これがまた、日本酒に合うんだ。冬はこれで飲むのが最高。亮子ちゃーん、悪いけど冷蔵庫に入れておいてね。みんな、忘れずに持って帰ってよ」

皆が声をそろえて返事をした。どうやら、金沢の人の味覚を相当にくすぐるようだ。

ネットで「かぶらずし」を検索してみた。

カブの間にブリを挟み込み、麹で漬け込んで発酵させた、熟《な》れずしの一種。金沢の冬の味覚。金沢は十一月下旬から十二月にかけ、「ブリ起こし」と呼ばれる荒れた天候の日を境に、ぐっと気温が下がる。この寒さによってカブの実は締まり、ブリは脂が乗っておいしくなる。

なるほど、この季節だけに作られる特別な品という。そういえば十日くらい前に雷が鳴り、冷たい雨が降った。いかにも日本海側らしい寒々とした天気だと思ったが、あれが二〇二一年の「ブリ起こし」だったのか。

その日の午後一番、此花町《このはなまち》に住む福田《ふくだ》信彦《のぶひこ》さんの家を訪問した。加賀医療センターからの紹介患者で、七十六歳。大腸癌の手術を受け、ストーマを造設された患者さんだ。

ストーマは、ギリシャ語で「口」を意味する。消化器の癌などで腸や尿路、膀胱《ぼうこう》などを切除する手術の際、下腹部に作られる人工的な排泄口《はいせつこう》だ。人工肛門《こうもん》とも呼ばれる。

信彦さんは十年前、六十六歳のときに大腸癌の摘出とストーマ造設の手術を受け、それからしばらくは加賀医療センターに通院していた。だが、七十五歳を超えた頃から足腰が弱り、特に冬の通院が負担になってきた。そのため今月から訪問診療に切り替え、まほろば診療所がストーマの状態観察を含めた健康管理を担当することになったのだ。

金沢駅のすぐ東に位置する此花町は、古くからの町家が多い地域だった。ビジネスホテルや新しい飲食店もそこかしこに建っている。

「新旧混在、だね」

今日の運転は麻世ちゃんに任せ、僕はきょろきょろと景色を眺める。

「新しいお店はね、金沢の観光ブームに乗ってすっごく増えた。バルとかビストロとか、それに民泊施設なんかもできたよ」

麻世ちゃんによると、新幹線が通ってからの変化が大きいらしい。

ところが町の景観は、安江《やすえ》八幡宮《はちまんぐう》の周辺にたどり着くと大きく変わった。平安時代からこの地にある神社を核に、昔ながらの落ち着きを取り戻す――と言ったらいいだろうか。

目指す家は、何の装飾もない外壁に雨戸のある二階建ての一軒家だった。くっきりとした白と黒の粋なたたずまいが、町家の風情を漂わせている。表札は、福田信彦と書かれた隣に小さな文字で美雪とあった。

呼び鈴を鳴らすと、ややあって引き戸が開いた。薄暗い玄関に、高齢の男性が手すりを支えに立つ。青白い顔と細い首、体全体がひょろりとしている。失礼ながら信彦さんは、白いアスパラガスという印象だ。

「寒いところお疲れさまです。どうぞ、上がってください」

信彦さんは手すりを頼りに廊下をゆっくり移動して行く。台所を右手に見ながら進み、突き当たり左のドアを開けると、寝室だった。リフォームされたのか、フローリングが張られた洋間にはベッドが二つ置かれている。

「こちらでお願いします」

室内にはかすかに便の臭いが漂う。信彦さんが一方のベッドに腰かけた。

ドアの向こうで、女性がこちらをうかがう姿が見えた。長い髪を一つに結わえ、頭の上におだんごにしてまとめている。オレンジ色のフリースの上下に、赤いはんてんを羽織っていた。

「妻です。美雪《みゆき》、診療所の先生や」

僕の視線に気付いたのか、信彦さんが紹介してくれる。だが女性は、さっと奥へ引っ込んだ。思いのほか髪は黒く、どこか少女を思わせる雰囲気だった。

再び現れた美雪さんは、ペットボトル入りのお茶を持っていた。「どうぞ」とボトルのまま麻世ちゃんと僕に差し出す。コロナで、こういうお茶の出し方が多くなっていた。

「ありがとうございます。どうぞお気遣いなさらないでください。僕たち仕事で来ていますから」

ボトル二本を受け取った麻世ちゃんが「ごちそうさまです」と頭を下げた。すると美雪さんは、「まあ、かわいい」と目を細める。雑談でも始まりそうな雰囲気だった。

「美雪、もうこっちは気にせんでいいさけ、あっちで休んどって。コロナって悪い風邪もはやってるし」

信彦さんが美雪さんを手で追い出すようなしぐさをする。「はい」と、言葉少なに美雪さんは隣の部屋へ戻っていった。

「あ、すいません。先生方を特別に警戒しているということではないのですが」

青白い顔を少し傾けて信彦さんが言い添える。

「いえいえ、ディスタンスを取るのは当然のことです」

奥さんを大切にする思いが伝わってきた。

「診察に入りますね。これまで通りストーマが順調に使えるよう、こちらで管理させていただきます。では、横になってください」

まずは麻世ちゃんが患者の体位調整を行う。僕は自分の手を念入りに消毒した。

麻世ちゃんが信彦さんのシャツをめくる。裾のあたりが茶色く汚染されていた。部屋に入ってすぐに感じた便臭はここからだ。ストーマには肛門や尿道口のような括約筋がなく、便を外に出さないように締め付けておくことはできない。そのため、パウチと呼ばれる完全密閉式の専用ビニール袋をストーマにぴったり取り付け、体から出てくる内容物を受ける必要がある。パウチが少しでもずれると、臭いや汚れの原因となる。

「ああ、汚してしもうたか。このところ失敗が多くなって……」

汚れに気付いた信彦さんは、申し訳なさそうな顔をした。

「よくあることです。気にしなくていいですよ。着替えは、これでいいですか？」

麻世ちゃんが、壁際に積み上げられた衣類の山からシャツを取り出した。

「ありがとう」

信彦さんは、ゆっくり着替え始めた。

「あのお、パウチの交換は野呂先生にお願いしたいんですが……」

着替えを済ませて横になった信彦さんは、僕に向かってそう言った。麻世ちゃんからは目をそらしている。

「あ、分かりました。では、僕が拝見しますね」

信彦さんのストーマは、腹部の左側、へそより少し下の位置にあった。腸管の先端を少し出す形で穴を開けた腹壁に縫い付けられている。腸の粘膜は、きれいなピンク色をしていた。きちんと血流が行き渡り、機能している証拠だ。医学的にまったく問題はない。しかし、そこにかぶせられたパウチは接着部分がかなりずれていた。腸液に触れたことによって接着力が弱くなり、漏れの原因になったのだ。

患者さんの目と手の健康状態、それにストーマの位置と角度、さらには、パウチを貼り替える際の姿勢の問題など、自分一人でパウチを交換するにはさまざまな技術が必要となる。

「本当にすいません。うっかり変な所に貼ってしまうて。もう年ですかね。今朝は特に手が冷たくて」

恐縮しきった様子で、信彦さんはしきりに言い訳する。僕はストーマの周囲を洗浄し、新しいパウチを慎重に貼り付けた。

「さあ、これで安心です。もしよければ、今後はパウチの交換をするとき、訪問看護ステーションの看護師に手伝わせてもらえませんか?」

信彦さんは激しく首を横に振った。

「いやいや、それには及びません。以前は妻がやっとったさかい、いざとなれば手伝わせます。問題ありません、大丈夫です」

青白い顔を赤く染め、きっぱりと拒絶した。仕方がない——ケアを受ける立場の患者さんの意向が最優先だ。僕は、次の訪問診療日までのパウチを信彦さんに渡す。

「それでは、また二週間後に参りますね」

僕がそう言ったところで、部屋に美雪さんが入ってきた。

「なげこって。お茶をお持ちします」

僕たちの顔を眺め、にこやかにほほ笑んでいる。

「美雪、何言うとるがや。もうお帰りになるところや」

信彦さんが取り繕うように笑う。

「あれ、ほうやったっけ？　いややわ」

てれ隠しなのか、美雪さんも高い調子の声を出す。僕たちは笑顔の二人に見送られながら、信彦さんの家を後にした。

「信彦さんのパウチ交換、ほんしに大丈夫なのかなあ」

帰りの訪問診療車の中で、麻世ちゃんが口にした。随分と心配そうだ。走り出したばかりの車は、安江八幡宮の角をぎこちなく曲がる。

「そうだね。奥さんに手伝わせるって言ってたけど、パワー不足の感じだしな……」

僕の頭の中を、「介護力」という言葉がめぐった。介護力とは、要介護者を適切にケアする能力のことを言う。それが家族の場合、さまざまな要素が関係してくる。

介護者の健康状態は良好か？

介護に専念する時間的な余裕があるか？

そもそも介護する意欲はあるか？

適切な技術を身につけているか？

「初回訪問で判断するのは早計かもしれないけど、当面、ストーマはこっちで管理させてもらえるといいな」

「大賛成。でも、私には無理そうだよ」

ルームミラーで後方を確認しながら麻世ちゃんが言う。

「野呂っちには交換させてくれたけど、私がやろうとしても拒否されると思う」

「そうかな。初回だったからじゃないの?」

信号待ちで麻世ちゃんはハンドルから手を離す。視線は前に向けたまま。

「違うよ。前の病院でも信彦さん、パウチ交換は女性看護師に絶対させなかったって。看護の申し送り書に書いてあった」

「へえ。何でかな」

「きっと、羞恥心《しゅうちしん》だよ」

なるほど、と思った。確かに、先ほどパウチ交換を行った間中、信彦さんは麻世ちゃんから目をそらしていた。肛門を人に見られたくないのと同じで、ストーマを他人に見せるのに抵抗を感じる人がいるのは当然だ。ストーマを「患部」だと思うからこそ、医師に見せることはできる。とはいえ、相手が若い女性看護師となると、そこまで単純に割り切れず、見られたくないと思う人がいるのも分かる。

日常的にストーマを使っている人は「オストメイト」と呼ばれ、その数は全国で約二十万人に達すると言われる。各地でパウチ交換用の汚物流しを備えた公衆トイレが増えている一方、「ストーマのことを知られたくない」「恥ずかしくて外出しにくい」と悩む人も少なくないと聞く。温泉施設などで、オストメイトが利用を拒否されるケースが相次いだという新聞記事を読んだ記憶もある。悲しく、医療者の一人として心苦しくもあった。デリケートな問題の解決には、周囲の理解が欠かせない。

「どうすればいいかな。僕が毎回貼り替えに来るわけにもいかないし」

状況次第だが、パウチは二、三日に一回は交換する必要がある。

思案顔のまま、麻世ちゃんは駅前を避けて浅野川沿いの道をたどっていく。

「信彦さん、こちら側に任せてくれればいいんだけどなぁ」

麻世ちゃんの言う「こちら側」とは、看護スタッフの連携という意味だ。まほろば診療所の用意したメニューと指示に基づいて定期的に必要な医療処置をこなしてくれる訪問看護ステーションが関与できれば、パウチを適切なタイミングで交換し、傷などのチェックもこまめにできるから安心だ。ただし、そのために毎回、女性でなく男性看護師を送るというわけにはいかない。

「そうだ野呂っち、美雪さんにもらったお茶なんだけど……」

信号待ちでサイドブレーキをかけた麻世ちゃんは、後部座席のバッグからペットボトルを取り出す。

「ひ、冷たっ！　なんだよこれ」

麻世ちゃんから渡された緑茶は、カチカチに凍っていた。冬の金沢に暮らしながら、客に冷凍庫で凍らせたペットボトル飲料を出す美雪さん……。

「しかもあの奥さん、私たちにお茶をもう一度出そうとした」

「診療が長引いたから、おかわりのつもりだったんじゃないの？　なげこって――あのとき美雪さんに、そう言われたよ」

車を再び発進させた麻世ちゃんは首を振る。

「それはね、『お久しぶりです』という意味の金沢弁よ。初対面なのにあんな言い方して、お茶を二度出しする……。あの奥さんは、直前に私たちに会ったことも、お茶を出したことも忘れているみたいだった」

認知症――。僕の頭の中を、「介護力」という言葉が再度めぐり始める。美雪さんに信彦さんの介護を期待するのは難しそうだ。

夕刻。まほろば診療所で僕は、福田さん夫妻の患者情報記録シートに改めて目を通した。

七十六歳の信彦さんは、金沢が起業の地であるビジネスホテルの全国チェーン「アルパカホテル」の元開発担当部長だ。六十歳の定年後も特別嘱託となって六十五歳まで仕事を続け、サラリーマン勤務を終えた翌年に大腸癌が見つかった。幸い手術は成功し、以来、オストメイトとなって十年余になる。

妻の美雪さんは三歳上の七十九歳で、職業は「主婦」とある。信彦さんとの間に子どもはいない。加賀医療センターでの不妊治療歴があるのみで、既往歴はなく、今は「健康そのもの」と読める。だが実態は、病院の受診歴がなく、家族からの申告もなされていないだけ、とも考えられた。

「ご夫婦は結婚から五十年、不妊治療は結果が出ず、か……」

僕が漏らしたひと言を、帰り支度を終えた亮子さんは聞き逃さなかった。

「あの町に長年住んでも、そうなのかあ〜」

「どういうこと？」

みやげのかぶらずしを大事そうに抱える亮子さんに、僕はその意味を尋ねた。

「此花町にある安江八幡宮は、県内オンリーワンの水天宮なんですよ。子授け祈願と安産祈願については、県内一のご利益があると評判なのに……」

冬の名物かぶらずしといい、味わい深いお国言葉といい、駅近のパワースポットといい、僕にとって金沢は、まだまだ知らないことばかりだ。

その日の夜、東京の母から電話があった。最近は月に二、三回、父の帰りが遅い日にかかって来る。大した用もないのに。

「聖二、元気にしてるの？　ごはん、ちゃんと食べてる？　レトルトカレー、送ろうか？」

それが好きだったのは子どもの頃だけ、と何度言っても母は繰り返す。しかもここはご当地カレーの有名店がひしめき、レトルト商品の市場でもしのぎを削る金沢だ。

「大丈夫だって。お母さんこそ体調はどうなの？　頭痛は？」

まほろばの患者さんたちの平均年齢よりは若い母だが、昔から頭痛持ちで、しょっちゅう寝込んでいた。

「それがね、このごろは痛くないの。体がおかしくなったのかしら」

僕は、ふっと吹き出す。僕と二人、祖母の世話に明け暮れていた頃は、あんなにも具合の悪い日ばかりだったのに。

「お母さん、どうしておばあちゃんの介護サービスを頼まなかったの？」

「え？」

「ヘルパーさんでも何でも頼めば、あんなに大変じゃなかったのかなって思ってさ」

そうすれば僕も楽だったのに、という言葉を飲み込む。

「だって、それが嫁の役割だから……」

遠くから帰宅を告げる父の声が聞こえた。母は早口で「またかけるから」と言い、電話を切った。


信彦さんへの三回目の訪問診療は十二月二十九日、仕事納めの日だった。

「こんにちは。まほろば診療所でーす」

家の戸を開けたとたん、小さな異変を感じた。

何が、というわけではない。ただ何となく、違う人の家に来たような気がした。玄関をはじめ家の中にある調度品の並び方など、全体がどこかゆるんだようだった。

「は、はーい」

信彦さんの声を頼りに、いつもの寝室に向かう。部屋の中は強い便臭が満ちていた。ベッドに横たわった信彦さんが、はがれかけたパウチを手におろおろとしている。

「いやあ、先生に診てもらう前にきれいに貼り替えるつもりやったのに……」

「そのままで構いませんよ」

僕の言葉に耳を貸そうともせず、信彦さんはしきりにパウチの汚れをティッシュで拭い続けた。その手は便で汚れていく一方だ。

「おかしいな。なんか、うまくいかん……」

僕の背後に回っていた麻世ちゃんが歩み出る。信彦さんの手を優しく取った。

「福田さん、大丈夫ですよ。私たちがきれいにしますから」

ハッとした様子で信彦さんが目線を上げた。麻世ちゃんはもう一度、力を込めて声をかける。

「私たちプロの医療者に任せてください。これは、私たちの仕事です」

一瞬の間を置き、信彦さんは素直にうなずいた。

「プロの医療者」「私たちの仕事」という言い方が信彦さんの心に響いている。少なくとも僕にはそう見えた。

「接着面が汚染されています。今日は私が、新しいものに替えさせていただきますね」

麻世ちゃんが、素早く新しいパウチを取り出した。麻世ちゃんのてきぱきした動きに圧倒されたかのように、信彦さんはじっと処置を受けている。

「具合はいかがですか？」

パウチの貼り替えが終了したところで、僕は信彦さんに尋ねた。信彦さんが目尻を下げる。満足感が一発で伝わってきた。

「完璧ですよ、先生」

「では次から、訪問看護師さんに頼みませんか？　彼女のように上手ですよ」

信彦さんの目が揺れ動いた。迷っていると思いきや、青白い顔はみるみるこわばってしまう。

「いえ、私もまだそこまでは衰えておりません。自分でできることは、自分でします。今日は失敗してしまいましたが、ゆっくりやればできますから」

信彦さんは手の震えもあり、他者の力を借りないとパウチをうまく貼るのが難しくなっている。ただ、そのことを認めようとはしなかった。

「でも福田さん、実際にはできていませんよね……」

麻世ちゃんの声に、非難がましさが混じった。

僕にも同じ気持ちはある。しかし、ここは一度引き下がる方がよさそうだ。

「分かりました。また様子を見ながら、一番いい形でやっていきましょう」

目の前の患者である信彦さんより、麻世ちゃんをなだめるつもりで僕は言った。

その後、診療を終えて帰る直前、手を洗おうとしたときだ。洗面所の入り口で、麻世ちゃんの動きが止まっていた。

「野呂先生……」

何だろう。その視線の先を見て、ぎょっとした。なんと、美雪さんが裸で洗面台に上っている。しゃがみ込み、体を縮めながら流れる湯をすくっては胸に流していた。こちらに気付く様子もなく、一心不乱に体を洗っている。せっけんの泡が体のところどころについており、周囲は水浸しだった。

驚きで立ちすくんだ。背後から信彦さんの声がした。

「美雪、やめなさい。また風邪ひくがいね」

信彦さんは、バスタオルを戸棚から取り出す。まったく慌てていない。これが初めてではないようだ。蛇口を閉め、信彦さんはタオルで美雪さんの体を包もうとした。

「イヤーッ」

美雪さんが手を振り回して抵抗する。信彦さんは、その場に突き倒された。水浸しの床にぶつかり、激しい音を立てる。

「危ない！」

僕は転倒した信彦さんに駆け寄る。骨折や傷の有無をチェックした。幸い、打撲だけで済んだようだ。

「美雪さん、怖がらなくて大丈夫よ」

バスタオルを掛け直し、麻世ちゃんが美雪さんの肩を抱く。美雪さんは、おびえたような目をしてその腕にしがみついた。

認知症による異常な行動であるのは明らかだった。

僕は、まず美雪さんの視界から消えるよう、彼女の背後に回った。何しろ美雪さんは裸でいるところをいきなり男女三人に取り囲まれた状態だ。恐怖を感じてさらに抵抗する危険がある。

「じゃあ、左足を出して。そう、ゆっくりね」

麻世ちゃんに導かれ、美雪さんは洗面台からそろりそろりと下りた。信彦さんが心配そうに見守る。自分の体の痛みなど構っていられないという顔だ。両足が床についたところで、麻世ちゃんの目配せを受けた。

「もう大丈夫です。着替えをお手伝いしますから、皆さんはどうぞお部屋へ」

僕は信彦さんとともに、先ほどの寝室へ戻る。ベッドの端に腰を下ろした信彦さんは、難しい顔をして「ふう」と息を吐いた。

「先ほど、『また』とおっしゃっていましたが、初めてではないんですね?」

「美雪は、妻は小さい頃から苦労してきましたので……」

信彦さんの答えは、遠回しのイエスだった。だがそれは、洗面台で体を洗う行動が異常であるとストレートに認める答えではなかった。

信彦さんによると、幼い頃の美雪さんは貧しい家庭に育ったという。家に風呂はなく、銭湯に行くのもままならなかった。

「その当時の習慣だと思うんですけど、何で復活したのか……」

「いつからでしょうか?」

「一年前くらいかなあ。パウチ交換を失敗したんで叱りつけたら、急に始まったんです」

以前、「洗濯板を盗まれた！」と大騒ぎした患者さんがいたことを思い出した。その方は当時八十歳。重度のアルツハイマー型認知症だった。ずっと洗濯機で洗っていたのに、ある日突然、昔の記憶に支配されてしまったのだ。

七十九歳の美雪さんも認知症があり、ストレスをきっかけに遠い記憶の中の習慣がよみがえったことは十分に考えられる。ただし、ここで一つ問題がある。美雪さんは訪問診療先の家族に過ぎず、僕の患者さんではない。まずは受診をすすめるところから始めなくては。

「奥さんから目を離すと危険ですね。一度、認知症の検査を受けていただけませんか」

これからも、この家で暮らしながら、より安全に美雪さんが過ごすため――。できるだけ受け入れてもらえそうな言葉をつなぎ、僕は信彦さんの説得に努めた。

「妻はそんなにおかしいですかね。そこまでおっしゃるなら、検査は受けましょう。で、薬を飲めば治るんですか？」

治療で改善が見込める認知症はごくわずかで、大部分は進行してしまう。そして、美雪さんの病状はかなり重症だ。それを今、はっきりと言っておかなければ。でないと、信彦さんは現実からいつまでも目をそらしてしまいそうだった。

「詳しい検査をしてみなければ分かりませんが、奥さんが重い認知症である可能性は非常に高いと思います」

病気の対処法についてもやんわりと説明を加える。

「認知症は、今の医学では治療困難な病気です。以前の状態に戻そうと考えるよりも、病気とともに安全で快適に暮らせる方法を考える方が現実的です。将来は施設への入所も検討した方がいいでしょう」

一気に言ってから、そっと信彦さんの顔をうかがう。ショックであるに違いない。

「将来は施設……ですか」

案の定、信彦さんの表情が硬くなった。

「先生、そんなに先のことよりも、まずは家でできることをやってください。いずれ私が妻の面倒を見られなくなれば、一緒に施設に入るしかないとは思ってますが」

しまった、と思った。「将来は」という言い方をしたのは失敗だった。

「そんなに遠い未来の話ではないんです……」

僕は、もう一度最初から説明する。

「共倒れになるのを防ぐためにも、なるべく早い段階で奥さんの施設入所を考えるべきです」

最後に強く言い切る。信彦さんの目が泳いだ。

「はあ。ではじっくりと考えてみます。でもまだ、そんな状態ではないはず……」

美雪さんの今の状態について、信彦さんは正しく受け止めきれないようだ。

僕は頭の中で問題を整理する。

第一に、ストーマの日常的な管理を看護師に移管すること。

第二に、認知症が疑われる奥さんのケアを具体的な形にすること。

共に重要な二つの課題を進展させられないまま診療を終えた。

今日のところは、美雪さんを訪問診療につなげる内諾を得ただけでよしとしよう。


まほろば診療所に戻ったのは夕方だった。大掃除をすると言い出す亮子さんに、「きれいだから、このままでいいんじゃない？」と困り顔で仙川先生がつぶやく。僕も同感だ。机上には論文や学会誌が積み上がっているが、これは仕方ないだろう。

「だって、最後に大掃除くらいしないと、大変だった一年を越せない気がして……」

コロナの影響で、季節の行事がみんな吹き飛んでしまっている。なるほど、亮子さんの気持ちはよく分かる。

「この時期に慌ただしいのも嫌だけど、年の瀬ムードが全然ないのもねえ」

診察道具の片付けをそこそこに終え、麻世ちゃんも寂しそうにうなずく。

思い返せば、研修医二年目に入った二〇二〇年四月は、新型コロナウイルス感染の第一波のピークだった。同じ年の八月には第二波、二〇二一年一月に第三波のピークと、混乱の中で僕は研修を終えた。

まほろば診療所に来てすぐの五月、アルファ株が流行する第四波を迎え、危機感を抱きながら訪問診療を行った。八月にはデルタ株による第五波となり、全国の重症者数は連日二千人を超えた。それが十一月六日以降、死者数はずっと一けた台にとどまっている。

しかし海外では、新たにオミクロン株が流行し始めていた。予断を許さぬ状況下で、大勢で夜の街に繰り出し、感染のリスクを冒して季節の行事――忘年会を開くというわけにはいかない。

「まあ、でもあれだ。前にも話した通り、今夜は診療所で軽～く納会をやろうじゃないか、ね？」

仙川先生の声がけに、思わず心が弾む。お茶やノンアル飲料で一年を静かに振り返る催しなら、ぎりぎりセーフか。

「じゃあ、麻世ちゃん。百合子さんのアレ出してよ」

麻世ちゃんが即座に「はーい」と返事をし、さっと冷蔵庫に向かった。

「野呂先生、いいものがあるよ」

仙川先生が背後の棚から日本酒の瓶を取り出す。満面の笑みで、「例のモノにこれが合うんだよ」と言いながら。

「いいんですか？　仙川先生」

三日前に全員のＰＣＲ陰性は確認したが、今この時の感染の有無までは……。そのとき「こんばんはー」ときれいな声がした。僕はほとんど小躍りしながら玄関に行く。やはり白石先生だった。

テーブルの皿には藤木百合子さんからのいただき物のかぶらずしが、放射状に切られてきれいに盛り付けられている。残っていた最後の一つだ。それに、どこにあったのかポッキーやポテトチップスもテーブルに彩りを添えていた。

「かぶらずしは、どんどん熟成するからね。味の変化も楽しめる。今日のこれ、いただいた当初とはまた違った味わいがあるよ」

仙川先生によると、時間がたつにつれて漬物らしい酸味が出るという。生きた発酵食品ならでは、だ。

「さてさて皆さん、今年一年、本当によくやってくれました。ありがとう、ありがとう。野呂先生、よくぞ戻ってきてくれました。もうこれで、まほろば診療所は安泰だ」

開宴宣言とともに、仙川先生が大げさにほめてくれる。

紙コップを並べ、いよいよ酒を注ぐ――というタイミングで、白石先生が大きなトートバッグを膝の上に置いた。

「大変！　肝心なものを忘れるところだった」

バッグの中から出てきたのは、五組の筆談ボードだった。専用ペンを使い、ボードに文字を書いて意思疎通を図ることができる。

「コロナ禍の新しい日常に、こんなコミュニケーション・ツールはどうかしらと思って。以前、加賀大で開いた医局の勉強会用に準備したものなんだけどね」

マスクは取ってよし。お酒も好きなだけ飲んでよし。

ただし、飛沫防止のために決して声は出さず、会話はすべて筆談ボードで行う――。

「白石先生、さすがですねえ。じゃあ今年は筆談忘年会というルールで始めましょう！」

仙川先生の音頭で、ペンとボードを手にした静かな静かな忘年会が幕を開けた。

まずは来年の抱負をボード上で語り、お互いにねぎらいの言葉を書き合う。それぞれのボードの言葉を見て、うなずき、笑い、また新たに書き込む。

白石先生の字の美しさは知っていたが、亮子さんの文字もさらにきれいだった。麻世ちゃんのは元気がいいけれど、大きさがバラバラだ。仙川先生の字はカルテと同様、判読不能な部分が混在。僕は、せめて読みやすい字を心がける。

筆談の話題は、今日訪問した患者さんの件にも及んだ。仙川先生がボードの書き込みを僕に見せてくる。

〈ストーマ　うまく行ってる？〉

そのすぐ下に、〈こんなときにアレだけど〉と変な言い訳も付記して。僕は、端的な回答をボードに書いて示す。

〈自分で貼れず　任せてもくれません〉

仙川先生は、〈なぜ？〉と大書してくる。

〈患者さんの言い分　『大丈夫ですから』〉

ストーマに関する僕と仙川先生のやり取りをのぞき込んでいた白石先生も、筆談に加わってくる。

〈Ｄｒにも見せない人　たまにいる〉

ボードの下部にもう一筆、仙川先生が追記する。

〈過度なシュウチシンが原因だ〉

続いて亮子さんが、解せない様子で書き込みをした。

〈ストーマ　家族以外には隠したいのですか？〉

正直分からない。どれも正しく、けれど解決策は簡単には見つかりそうにない。僕はため息をつくしかなかった。

そのときだ。麻世ちゃんが僕の背中をたたいてきた。

〈ストーマだけじゃないです！〉

麻世ちゃんは、自分の筆談ボードにそう書き込んで皆にアピールした。さらに仙川先生、白石先生、亮子さん、僕のボードを勝手に引き寄せ、書き込みの一部を丸で囲んでいく。ものすごい勢いで。

〈家族以外には隠したい〉

〈Dｒにも見せない〉

〈『大丈夫ですから』〉

〈過度なシュウチシン〉

麻世ちゃんは、もったいぶるように日本酒をぐびりと飲み干した。

「信彦さんはですね、美雪さんの認知症も隠そうとしているんです！　ストーマと同じ理由で！」

得意満面の麻世ちゃんは、筆談忘年会のルールを破っていた。

声には出さなかったが、僕も心の中で「共通項は羞恥心か！」と叫んでいた。麻世ちゃんの言う通り、信彦さんのストーマと美雪さんの認知症の問題は、根っこが同じに違いない。だとすれば、そこに解決の糸口があるはず、とひらめく。熟成の味わいと辛口の心地よさを楽しむ以上に、僕は次の一手を考えることに夢中になっていた。


「野呂っち、楽しそうだね」

麻世ちゃんにからかわれ、訪問診療車を運転しながら鼻歌を歌っていたことに気付いた。

「今日はすごく心強いから……。大みそかなのに、すみません」

後部座席に向かっておわびする。

「明日《あす》ありと思う心の仇桜《あだざくら》——。年寄りはね、いつも今日一日こそが大事って心境なんやわ」

後部座席にでんと座った女性が、にこやかに応じてくれる。認知症よろず介護の家族会「エル」の会長、藤木百合子さんだ。

僕たち三人は、福田邸を目指していた。信彦さんの生活を安定させる突破口になればと期待して、百合子さんに時間を作ってもらったのだ。

「かぶらずし、ありがとうございました。熟成の味も楽しませていただきました」

「そりゃ、よかった。嫌いやって人もおるからね。人の好みやこだわりは十分に尊重しないと」と言って、百合子さんは少し笑った。

「あらあ、いらっしゃい」

玄関に立っていたのは、美雪さんだった。ピンク色のネグリジェ姿でニコニコしている。僕はドギマギして言葉を発せなかった。

「こんにちは、奥様。その後、お変わりないでしょうか？」

麻世ちゃんがそつなく話しかける。

「ええ、ええ、元気ですよ。お久しぶりやねえ。まあまあ、大きなって」

親戚の誰かと勘違いしているようだ。人の顔を覚えておらず、記憶が残っている事柄とつじつまを合わせようとした結果だと思われる。

廊下の向こうから信彦さんが現れた。

「美雪、玄関を開けてくれたんか。ありがとう。もういいから、あっちでミカンでも食べとって」

信彦さんが美雪さんの手を引き、台所へ誘導する。

「いやあ、お騒がせしました。たまたまトイレにいたもんで」

戻ってきた信彦さんがてれ笑いした。改めて見ると、その顔がひどくやつれていた。アスパラガスどころではない。身なりに構う余裕がなくなったのか、着ているのは毛玉だらけのセーターだ。介護する負担が大きいのだろう。信彦さんは生活の細部を明らかにしようとしなかったが、夜中のトイレ誘導による寝不足や不規則で偏った食事が想像された。

「電話でお話しした家族会の藤木さんです。大切なことは年内に、と思いまして」

「家族会、ですか。野呂先生があんまりすすめるからお会いするんですけどね。では、お話は診察のあとで」

信彦さんは、あまり気乗りしない様子で応じた。

いつもの寝室で、まずは血圧や脈、体温などをチェックする。数値はいずれも二日前と同様問題ないが、ストーマのパウチはまた少しずれていた。

診察を終えて廊下に出ると、台所からにぎやかな笑い声が聞こえてきた。百合子さんと美雪さんが風船バレーをしている。美雪さんは、宙に浮く風船の行方に目を凝らし、手を伸ばして真剣に追う。さらに声を出してラリーの回数を数え、風船が落ちそうになると悲鳴を上げた。普段の美雪さんとは表情も動きも声も、まったく別人だ。

「美雪、随分楽しそうやね」

信彦さんが、目を細める。認知症で言葉のコミュニケーションが難しくなっても、非言語的コミュニケーションを楽しめるお手本のような光景だった。

美雪さんは、僕を見て顔をほころばせた。

「あらあ、いらっしゃい。まあまあ、大きなって」

僕も「こんにちは」と、この日初めて会ったかのように笑顔を向ける。

百合子さんが信彦さんに向き直り、バッグから名刺入れを取り出した。

「よろず介護の家族会『エル』会長の藤木と申します」

百合子さんは、会の正式名称から「認知症」という文言をさりげなく外して自己紹介した。

人の好みやこだわりは十分に尊重しないと――その辺を意識しての柔軟性なのか。

「よろず介護の家族会『エル』ですか……」

受け取った名刺を、信彦さんがしげしげと眺めた。

「はい。共に支える、力をもらえる、友を得る――あわせてスリーエル。私の体型からつけた名前じゃないですよ」

信彦さんが、ふっと笑った。

「Lサイズって、私は好きな言葉なんです。何でも包んでくれそうないい言葉でしょ。この会も、参加するのは誰でもオッケー。介護を頑張る者同士、知恵を出し合って乗り越えていきましょう――という集まりなんです」

「なるほど」

信彦さんがうなずき、空気が動くのを感じた。

「よろしければ、一度集まりに参加してみませんか？」

いいタイミングで麻世ちゃんが促す。

「奥さんの物忘れは、限度を超えていらっしゃいます。ご主人の介護負担が大きくなっているんじゃないかと……」

その直後だった。強く咳払いした信彦さんは、大きな声で笑い出した。

「いやいや、そんな大げさな」

自分の額をピシャピシャとたたく。

「妻は昔っから、呆けたことを言うんですよ。いつものことで、昨日今日に始まったことじゃない。昔のことはよーく覚えているし、体も丈夫そのもの。普段の生活はちゃんとできてますから。私だって年相応に物忘れしますしね。ははは……」

信彦さんはさらに笑い続けた。まるで、僕が何か言うのを阻止するかのように。

「笑いごとじゃないんです。奥さんは、おそらくアルツハイマー型認知症だと思われ……」

それまで笑っていた信彦さんの目が、急に鋭くなった。

「野呂先生、検査も何もしないで、よくそんな診断が下せますね？　おかしいんじゃないですか」

年末年始を挟むスケジュールで、美雪さんの診察を開始していない点を突かれた。ある程度の拒否反応は予想していたが、こんなふうに抵抗されるとは。

「福田さん。美雪さんがトイレを失敗して、毎日のお洗濯だけでも大変でしょ？」

麻世ちゃんがフォローしてくれる。奥の部屋には大量の洗濯物が干してあった。

「いやいや。洗濯なんて簡単ですよ。洗濯機に放り込めば済むことですから」

「お買い物はどなたが？」

「私ですよ。以前、美雪が買ったものを店に置き忘れたことがあって、それから買い物はこっちで。あれは結構な力仕事でもありますし」

「掃除やゴミ出しは？」

「それも私です。最近は分別がややこしいでしょ。美雪はおおざっぱな性格だから、そういうの苦手なんです」

二人のやり取りを聞きながら、僕は介護負担の大きさを確信した。一つ一つの作業は簡単であっても、すべてを担い続けるのがいかに大変なことか。それについては身をもって知っている。

「福田さんには、ご自分のストーマ管理という大切な仕事もあるんですよ。奥さんのことは家族会のメンバーの知恵を借りてみたり、公的な介護も検討したりできる。もっと楽に生活できる工夫をしませんか？」

信彦さんのこめかみがピクリと動いた。

「野呂先生！ お言葉を返すようで申し訳ないのですが、楽に生きようなんていう考えは、私にはないんです」

信彦さんは、美雪さんの手を取った。

「美雪はですね、私のために家を守ってくれました。だから妻のことは、私が責任を持って最後まで看ます。他人様《ひとさま》に聞いてもらう悩みなど、ないです」

しばらく言葉を返せなかった。人の好みやこだわりは十分に尊重しないと――百合子さんの言葉が頭の中で何度も繰り返される。

「……いや、すみません。偉そうなことを言いました。野呂先生がおっしゃることはよく分かるんですが」

そう言って信彦さんは、美雪さんを抱き寄せた。弾みで、美雪さんの胸の中にあった風船が、ポーンと空中に舞い上がる。美雪さんが、明るい笑い声を立てた。信彦さんも急に相好《そうごう》を崩す。だが、決して家族会に入るとは言わなかった。

今日のところは帰るしかない——。僕と麻世ちゃんと百合子さんは、信彦さんと美雪さんのいるテーブルの上に、家族会「エル」のチラシを一枚だけ置いて退散した。

雪は二週間ほど前から、降ったりやんだりが続いているが、今朝は一段と冷える。米をとぐときに水道の水に触れるたび、手がしびれそうになった。

新型コロナウイルスのオミクロン株は、まさしく倍々のスピードで感染者を増やしていた。欧米各国の感染推移を見ていても、日本が第六波に突入するのは時間の問題と思われた。ただ一つ、重症者が少ないという情報にだけはほっとする。三回目のワクチン接種を待ちつつ、愚直に感染予防に努めるしかない。

一月四日、二〇二二年は今日が仕事始めだ。僕は窓から見える青空に手を合わせ、いつもより少し早めにアパートの部屋を出た。

遠くの山々は、麓まで白銀に覆われている。ただ、幸いなことに金沢市内の道には雪がない。地下水で雪をとかす消雪装置があると聞いた。

朝の八時過ぎ、まほろば診療所に着く。今日は僕が一番だった。麻世ちゃんは正月の三日間、実家の旅館を手伝うと言っていたから、今日は疲れて寝坊でもしたか。

診療所のヒーターをオンにする。電気ポットの湯をドリップバッグに注ぎ、両手でカップを包む。コーヒーを飲みたかったのではなく、暖を取りたかったのかと思うほど心地いい。暗色のマンデリンを口に含んだ。冷えて縮こまっていた舌がほぐれてくる。

室内はなかなか暖まらなかった。建物が古いせいだろうか。ヒーターのスイッチを入れて十分以上たつのに、まだ息が白い。こんな寒さにあと二か月、いや三か月も耐えなければならないのか。

いったん脱いだダウンを着て前を合わせたとき、診療所の玄関ドアが勢いよく開いた。

「野呂っち、来て来て！」

麻世ちゃんの大声が飛んでくる。「あけおめ」どころか「おはよう」の挨拶もない。

その隣には、高齢の女性が今にも倒れそうな様子で立っていた。髪がひどく乱れており、異様に濃い化粧をしている。麻世ちゃんのコートを羽織ってはいるが、足元は、はだしだ。正月の寒空に、靴も靴下も履いていない。

「どうしたの……えっ！」

改めて見ると、そこにいるのは福田美雪さんだった。

「タオル取って！　お湯も沸かして！」

麻世ちゃんが叫ぶ。

まずは美雪さんを待合室のヒーターの前に座らせた。美雪さんは唇を小刻みに震わせている。湯で足浴しながら、足に傷がないのを確かめた。コートの下は例のネグリジェしか着ていなかった。

時刻が八時半を回り、仙川先生と亮子さんも姿を見せる。

「あけまして、おめでと……。おや、随分と早くから患者さん？」

「何？　どうかしたんですか？」

二人は、ただ事でない様子の美雪さんに気付いた。

「ここに来る途中で、ばったり会ったんです。すぐそこの神社の前。この寒い中、こんな格好で歩いてて」

麻世ちゃんは、ロッカーから自分の着替え用のトレーナーを出し、美雪さんに着せた。

「よろしければ、お茶をどうぞ」

亮子さんが、美雪さんの前に湯飲みを置く。熱いお茶を口に含んだ美雪さんは、少し落ち着きを取り戻しかけたものの、長続きはしなかった。湯飲みをデスクに戻し、再びそわそわし始める。しきりに何かをつぶやいていた。

「何？」

麻世ちゃんが、美雪さんの口にそっと耳を近づける。

「どうしました、美雪さん？　もう一度言って」

僕も床に膝をつき、美雪さんの顔と同じ高さになる。

行かんならん――そう聞こえた。

「どこ？　どこに行くんです？」

「行かんならん。ノブさんを迎えに行かんならんがや。駅に連れてってって」

美雪さんはいきなり立ち上がった。その体が不安定に揺れる。

「駅？　ノブさん？」

麻世ちゃんが美雪さんの背中をさすって椅子に座らせた。こっちを見て、信彦さんに電話をかけろとジェスチャーで指令を送って来る。

デスクにある患者リストから信彦さんを見つけ出し、電話番号をプッシュする。何度目かのコールの末、留守番電話のアナウンスが流れた。僕は麻世ちゃんに分かるように、首を左右に振る。音声を聞き終えたところで名前を名乗り、折り返し電話がほしい旨をメッセージとして吹き込んだ。

まだ朝の九時前だというのに電話に出ない。やはり、何かがおかしい。

「信彦さんに、何かあったのかな……？」

麻世ちゃんは眉を寄せる。

「とりあえず僕、見てくるよ」

訪問診療車のキーを取る。

「待って！」

麻世ちゃんに呼び止められた。

「美雪さんも、ね。美雪さんも一緒に乗せてってあげて」

「あ、そうか……」

明日ありと思う心の仇桜――。大みそかに百合子さんから聞いた和歌が思い起こされる。

その下の句は「夜半《よわ》に嵐の吹かぬものかは」だと仙川先生に教えられた。世の中、何があるか予想はつかないものだ。

「車に乗りましょう」と、僕は美雪さんに手を差し伸べた。ところが美雪さんはおびえた表情で、麻世ちゃんの腕をつかんだまま離さない。

間もなく午前九時になる。外来診療が始まる時間だ。

「なら麻世ちゃんも行ってあげて」

見かねたように仙川先生が言う。

「でも、患者さんのカルテがまだ……」

「こっちは亮子ちゃんもいるし、大丈夫」

亮子さんが大きくうなずいた。

「分かりました！　よろしくお願いします」

勢いよく立ち上がった麻世ちゃんは、仙川先生と亮子さんに敬礼をする。

「あいよ。二〇二二年、今年もよろしくね」

仙川先生は、おかしなタイミングで新年の挨拶を絡めてきた。

訪問診療車に三人で乗り込む。冷え切った車内に、暖房を強めに入れる。麻世ちゃんに手を握られた美雪さんが、後部座席でまだ落ち着かないのが分かった。僕は此花町にある夫妻の家へ急いだ。

風情のある町家が立ち並ぶ通りではあるが、道路脇に見える濡れた歩道はどこか寒々しい。

さらに進むと、雪が残って凍りついたような道もあった。

「こんな所を、はだしで美雪さんは……」

美雪さんの横で、麻世ちゃんがため息をつく。

何を思って歩き続けてきたのか。足の痛みを感じないほど、何に心を奪われて。

「ね、どこへ行ってたの？」

僕の思いを代弁するかのように、麻世ちゃんが尋ねた。

「駅に行きたいって？　迎えに行くって言ってたけど？」

本人が話してくれなければ、分かりようもない。だが、返事はなかった。

「金沢駅に行くなら、まほろば診療所とは反対方向だよね……」

駅に行って、さらにどこに行きたかったのか。

「え？　どこにも行かんよ」

意外な答えが返ってきた。いつの間にか気持ちの安定を取り戻した美雪さんは、早朝にさまよい歩いたことすら忘れていた。

信彦さんと美雪さんの家が見えてくる。

「あれ？　あそこにいるの、ご主人じゃない？」

麻世ちゃんの示す先に、信彦さんが途方に暮れた様子で立ちすくんでいた。此花町に入って大通りを進み、ちょうど安江八幡宮の角を曲がった地点だ。

「よかった。ご主人、無事でしたよ！」

美雪さんの肩を麻世ちゃんが揺する。

「福田さーん！」

運転席の窓を開けて叫んだ。信彦さんは、一瞬細めた目を大きく見開いた。

「奥さんをお連れしましたよー」

麻世ちゃんの声に、信彦さんは足元をふらつかせながら駆け寄ってくる。

「福田さん！　転ぶといけないですから、そこにいてくださーい」

もう一度叫ぶ。見ていられない。僕は車を停め、後部座席に回ってドアを開けた。道路脇の深雪に気を配りながら慎重に美雪さんを降ろす。出がけに借りた仙川先生の長靴は、サイズが少し大きかった。

「美雪、勝手に家出たらダメやろ！」

信彦さんがいきなり美雪さんを叱りつけた。びくりとした美雪さんは、麻世ちゃんの腕にしがみつく。

「美雪、頼んから一人で外に出んといて」

絞り出すような声で信彦さんが言った。

「だって私、ノブさんを迎えに行かんと……」

またも美雪さんは落ち着きを失い、そわそわし始めた。

「どなたか来るの？　教えて」

美雪さんの手を取り、麻世ちゃんが優しく問いかける。

「ほうや。正月やから、のんびりしとれんがや」

真剣なまなざしだ。寒空の下に、濃い頬紅の色が浮かび上がって見えた。

そのときだ。

「ああ、そうか。正月やからか！」

信彦さんが大声を上げ、美雪さんの正面に回った。両手で美雪さんの肩をつかみ、目と目を合わせる。鼻先に信彦さんが迫り、美雪さんは体を硬直させた。

「正月か……美雪、よう聞け」

信彦さんは、切ないまなざしを向けた。

「がっかりするかもしれんけど、ノブさんはここにおる。ずっと家におったがや」

信彦さんが泣きそうな顔をして、それでも笑いかける。両肩が細かく震えていた。けれど美雪さんは、頬をこわばらせたままだ。麻世ちゃんが、しがみつく美雪さんの手をさすりつつ、静かに声をかけた。

「じゃあ、今からご主人を迎えに行きましょう。タクシーに乗るけど、お金はある？」

麻世ちゃんの問いに、美雪さんは力なく首を振った。

「ならね、お金を取りにひとまず家に戻りましょう。足元、滑らないように気をつけて」

うまい具合に美雪さんの気持ちが切り替わったようだ。麻世ちゃんに支えられ、長靴の美雪さんはそろりそろりと歩き始めた。

福田家の戸口には、ひときわ立派なしめ飾りが掛けられていた。家に上がると、廊下の中ほどに置かれた電話機のランプが点滅していた。留守番電話に僕がメッセージを吹き込んだからだろう。

僕は診療所に電話し、信彦さんの無事確認と、美雪さんを自宅に送り届けた一報を入れる。

「ご苦労さん、ゆっくり戻ればいいからね」

仙川先生にそう言ってもらって助かった。

手を洗い、いつも美雪さんが日中の時間を過ごしている台所に入る。美雪さんが最もくつろげる場所で話をしようと思ったのだ。

まずは美雪さんにお茶を飲んでもらうことにする。高齢者は喉の渇きを感じにくく、夏だけでなく冬でも水分不足に陥りやすい。それが脱水症や便秘などにつながり、体調に変化をもたらす。そのちょっとした体の変調をきっかけに、精神面も不安定になりやすい。

「はい、美雪さん。お茶どうぞ」

このあたり、麻世ちゃんの行動は早い。以心伝心だ。普段使いの湯飲みに、手際よく茶を注ぐ。飲みやすいように温度はぬるめにして。美雪さんはそれを、ごくごくと飲み干した。

台所で信彦さんの隣に座る美雪さんの表情には、徐々に穏やかさが戻ってきた。それは、長年連れ添った夫婦ならではの、静かでゆうゆうとした姿だった。

「美雪さん、大丈夫ですか？」

僕が問いかけると、美雪さんは首をかしげた。

「何が？」

「だってほら、寒い中を歩いていたから……」

麻世ちゃんも改めて美雪さんに問いかける。

「いやだぁ。私、ずっと家におったがや」

美雪さんは、口に手を当てて笑った。朝から家を出てさまよい歩いていたことも、はだしだったことも、記憶に残っていない。

「ご主人はどちらにいます？」

隣には信彦さんがいるが、僕はあえて知らん顔で尋ねた。

「ここにおるよ。見えんの？　あんた、大丈夫？」

美雪さんに不審そうな目で見られて、僕は慌てる。

「すみません、すみません。見えました」

大丈夫だ——今の美雪さんは夫を夫として認識していた。

「私、ちょっとお手洗いに」

美雪さんが立ち上がった。

「あ、じゃあ私も」

麻世ちゃんが後を追って出ていく。それまで黙っていた信彦さんが、僕に向かって頭を下げた。

「野呂先生、お手間をおかけしました。実は今朝早く、妻がまた洗面台に乗っかっていたんで叱ったんです。そうしたら、いつの間にかいなくなってしまって……」

だから美雪さんは寝間着姿だったのか。

「先生、何とか妻の病気は治らんもんでしょうか?」

信彦さんの切実な声が胸に迫る。すぐに返事はできなかった。

——認知症は、今の医学では治療困難な病気です。以前の状態に戻そうと考えるよりも、病気とともに安全で快適に暮らせる方法を考える方が現実的です。

前の訪問時に僕は、信彦さんに対してそんな言い方をしてしまった。しかし、今この状況で同じような説明を繰り返すことはできない。

「お金の問題だったら、何とでもしたいと思うとります。この家を売ってでも……」

信彦さんが目を固くつぶった。

「福田さん……」

美雪さんの座っていた椅子を信彦さんは愛《いと》おしげになでた。

「美雪の介護が大変なわけじゃないんです。トイレの世話も、風呂も、食事も、着替えも、見守りも、妻の介護なんてものは、つらくも何ともない」

そう言うと、信彦さんは唇をかんだ。

「一番つらいのは、この病気が治らない、進行が止まらない、ということなんですよ。遠い先のことなんていい。今、この時点で、私は美雪と二人だけの静かな時間を過ごしたい。わざわざ診断なんか受けて、絶望したくないんです」

最後は声を詰まらせた。

「すみません、福田さん。医学は残念ながら、まだまだ非力です」

信彦さんの思いに応えられない。医学に責任を押し付けている僕は、逃げているのか。自分の未熟さが悲しい。

「僕たちは、暮らしを支えるお手伝いが精一杯で……」

少し長い間が空いてしまった。信彦さんが、ハハハと笑い声を上げる。

「野呂先生、無理なこと言うてすみません。病気なんて治らなくても、私にとって美雪が何より大事なことに変わりはないです。妻のことは、私が最後まで守りますから」

どこかふっきれた声だった。

共に暮らす家族の介護にかける情熱のようなものは、人によってさまざまだ。

僕は祖母を最後まで介護することができなかった。もし僕が信彦さんの立場だったら、ここまでできるだろうか。

「奥さんへの思いに頭が下がります」

信彦さんの顔いっぱいに、笑みが広がった。

「……野呂先生には、知っといてもらおうかな。なんか、そんな気持ちになりました」

そうつぶやいて信彦さんは立ち上がった。

台所の神棚の横にある小さな引き出し。信彦さんはその最上段を静かに引き、中から一通のハガキを取り出した。

「どうぞ、読んでください」

ハガキの宛名は「福田信彦様」となっていた。送り先の住所は東京都港区で始まっていたが、末尾の記述も数字もよく読み取れない。「宛名不完全で配達できません」という赤字のスタンプが上部に押されていた。

「これは？」

「妻が書いたものです。その宛先は、私がサラリーマン時代、東京に長期出張する際、定宿にしていたホテルの名前と所番地を書こうとしたものだと思います。もっとも、今は移転してなくなっていますが」

差出人欄には美雪さんの名前とともに、此花町の自宅住所が書かれている。

「裏も読んでやってください」

プライバシーに踏み込み過ぎる気がして、少しためらわれた。

「では……失礼します」

ハガキをひっくり返す。鉛筆で大きな文字が書かれていた。

ノブさんへ

ノブさん、いつ帰ってくるんですか。

帰る日は駅にお迎えに行きますからね。

早く帰れるときは、必ず知らせてください。

ノブさんに会いたいです。

早く会いたいです。

きっと迎えに行きます。


大きい文字がだんだんと小さくなり、途中から文字が震えていた。

「これが送り返されてきたのは二年前。今日のように、ひどく寒い日のことでした。このハガキを読んでから、私は美雪を手元から離してはいかんと思うようになったんです」

信彦さんは遠くを見るような目になった。

「現役時代の私は、出張に次ぐ出張で月の半分も家にいませんでした。アルパカホテルの新規開業を担う責任者として、各地を飛び回っていましたから」

アルパカホテルは金沢発の有名なビジネスホテルチェーンだ。その全国的なサービスの展開を、信彦さんは長くこの家を空け、大切な家族と離れて暮らすことで支えてきた。

「あの頃の寂しさが、今も美雪の心に残っているんでしょう。この三年ほど、妻が濃い化粧をした日は危険なんです。『ノブさんが帰ってくる日だから』と言って、外に迎えに出てしまうので」

「駅に行くとおっしゃっていたのは、そのためでしたか……」

「ええ。いったん『お迎え』のスイッチが入ってしまったら、俺はここにおる、と何度言っても聞きやせんのです」

ハガキの文字を指でたどりながら、信彦さんは小さくため息をついた。

「今さらですが、私は最後まで美雪のそばにいられればと思うとります。もう、二度と寂しい思いをさせないようにしてやりたいんです。美雪から離れたくないんです」

信彦さんは、美雪さんの認知症を隠そうとしたわけではない。美雪さんを人の手に委ねることで、美雪さんと離れる道を選びたくなかったのだ。

「お気持ちはよく分かりました。今のまま奥さんと、この家で暮らせるように、みんなで知恵を出してみますね。施設入所の提案は、ひとまずペンディングにして」

美雪と、この家で——信彦さんの唇がそう動くのが見えた。青みがかった顔に光が差す。

「あー、寒い寒い」

麻世ちゃんが美雪さんの手を引いて戻ってくる。

「美雪さん、今度は熱いお茶にしましょ」

そのとき、玄関の呼び鈴が鳴った。

「家族会の藤木です〜」

訪問者は応答も待たず、外から名乗りを上げる。聞き覚えのある、百合子さんの声だった。

麻世ちゃんと顔を見合わせる。来訪予定など聞いていない。何しろ年末ぎりぎりのあの訪問で、信彦さんが家族会への入会を拒絶したばかりだ。何の用で百合子さんは来たのだろうか。

「はあ、まあ、どうぞ……」

信彦さんも、首をかしげながら応対する。

「新年早々すみません。お邪魔しますね」

百合子さんが台所に上がってきた。

「今朝早く、家族会の事務局にお電話をいただいたようで」

信彦さんが、けげんな顔で首を振る。

「いや、電話してませんよ」

「おそらく奥様からのお電話です。当番のスタッフが申しとりました」

百合子さんの答えに、信彦さんは目を見開いた。

「まさか……美雪は、電話なんてできないと思いますが？」

「発信は、前にお聞きしておいた、こちらのお宅の固定電話の番号からでした。ご年配の女性の声で、『この電話で、家族に会えるのか』というようなことを、泣きながら何度も尋ねていらしたと報告がありました。私も、事情をうかがいたくて来たんです」

朝の一件と何か関係がありそうだ。僕は信彦さんの了承を得て、美雪さんの徘徊について百合子さんに説明した。

「今朝の妻は、金沢駅に私を迎えに行こうとしていたんじゃないかと思うんです。昔から毎年正月三が日は、何があっても自宅に戻っていましたから。新年の飾りつけを見て、美雪はそんな気になったのかもしれない……」

信彦さんの言葉を聞いても、百合子さんはまだ納得しない様子だった。手元のスマホを操作して電話の録音データを呼び出したうえで、ボリュームを引き上げる。

「これが、事務局にかかってきた相談電話です」

僕たちは、百合子さんのスマホに耳を寄せた。

〈……もしもし。ねえ、ここに電話すれば家族に会えるが？　あたし、ノブさんに会いたいげん。ね、会わせて。会えるやろ？　お願い、会いたいの。早く会いたい……〉

電話の主は、間違いなく美雪さんだった。

絞り出すような声で、「会いたい」を繰り返している。

「あっ！」

突然、麻世ちゃんが大きな声を上げた。一人顔を上げ、台所の壁際にあるカラーボックスの上方を指さしている。

「あそこに、会えるって書いてある……」

麻世ちゃんは、壁に貼られた認知症家族会のチラシを指さした。

〈家族会エル　よろずのご相談をお待ちしております〉

──家族、会える、と読めなくもなかった。

美雪さんはあれを見て電話したのか。

「それなら、ウチに電話がかかってきた意味も分かります！」

百合子さんが大きくうなずく。

一瞬の間を置いて、麻世ちゃんのスマホが鳴り出した。けたたましい着信音だった。

「野呂先生、仙川先生から。そろそろ診療所に戻ってくれって！」

新年最初の診察日だ。外来が混んできたに違いない。

「おう、了解！」

僕はゆっくりと立ち上がる。いつまでも一緒にこの家で暮らす――信彦さんの思いをかなえるため、美雪さんについても住宅支援の体制を組むのだ。

今後の方針が決まり、心が軽くなった。その心はまた、ほんの少し熱くもなっていた。

以来僕たちは、信彦さんのさまざまな負担を減らすための方法を試した。

看護師が信彦さんのストーマのパウチを交換することについては、案外、あっさりと受け入れてくれた。美雪さんの介護に集中するためにも、その方がいいと信彦さん自身が納得してくれたのだ。とはいえ、信彦さんの気持ちも考慮して男性看護師の比率が高い訪問看護ステーションに依頼し、定期的に訪問してもらうことになった。

僕は、美雪さんの認知症の診断を進めた。「改訂　長谷川式簡易知能評価スケール」は、三十点満点中、五点しか取れなかった。血液検査では、認知機能の低下にかかわるホルモンやビタミンの検査項目も含め、データに特段の問題はない。頭部ＭＲＩ検査でも、認知症の原因となる水頭症や血腫などはないが、記憶をつかさどる海馬や、感情・運動・言語にかかわる前頭葉の萎縮が顕著に認められた。これまでの症状も併せ、重度のアルツハイマー型認知症であると診断した。

美雪さんの要介護認定を申請し、ケアマネジャーにプランを立ててもらってデイサービスの利用が決まった。日中は施設で介護スタッフのケアを受け、入浴や食事、運動やゲームなどを楽しんでもらう。週に一泊程度のショートステイも組み込んだ。

そうして、一か月以上が過ぎた美雪さんのショートステイの夜だった。バーSTATIONに、仙川先生、白石先生や麻世ちゃんのほかに、百合子さんも顔をそろえた。

この日のゲストは信彦さんだ。もともと外出には消極的で、「ましてや家に美雪のおらぬ晩にバーなんて……」と及び腰だった信彦さんだが、「ストーマ用にトイレを改良した店にご案内したい」と僕が声をかけたところ、強い関心を示してくれたのだった。

STATIONは先週、店内トイレの改良工事を施した。ただ、やったことと言えば、旧来型の便座を取り外し、前方の開口部が幅広くデザインされた新しい便座を取り付けただけ。ところが、たったこれだけの工夫によって、ストーマの利用者は、パウチで受けた汚物を容易に便器へ流し捨てることができるようになるという。

大規模な改修を伴わず、どんな店でも、どんな家でも導入できるオストメイト対応トイレの必要性を説いたのは仙川先生で、それがSTATIONのマスターを動かして導入に結びついた。今日は、新しい設備のモニター役として、信彦さんに出動をお願いしたという形だった。

新しいトイレの点検と体験、使い勝手に関するフリートークを終えたあと、カウンターにみんなで並んだ。

「ここ最近のことですが、私、考えが変わりました」

信彦さんが、てれ笑いを浮かべた。

「ほお、どういったことでしょう？」

食べかけの包子を置き、仙川先生が興味深そうに尋ねた。

「病気を恥だと思っていたんですけれど、そうじゃない。自分が癌だ、ストーマだ、などと他人に話すなんて、これまでは考えられませんでした。妻の認知症についても同じです」

「生きていれば、誰にでもいろいろなことが起きます。病気も当たり前のことです」

香り立つジャスミン茶のグラスを前に、白石先生が言う。

「はい。家族会の集まりに出るようになって、そこをオープンにしたら、会のみんなが『大変ですね。一緒に頑張りましょう』って言ってくれて。何でもない言葉のようですが、実にうれしかったですね。互いに苦しみを知っている同士だからこそ、何と言うか……胸に、響きました」

信彦さんの声が潤んだ。両手で包む凍頂烏龍茶のグラスも揺れている。

「今、奥様の調子はいかがですか？」

「おかげさまで、ちょっとふっくらしました。デイサービスの食事が口に合うらしくて」

頭に手をやって信彦さんがほほ笑む。初めて見せる、やすらいだ表情だった。

「で、なぜか私も太ってしまいました」

今の信彦さんは健康そのものだ。以前のアスパラの雰囲気はどこにもない。表情も随分と穏やかになった。

「安心できる時間ができたせいですかねえ」

仙川先生が「よかった、よかった」とつぶやく。さらに僕を見て「担当医がいいからね」と言い添え、ニヤリとする。

「美雪にも、前よりずっと優しくなれました」

介護者にしっかり休息を取ってもらうのは、ケアを受ける被介護者にとってもいいことだ。

「今は、美雪と一緒に泊まるアルパカホテルを選ぶのが楽しみになっています。コロナが落ち着いたら京都に行こうか、沖縄にするかと……。もう、昔の美雪が戻ってきてくれることはありません。それでも私は、美雪と二人でいるという楽しみを励みに、これからも頑張ろうと思います」

信彦さんは「では、今晩はこれで」と立ち上がり、頭を下げた。

カウンターに並んだ面々ばかりでなく、オストメイト対応トイレを導入したマスターにも感謝の言葉を口にして、信彦さんは店を出る。

店内が急に静かになった。

「『昔の美雪が戻ってきてくれることはありません』って、切ないね」

麻世ちゃんの言葉に、僕もやるせなさを覚える。

「でも、つながってよかった」

公的な介護サービスや家族会、それに社会と「つながる」ことで、病気そのものが治るわけではない。けれど病気があっても、患者とその家族が快適に生きるための精神的な支えを得ることができる。かりそめではあっても、人と人とのつながりがもたらす力は、決して小さくない。

　カウンターの上に置いたスマホが小さく振動した。表示は「母」となっている。僕はバーのドアを開け、暗がり坂に立った。寒の明けの二月初旬。体が凍りつくような冷気にぶるっと震える。

「お仕事、終わった？」

「まだだけど、少しならいいよ。どうしたの？」

　足踏みで寒さをしのぎながら、先を促す。

「いつか聖二に、おばあちゃんの介護、どうしてヘルパーを頼まなかったのかって聞かれたでしょ。あれね、お母さんが長男の嫁だというのもあったけど、あなたがいてくれたことに甘えていたんだと思う。それだけ言いたくて」

「え？」

「お母さんが嫁らしくいるために、聖ちゃんを犠牲にしていたのかなって。そのことが、ずっと気になってて……忙しいのにごめんね」

　思わぬところで遭遇する過去の自分と、母の思い。急にこみ上げるものがあった。

「おばあちゃんとお母さんを助けたかったのは僕だから。ちゃんと役に立ってた？」

「もちろんよ」

「そっか……。なら、よかった。じゃ、仕事に戻るよ。電話、ありがとう」

　大切な家族に手を差し伸べる介護者の状況は本当にさまざまだ。愛情ゆえの苦しみ、相手を思うがゆえのつらさが、僕にはよく分かる。
電話が終わってからも、僕は夜空をしばらく見上げていた。

第五章　レトルトカレーの頃

二月の半ば、金沢は雪の日が続いていた。

その日は昼過ぎになって雲が流れ、淡い青空が現れた。日の光をひときわ美しく感じるのは、真冬だからこそか。

午後からスタートさせた訪問診療の二人目は、新しい患者さんだった。

「野呂先生、次の患者さんは楽勝ですね」

訪問診療車の助手席で、麻世ちゃんがほっとした声を出す。

「うん、安定しているって書いてあったね」

とはいえ、他院からの紹介状に書かれた「安定している」という記述に油断し、何度、痛い目にあったことか。決して、うのみにしてはいけない。まだ慣れたとは言えない雪道の運転と同様、慎重に対応するに越したことはないのだ。

患者さんの名前は中村久仁子《なかむらくにこ》。年齢は四十五歳と、ほかの患者に比べて若かった。二年前に脳梗塞を発症し、犀川の近くにあるグリーンクリニックの訪問診療を受けていた。ところがそこの院長、緑川《みどりかわ》先生自身に肺癌が見つかり、先生が治療に専念する約三か月間、患者さんの一部、計十五名を引き継ぐこととなったのだ。

新型コロナウイルス第六波の感染拡大に歯止めがかからない中、僕たちは発熱を訴える患者さんの相談や診療、ワクチン接種の手伝いなどにも追われていた。このタイミングで患者が一気に増え、まほろば診療所はてんてこ舞いだった。

緑川先生が記した中村久仁子さんの紹介状には、「脳動脈解離による若年性脳梗塞の後遺症で、再発予防のための処方を継続中です。病状は安定しております」とある。

「中村さんの家族構成は？」

ファイルを手にする麻世ちゃんに尋ねた。

「夫とは五年前に離婚。子どもは二人」

四十歳でシングルマザーとなって三年後、四十三歳のときに脳梗塞を発症し、左半身に麻痺が残った。脳梗塞というと、動脈硬化などで脳血管が詰まることで起きる高齢者の病気と思われがちだ。五十歳未満で発症した場合、医学的には「若年性脳梗塞」に分類される。心臓の疾患や免疫異常、血管の壁がはがれる脳動脈解離などが原因となりやすい。

久仁子さんのケースも、脳動脈解離で血管が詰まり、脳梗塞を発症していた。血管の狭窄《きようさく》が残っており、再発しないよう血圧を安定させ、血栓を防ぐために抗凝固療法を続けるのが緑川先生の治療方針だった。

「そうか……。要介護度はいくつだっけ？」

「要介護3で、週二回のリハビリに特化したデイサービスと、ほぼ毎日の訪問介護を受けています」

公的な介護サービスはしっかり組まれていた。

「さすが緑川先生。環境調整、ばっちりだね」

中継ぎ役の訪問医としては、日々の体調に変化がないかをチェックしつつ、処方薬を継続する程度の仕事で済みそうだ。麻世ちゃんの言う「楽勝」とまではいかなくても、さほど手のかからないケースだろう。

片町《かたまち》の繁華街を抜けて犀川大橋を渡る。青緑色に塗装された鋼材のアーチも、新雪でうっすらと覆われていた。にし茶屋街に至る手前、雨宝院《うほういん》を過ぎた所で右折する。

患者さんの家は、千日町《せんにちまち》にある一軒家だった。やや古い平屋建てだが、表札だけは新しい木の色調で光沢がある。インターホンを押すと、ドアが勢いよく開けられた。赤いエプロン姿の女性が現れて手招きする。

「訪問の先生ですね？　ヘルパーの八田《はった》です。どうぞ、こっちですよ」

案内されるままに家に上がる。廊下の左右に部屋があった。

「左が患者さんのお部屋です。中村さーん、先生がいらっしゃいました。まずは洗面所にご案内しますね」

八田さんがドア越しに声をかける。「はーい」と、やわらかい声が部屋の中から返ってきた。

これまでの診療の手順がこうだったのだろう。ベテランのヘルパーさんによる手慣れた感じの「導き」だった。僕と麻世ちゃんは八田さんに素直に従う。

「お手洗いは奥の突き当たりです。私は台所でお食事を作っていますので、何かありましたら声をおかけください」

八田さんは、中年の痩せた、どちらかというとか弱そうな女性だった。だが、てきぱきと早口でしゃべり、家の中なのに小走りで動く。一分一秒でも無駄にしたくない、という雰囲気だ。

僕と麻世ちゃんは丹念に手を洗い、教えられた患者さんの部屋の前に立って軽くノックする。

「どうぞ、そのままお入りくださーい」

台所の方から、八田さんの声が飛んできた。どうやらヘルパーさんは地獄耳だ。

そっと扉を開ける。リクライニングベッドを少し起こし、絵本を手にする女性がいた。

「新しい先生でしょ？　緑川先生から聞いてたわ。どうぞ、遠慮なく入って」

久仁子さんは、ふくよかな体をモスグリーンのワンピースに包んでいた。おっとりした話し方も相まって、どことなくムーミン谷の住人を思わせるたたずまいだ。

手元の絵本には、大きなトラ猫の絵が描かれている。読んでいたのは『１００万回生きたねこ』だった。

「猫、お好きなんですか？」

麻世ちゃんが尋ねる。

「うふふ、大好き」と久仁子さんは笑った。ベッドの周囲には、絵本のほかに猫のマンガや写真集なども並んでいる。

「でも、去年、死んじゃってね。私がこんなだから、もうお世話もできないし。新しい子を飼うのは我慢してるの」

話の途中で、久仁子さんに指さされた。不思議に思ったが、すぐに僕を指したのではないと気付いて振り返る。背後に写真立てがあった。しま模様の猫が、魚の形をしたおもちゃを抱きかかえる姿が写っている。

「その子はね、トラちゃん。甘えっ子でね。しっぽとか足とか、体のどこかをいっつも私にくっつけていたの」

夢見るような表情で、久仁子さんは目を細めた。何とも言えず幼い口調は、まるで女子高生と話している気持ちになる。脳梗塞の後遺症で、思考や性格の変化もあったのだろうか。

「では、診察させていただきますね」

「はーい」と、またもフワリとした声が返ってきた。

呼吸音は問題なし。心拍のリズムに乱れは認められず、雑音もない。腹部に異常所見はなく、足にむくみもない。手足の動きをチェックすると、左上下肢の関節が伸びにくく、拘縮《こうしゅく》がある。脳梗塞の後遺症だ。これらの所見は、緑川先生の紹介状に書いてあった通りだった。

「……お変わりないようですね。これまでと同じお薬を続けましょう」

僕は、最近の体調やリハビリの様子、日常生活について久仁子さんに尋ねた。そうしたやり取りが終了すると、久仁子さんが手を上げた。

「質問！」

またしてもかわいらしい声を出し、首をかしげる。

「お薬のことで、質問があります！」

「あ、どうぞ」

久仁子さんの様子に戸惑いつつ、僕は先を促す。

「数が多すぎて、ちょっと減らしてもらえませんか。特に、血液サラサラのお薬をやめたいんですけど。血がサラサラって、何だか怖くて」

グリーンクリニックの緑川先生が出しているのは、抗凝固薬、降圧剤、脂質異常症薬、胃薬、整腸剤、ビタミン剤、便秘薬、睡眠薬の八種類。確かに数は多かった。ただし、薬をやめていいかどうかは難しい問題だ。

患者さんの診療を一時的に受け持つ場合、基本的には前医《ぜんい》――患者さんを以前に担当していた医師のことを医療界ではこう呼ぶ――の処方を引き継ぐのが一般的だから。

患者さんの状態が安定していれば、なおさらだ。担当医になったばかりなのに、浅い考えで処方の中止や変更をして、患者さんの体調が悪くなったら大問題だ。いくらよかれと思ってのことでも。「善意の処方より、前医の処方」なのだ。

とりわけ「血液サラサラのお薬」とは、血液を固める働きをする血小板の作用を抑える薬剤だ。久仁子さんの血管には狭窄があるので、脳梗塞の再発予防に必要と判断された薬である。簡単に止めるわけにはいかない。

「血が止まりにくいというのは、確かに怖いですよね。ただ、中村さんの脳梗塞は、頭の中の血管が詰まったのが原因という点を考えての処方です。まだ血管に細い部分が残っているので、新たに詰まることがないよう内服を続けた方がメリットは大きいと考えられての処方なんです」

薬を過剰に怖がる患者さんは少なくない。だが、メリットとデメリットを考えた場合、この薬は久仁子さんにとってメリットの方がはるかに大きいと思われた。あとは多剤処方の問題だ。もし中止するとしたら、ビタミン剤か整腸剤か。けれど、これも相応の理由があって処方されてきたはずだ。

それでも何とか一剤でも止められないか——。僕は処方箋をにらみつける。

「先生、もういいですよー」

不意に、あっけらかんとした声が返ってきた。あきれた、あるいは怒っているのかと思いきや、久仁子さんの表情はにこやかだ。

「緑川先生にも同じことを言われましたー」

拍子抜けした。僕は試されたのだろうか。

「では……同じ処方を続けますね」

麻世ちゃんが出してくれた処方箋に、僕は薬品名を記入する。

「先生、開けてよろしいでしょうか？」

廊下でヘルパーの八田さんの声がした。

「はいはい、診察は終わりました。どうぞー」

ドアの方を向いて麻世ちゃんが答える。扉の隙間から八田さんが顔をのぞかせた。

「中村さん、お手洗いはいいですか？」

「大丈夫。すぐ子どもたちも帰ってくるし」

「では、私の方は時間ですので失礼します。夕食、テーブルに用意しておきました。洗濯も終わってますから、あとで確認しておいてください。それと……」

きびきび、はきはき、てきぱきの人――八田さんが出ていった。久仁子さんの部屋をはじめ、洗面所や台所、廊下と掃除が行き届いているのはヘルパーさんの力が大きいようだ。

「では二週間後に参りますね。お薬は薬局から届くよう手配しておきます」

久仁子さんは、「はーい。よろしくー」と片手を上げた。

家に上がるときには気付かなかったが、玄関では男児の運動靴が片方ひっくり返っていた。持ち主のわんぱくぶりが目に浮かぶ。帰り際、麻世ちゃんがその靴をそっとそろえる。

「そうかあ。お子さんたちって、まだ小さいんだね」

家の中に残る子どもの匂いを僕は改めて感じていた。高齢の患者さんが多い毎日の訪問先の中で、この家ならではの空気がそこにあった。

訪問診療車に戻ったところで、麻世ちゃんが心配そうな声を出す。

「重い後遺症があるのに、子育てもしているなんて大変。大丈夫なのかしら」

僕も気になっていた。患者情報記録シートには、中学二年生の女の子と小学四年生の男の子がいると書かれている。

「次はその子たちにも会いたいね」

タブレット端末の画面に麻世ちゃんが指先を走らせる。

「そうですね。スケジュール調整します」


二週間後、僕たちは少し遅めの午後四時に久仁子さんの家を訪れた。子どもたちが学校から帰ってくる時間に合わせたためだ。

玄関先に着いてインターホンを押そうとしたとき、後方から中学生くらいの女の子が息せき切ってやって来た。部活帰りなのか、紺色の大きなスポーツバッグを肩にかけ、重そうなエコバッグを手にしている。ランドセルを背負った男の子も一緒だ。

女の子は眼鏡をかけ、長い髪を一つにくくっていた。紺色のコートの下には紺色のプリーツスカートとハイソックス、毛玉の目立つ黄色いマフラーを首にぐるぐる巻いている。男の子も同じ黄色いマフラーにあごをうずめていた。前髪が垂れ下がり、目も半分隠れている。歩きながら、マンガを読んでいた。

「こんにちは。中村……さんね？」

麻世ちゃんが声をかける。

「はい。私、中村陽菜《ひな》と申します。訪問診療の先生ですか？　お待たせしてしまって申し訳ありません」

女の子の口から出たのは、意外なくらい大人びた返事だった。

「まほろば診療所の、僕、野呂です」

僕の方が、子どものような自己紹介になってしまう。

陽菜ちゃんが「どうぞ」とドアを開けてくれた。玄関にカギはかかっていない。その脇を、男の子がすり抜けるようにして家に入った。

「蓮《れん》！　靴をちゃんとそろえて！」

男の子の背中に、陽菜ちゃんが大きな声をかける。だが、蓮と呼ばれた男の子は振り返る様子もなく、母親の部屋の中へ駆け込んだ。

陽菜ちゃんも後に続く。

「お母さん、ただいま」

「お帰り」

「チョコ買ってきたから」

「ありがと、陽菜ちゃん」

「訪問の先生、来とるよ」

「失礼します」

僕たちが前回と同様に洗面所で手を洗っていると、そんな会話が聞こえてきた。

久仁子さんの部屋に入る。今日は、ベッドに体を横たえていた。そのベッドの脇では、弟の蓮君が相変わらずマンガを開いている。

「先生、横になったままですみません。昨晩はマンガが止まらなくて、つい夜ふかししてしまって……」

久仁子さんは、気だるそうな声を出した。マンガは親子共通の趣味なのか。

初診と同じ手順で診察を進める。呼吸音と心音に異常はない。拘縮が認められた左手の関節の動きを見る。なおも伸びにくい感じが残っており、改善は見られない。睡眠不足は高血圧につながるが、下の血圧がやや高めに出た程度で問題はなかった。

「なるべく生活リズムを整えるようにしてくださいね。困っていることはありませんか?」

久仁子さんは少し考え、「あ、そういえば」と右膝をさすった。

「ここが痛いんです。前からなんですけど」

左半身に麻痺があって左足が自由に動かせないため、立ち上がるときなど右足の膝に負荷がかかっているのだろう。体重が重いのも、健常な側の足に負担をかけているに違いない。

「ちょっと体重を減らすようにしましょう」

枕元にある食べかけのチョコレートについ目が行ってしまった。先ほどの会話からすると、陽菜ちゃんが学校帰りに買ってきた品だろう。部屋の隅には、マンガやおもちゃなどとともに、カップラーメンやポテトチップス、お菓子を食べた袋など、食べ物の残骸が散乱している。せっかくヘルパーさんが毎日訪問してくれても、わんぱくな蓮君が片端から散らかしているようだ。

「先生！　私、何にも食べてないのに太る体質なんですよ。そこのカップ麺は子どもたちが食べて放ってあるんです。このチョコは、ちょっとだけ、たまに食べるだけですから。緑川先生も、私に食うな食うなって。でも、人間はかすみだけじゃ生きていけませんよね〜」

前医の緑川先生も同じ指摘をしたようだ。そばで蓮君がクスクスと笑った。

「バカスカ食っとるくせに！」

「もう、蓮ちゃんはあっちに行ってなさい！　お姉ちゃーん」

久仁子さんが叫ぶ。すぐに足音がして、陽菜ちゃんが再び顔を出した。

「蓮、ほらほら立って。明日の時間割、眠くなる前にやっちゃおう。それとさ、給食袋と体操服を出して」

蓮君がマンガを開いたまま名残惜《なごり》しそうに立ち上がり、姉とともに部屋を出ていく。遠くから洗濯機の回る音が聞こえてきた。

帰る前に手をもう一度洗い、台所の前を通る。そこに陽菜ちゃんの姿があった。

「じゃあ僕たちは帰るね。何か困っていることはない？」

僕は陽菜ちゃんに声をかけた。挨拶がてら、ほんの軽い気持ちで尋ねたつもりだった。けれど陽菜ちゃんからは答えが返ってこない。こちらに背を向け、懸命に何かをしている。聞こえなかったのか。

「陽菜ちゃん、また二週間後に来るね」

少し気になったので、僕は陽菜ちゃんの手元をのぞき込んでみた。

彼女は、脇目も振らずに米をといでいた。傍らの流しには、キッズ用のプラスチック食器が洗われずに積み重なっている。

「あれ？　食事はヘルパーさんが作ってくれてるでしょ？」

そばかすの多い少女の頬がこわばった。

「あれは、お母さんのだけです」

こちらに目も向けず陽菜ちゃんはタオルで手を拭き、炊飯器のスイッチを入れる。

「え？」

僕は、卓上に整えられた夕食のトレイに目をやった。ヘルパーの八田さんが用意した、いわゆる「とろみ食」、脳梗塞などで飲み込む力が低下した人でも食べやすい形態に調理されたものだ。茶わんや小鉢などに盛られた料理は、その一人分だけだった。

「そっか……。じゃあ、陽菜ちゃんは自分たちのごはんを毎日作るのか。大変だね」

意外だったし、気の毒に思った。

「ぜーんぜん。ご飯を炊くだけ。おかずはスーパーのお惣菜《そうざい》やもん」

陽菜ちゃんは左手をポリポリとかきながら首を振った。手の甲が全体に白く、一部は赤くなっている。小さな出血も見えた。

「お……ガサガサだね」

陽菜ちゃんは、手をさっと背中に隠した。まるで恥ずかしいものを見られてしまったかのように。

「ごめん、ごめん。仲間だよ」と、僕は両手を開いて陽菜ちゃんに見せた。

「先生もね、ひどく荒れてるんだ。ほら、指と指の間まで。年がら年中、アルコール消毒してるから仕方ないんだけどさ」

一か月ほど前から、僕の手は赤く腫れていた。アルコールの脱脂作用で皮脂が取れ、皮膚のバリアである角質が壊れてかさついたのが初期症状。さらに、せっけんの洗い残しが刺激となって炎症を起こした。この段階まで悪化すると、保湿クリームだけでは追いつかない。まずは炎症を鎮めるためにステロイドの軟膏《なんこう》を塗り、保湿クリームもたっぷり重ねる。そうした処置を続けてようやく改善しかけたところだった。

「アルコール消毒、やめた方がいいですか？」

「いやいや、ちゃんと使ってね」

かさつきはするがほかの副作用は少ないから、手指の消毒にアルコールは使うべきだ。陽菜ちゃんの場合、消毒に加えて、家の中で水仕事をしているせいで手荒れするのだろう。

「どれ、見せてごらん」と言うと、おずおずと両手を差し出した。

「手は大事にしないとね。洗ったあと、水分をきっちり拭くのがコツだよ。こまめにクリームも使って」

台所にあった青い缶のクリームを指す。陽菜ちゃんは、はにかみながら下を向き、「はい」とうなずいた。

「ねえ、陽菜ちゃん。何か困っていることはない？」

僕は改めて尋ねてみる。

「別にありません」と、陽菜ちゃんはすぐに答えた。ある意味、予想できた答えだった。

「そっか……。ならよかった」

ひとまずそう言って、久仁子さんの家を辞去する。

「お待たせ」

近くの駐車場の空きスペースに停めておいた訪問診療車に戻ったとき、麻世ちゃんは車内で看護記録の整理中だった。

「先生、引き止められてたんですか？」

「ちょっとね。陽菜ちゃんと話を」

重い後遺症があるのに、子育てもしているなんて大変――。

二週間前、初回の診療を終えた際に、麻世ちゃんが口にしたひと言だ。それが今、僕の頭の中をめぐっていた。大変なのは、久仁子さんだけではない。

「あの家、なかなか大変だ……」

思わず口からそんな言葉がこぼれ落ちる。

次に向かった訪問先で、僕は麻世ちゃんに聴診器を借りた。愛用の聴診器は、久仁子さんの家の玄関に置いて来たのだ。

「もう、野呂先生ってば。ドクターが大事な商売道具を忘れてくるなんて、ほんと信じらんない！」と麻世ちゃんに叱られる。

午後六時少し前に、再び中村家を訪れた。インターホンに指が触れたそのとき、家の中から大声で怒鳴り合う声が聞こえてきた。反射的にドアをたたく。

「すみません、まほろば診療所の野呂です！」

しばらくして、玄関の扉が開けられた。

「すみません、聴診器を忘れてしまいまして、取りに来ました」

応対に出てくれた陽菜ちゃんの様子がおかしい。

僕は、靴箱の上に置いたままだった聴診器をひょいと取り上げ、「ついでに、ちょっと失礼しますよ」と有無を言わせず家の中に上がる。麻世ちゃんも一緒に。

台所のテーブルには、インスタント食品や菓子パンの袋がたくさん並んでいた。そこに埋もれるようにして、蓮君がカップ麺を食べている。久仁子さんも車椅子でテーブルについていた。

「お食事中にすみません」と声をかける。

陽菜ちゃんの目が赤かった。

「あれっ、どうしたの？」

そばに回り込んだ麻世ちゃんが尋ねる。

「別に、何でもない」

「ただの親子げんか。大したことじゃないんですよ」

娘と母は、ほぼ同時に言い繕おうとした。蓮君が顔を上げる。

「お母さんが、死にたいって言うからや……」

ふてくされたような声だった。僕は久仁子さんに目を向ける。

「いえね、私がこういう病気になって、こんなに迷惑かけるなら、いっそ死ねばよかったって言っただけなんです」

「お母さん、いつもそんなことばっかり言って……」

陽菜ちゃんは深いため息をついた。蓮君は膝の上に置いてあったマンガ本をテーブルで開く。これ以上、母と姉のやり取りを目にしたくないという態度に見えた。

「看護師さん、すみませんけど今日は食べたくないから、ベッドに連れていってもらえませんか？　もう、だるくて」

久仁子さんが甘えた口調で麻世ちゃんに頼む。陽菜ちゃんは黙って背を向けていた。

「……分かりました」

求められるまま、麻世ちゃんが久仁子さんの車椅子を押す。寝室のドアの前でタイヤがギイと音を立てた。

「何でごはん食べんが！　お菓子ばっかり！　ほやから病気になったんや」

車椅子の方に向けて、陽菜ちゃんが大声で叫ぶ。その目はさらに赤みを増していた。

「お母さんなんて、猫のことばっかり。気楽でいいね！　私は明日、テストがあるの！」

激しく興奮した様子で立ち上がり、陽菜ちゃんは肩で息をする。僕はその肩に手を置いた。

「陽菜ちゃん。一回、座ろうか」と促すと、素直にストンと腰を下ろす。

「きっかけは、何だったの？」

陽菜ちゃんの目を見つめた。眼鏡の奥の視線が泳ぎ、壁際にたどり着く。

「トイレくらい、自分で行けって言ってしまって……。あんまり何度もトイレって言うから。オムツにすればいいのに、それは嫌だって。せっかく買ってきたのに……」

床にスポーツバッグが置いてある。チャックが半開きになっており、大人用オムツのパッケージが詰められているのが見えた。部活の用具が入っていたわけではなかった。

「そっか……」

頻尿は、脳梗塞の後遺症でよく見られる症状だ。膀胱収縮のコントロールがうまくいかなくなり、まったく排尿できなくなってしまう人がいる一方、尿がほとんどたまっていなくても尿意を感じたり、意図せずに失禁してしまったりするケースもある。

排泄行為は、人としての尊厳にかかわる。オムツに出せと言われても抵抗があるのは当然だ。一方、介助者にしてみれば、昼夜を問わぬ排泄誘導や失敗の後始末は負担が非常に重い。

「私、サイテーな人間かな……」

声がひきつっている。彼女自身も分かっているのだ。

「そんなことないよ。でもね、お母さんのトイレ問題は一緒に考えよう」

げんまん――と口にして、僕は陽菜ちゃんの前に小指を立てる。陽菜ちゃんは、ちょっとだけほほ笑み、小指を絡ませてくれた。手の甲のあかぎれが再び目に入った。

「野呂先生ってば、聴診器、わざと忘れたんでしょ？」

訪問診療車に戻ってすぐ、麻世ちゃんに指摘される。

「ど、どうしてバレた？」

麻世ちゃんはふふんと笑う。

「でも、来てよかった。あの家も、いろいろあるんだって分かったし」

よかった。麻世ちゃんにも陽菜ちゃんの思いが伝わって。

「うん。特に、あの子が大変だな」

陽菜ちゃんの様子に、僕にはピンと来るものがあった。母親の介護をめぐる過剰な負担が彼女の身にかかっている――と。

20万人の若き介護者たち
求められる支援の手

僕は、何日か前の新聞に載っていたヤングケアラーの記事を思い出していた。

ヤングケアラー、すなわち家族の介護を担わざるを得ない十代、二十代の若い介護者は、全国に二十万人以上いるという。自分の頃とは違い、その存在が世間に知られてきたのは救われる思いだ。けれど陽菜ちゃんの生活を見ると、対策はまだまだ不足していると感じる。

まほろば診療所に戻り、僕はグリーンクリニックの緑川先生にメールした。陽菜ちゃんの以前の生活ぶりを知りたかったからだ。

緑川先生が加賀医療センターに入院した直後のタイミングだったが、すぐに返信があった。今なら電話する時間があるということで、こちらからかける。

「いやあ、ちょうど退屈していたんですよ」

緑川先生はスケジュール通り肺癌の手術を一週間前に終えており、経過は順調だという。今の時間は夕食後でゆったりしていたと言った。

「こちらからお願いした患者に、何か問題がありましたか？」

受話器の向こうから、小さなゲップの音が聞こえたような気がした。

「いえ、受け持たせていただいた患者さんたちに大きな変化はないんです。ただ、中村久仁子さんの環境が気になりまして。特にお子さんについて、何かご存じでしたら教えていただけませんか？」

緑川先生は「ああー、中村さん、中村久仁子さんね」と繰り返した。

「確か、あそこはシングルマザーでしたね。子どもは……二人いましたっけ。そうそう、お姉ちゃんがよくお手伝いするいい子でしてね。ヘルパーさんもちゃんと入ってますし、これと言った問題はなかったと思いますが？」

緑川先生は、ヤングケアラーを問題視していなかった。

二日後の夕方、白石先生が症例検討会《カンファレンス》に少し遅れてやって来た。

オミクロン株の感染は、子どもたちの間で急速に広がっている。そんな中で加賀大学医学部附属病院では、同居する子どもの感染によって、スタッフが出勤停止となるケースが急増している。ただでさえ病院スタッフの人手が足りないところに大きな打撃だった。とりわけ外科系の診療科では、専門能力の高い看護師を確保できず、手術の件数を半分に減らさざるを得ない状況だという。

子どもたちはオミクロン株に感染しても症状が軽いが、そこから周囲の大人へ感染が広がるのも問題だ。基礎疾患のある人や高齢者などリスクのある人は重症化しやすい。最大限の注意を払わなければならなかった。

「診療で訪問する患者さんの家は『火薬庫』だという意識を持っていきましょうね」

白石先生の説明に、麻世ちゃんが反応する。

「なるほど！　感染に弱い患者さんの家に火種を持ち込まない、ということですね」

「そう、地味なことだけれど、そこが実はとても重要なのよ」

うなずきながら白石先生が重ねて強調する。

そうなのだ。そのために医療者は、しっかりと感染対策を行い続けることに尽きる。マスク、手指消毒、ディスタンスを、ひたすら愚直に守るのだ。

この日のカンファレンスで僕は、新しく受け持ちになった中村久仁子さんの経過を報告した。

「……と、患者さんは脳梗塞後遺症があるものの、全身状態は安定しています。ただ、介護で気になることがありまして」

「介護？　デイサービスやヘルパーは入ってるんでしょ？」

仙川先生がわずかに首をかしげる。

「はい、そちらは適切に介入されていました」

「じゃあ、何か問題あるの？」

「患者さん本人についての支援体制はあるのですが……。患者の子どもたちへの負担が大きい状況です」

この件の報告で、「子どもの問題」という言い方はしたくなかった。

「うん？　どんな感じなの？」

ファイルから取り出した患者情報記録シートを広げて、僕は続けた。

「子どもは中学二年生の女の子と小学四年生の男の子です。姉の陽菜ちゃんは、母親の手伝いだけでなく、弟の世話にも追われています。前医の緑川先生は、陽菜ちゃんはよくお手伝いするいい子だと言っていますが、放置していてはいけないと思われる状況です」

僕の説明に、仙川先生はなかなか納得がいかない様子だ。

「食事も、カップ麺やパンとか、スナック菓子とか、そんなものばかり食べていました」

麻世ちゃんから援護射撃が入る。仙川先生にはこういう具体的な話が効果的だったのを忘れていた。

「姉は、お手伝いの域を超えていると言いますか、ヤングケアラーの状態です。でも、ここから具体的にどう進めるかのアイデアはないのですが」

大きく腕を組み直し、仙川先生はうなり声を上げた。

「うーん。ヤングケアラーの増加は、一つには社会構造のせいもあるな……」

高齢者が増え、世帯人数が減る。生産年齢人口の減少で働き手の長時間労働は常態化していく。そういった社会構造の変化によって、年老いた家族の介護を幼い子どもに頼らざるを得ない家庭が増えている――というのが仙川先生の解説だ。

「このケースでは若い四十代の母親が要介護者であること、その母親は働きに出られず、おまけに一人親家庭であることなど、問題の所在がより複雑だな」

目の前にタブレット端末の画面が差し出された。白石先生からだ。

「野呂先生、こういうものがあるのよ」

白石先生が示してくれたのは、イギリス・ラフバラ大学の研究グループが作成したチェックシートだった。

タブレットの画面にざっと目を走らせる。

……なるほど。地域社会や教育現場で隠れたヤングケアラーを見つけ出し、その負担度合いを簡単に点数化できる仕組みになっていた。

「知りませんでした。まるでヤングケアラーの診断基準ですね」

研究グループによる解説を読み、衝撃を受けた。僕は声に出し、その文言を一つずつ読み上げる。

「子どもには子どもらしく暮らす権利がある」

「どのくらいケアに時間を割くかは、子ども自身が決めていい」

「大人のケアラーと同じことをすべきでない」

それはまさに、かつての自分自身が言ってもらいたかったことばかりだった。

高校生の頃、自覚していなかったが、僕はまさしくヤングケアラーだった。なのに、当時の僕は気持ちの面で「お手伝い」としか認識していなかった。どこからが過剰な家事労働なのか、判断できなかった。

自分の将来に目を向けることはできなかった。祖母の介護を続ける前提で物事を考えてしまい、遠い先を見据えようとすると、心にブレーキがかかる。じっくり思いをめぐらす気持ちにもなれず、ひとまず目前の家事をこなしつつ試験をクリアするだけで精一杯。けれどそんな日々に、僕は疑問を抱けなかった。

それほどまでにあの頃の僕は、祖母の介護を「やって当然のこと」と思い込んでいた。

「なるべく早く時間を作って、ひとまず陽菜ちゃんのチェックをしてみようと思います」

チェックシートを印刷して、カルテに挟み込む。

陽菜ちゃんにこのシートにある質問をぶつけてみたところで、何がどうなるのかは分からない。けれど、まずは彼女自身の状態を客観的に把握することが先決だと考えた。

「そういえば野呂君、中村さんの家は雨宝院の先だって?」

カンファレンスを終えたタイミングで、仙川先生が話しかけてきた。

「あそこは文豪、室生犀星《むろうさいせい》が預けられて、母親に会うことなく幼少期を過ごした寺なんだよ。犀星の文学が生まれた原点の地だと言う人もいる。子どもにとって、生みの親というのは唯一無二の存在だからねえ。それを失う恐怖や悲しみを思えば、陽菜ちゃんという子が、自分を押し殺して母親に尽くすのも理解できるよ」


金沢の町が春の装いに包まれた三月の中旬、三回目の訪問診療日を迎えた。

その日、久仁子さんの家に到着したのは午後一時。本当は、陽菜ちゃんが下校するタイミング、午後の遅い時間に訪問したいところだった。けれど、このところ夕方の訪問を希望する患者さんが多く、残念ながら早めの時間しか取れなかった。

陽菜ちゃんに会い、チェックシートでヤングケアラーの診断をしたいと考えていたのだが、今日はあきらめるしかない。

僕は、家からレトルトカレーとパックご飯を持参していた。先週、母が東京から送って来た品だ。手提げ袋が、ずしりと重い。

祖母が亡くなって五年余りが過ぎた今、いつまでも僕のことなど心配しないで、自分の人生を楽しんでほしい。だが、母にとってはそう簡単に割り切れることではないらしい。

レトルトカレーとともに、手紙が入っていた。

聖ちゃんへ
コロナだけど、大丈夫ですか。仕事し過ぎていないか心配しています。
あなたが小さい頃から大好きだったカレーを送りますね。
大変なときは、きっと元気が出ます。お母さん自身もそうでした。
まほろばの患者さんのために、頑張ってください。
あなたのことをずっと大切に思っています。

母より

甘ったるい手紙だなあ、と思った。しかも送られてきたのは、すべて甘口のカレー。食べ物の好みが子ども時代から変わらないはずはないのに。この品を前にして、「あの頃のままでいたい」「元気を出したい」と思っているのは、母自身なのではないだろうかと思った。父は多忙で、母を十分に支えない人だった。だから母は僕に頼ったのだろう。今、母は父と二人でゆったりと暮らしているはずだ。にもかかわらず、こんな手紙をよこし、僕に甘えてくる。母は一体どんな気持ちで過ごしているのだろうかと心配になる。

「さて、と……」

僕はためらいつつ、中村さん宅のインターホンを押した。実はカレーを持って来たものの、まだ迷いがあったのだ。

「ゴーゴー」「チャンピオン」「ターバン」「ゴールド」――。ご当地カレーのレトルトパックが人気を誇るここ金沢で、全国どこでも売っている普及品を渡して、陽菜ちゃんたちに喜んでもらえるだろうか？　いやそれ以前に、患者さんの家族に差し入れをするなんて立ち入ったことは反則だろうか？　と。

「こんにちは。お願いしまーす」

ドアを開けてくれたのは陽菜ちゃんだった。この時間帯、久仁子さん以外は誰もいないはずと思っていた。

「あれっ？」

麻世ちゃんも驚いた様子だ。陽菜ちゃんの背後には蓮君もいる。

「二人とも何でいるの？　まさか学級閉鎖？」

先月はコロナウイルスの第六波が全国に押し寄せ、各地の小中学校で軒並み学級閉鎖があった。だが、もう下火になってきているはずだ。

陽菜ちゃんが首を左右に振る。

「違うんです。今朝、お母さんがトイレで転んでしまって。それで血がいっぱい出て……」

眼鏡の奥の目は、うっすら涙ぐんでいる。右頰には、かすかに血のついた痕も認められた。

僕は大急ぎで手を洗い、久仁子さんの寝室へ回った。

「中村さん、大丈夫ですか！」

久仁子さんはいつものようにベッドで横になっていた。

「あ、はーい。先生、私、転んじゃって」

「陽菜ちゃんに聞きました。今、診察させてもらいますね」

声の調子は平常通りだ。意識状態に変化がないことを知り、まずは一安心する。

「お願いします、先生……。そうか、陽菜は、やっぱり学校行かなかったのね。今日は先生が来る日だから、行きなさいって言ったのに」

母親の言葉を、ドアの前に立った陽菜ちゃんが黙って聞いている。

フローリングの床は、ベッドの足元を中心に、ところどころ血で汚れていた。掛け布団をめくると、久仁子さんの左足には包帯が巻かれている。少し血液が染み出し、赤黒く固まっていた。

「これ、陽菜ちゃんが巻いたの？」

「はい」

ゆるゆるの包帯だった。

「頑張ったね、偉い偉い」

そんなふうに言いながら、麻世ちゃんが包帯をそっと取り外す。

陽菜ちゃんによると、朝のトイレ介助を終えて立ち上がったとたん、久仁子さんは体のバランスを失い、トイレブラシのケースの上にお尻から崩れ落ちたのだという。その際にケースの角で左足を傷つけてしまったようだ。

「私がちゃんと支えてなかったせいで……」

後ろで束ねた長い髪を揺らし、陽菜ちゃんは唇をかんだ。

久仁子さんの診察を開始する。麻痺した左側のすねが擦りむけ、血痕があった。その周囲に紫色の皮下血腫が広がっている。出血量の多さや傷口周辺の強い症状は、「血液サラサラ」の抗凝固薬を飲んでいるためだ。

続いて骨折の有無を確かめるため、久仁子さんの足をさまざまな方向に動かしてみた。特段、痛みの訴えはない。関節の動揺や変形も見られず、骨は折れていないと思われた。

髪をかき分けて頭皮まで点検したが、頭部を打った様子も認められない。その点は、狭いトイレ内の転倒だったことが幸いしたようだ。

血圧は一二八／七八で、脈拍数も一分当たり七〇と問題なく、安定している。

「拝見したところ骨は折れていません。擦り傷はありますが、止血されていますし、問題なさそうですね。感染予防に塗り薬を出しておきます」

「はい……」

「お母さんは大丈夫。傷の手当て、とてもよかったよ」

麻世ちゃんがそう言うと、陽菜ちゃんは少し安心した顔になった。

「では中村さん、いつもの診察に移りますね」

足の傷の手当てを終えたタイミングで僕は意識を切り替え、脳梗塞後遺症に診察のフォーカスを合わせ直す。血圧や脈拍などのバイタルは測定済みだから、手足の麻痺の状態や拘縮の程度、しゃべり方などをチェックする。座った姿勢を取ったとき、体の傾きがいつもより強い点が気になったが、けがをした直後だからだろう。握力や腱反射は前回と同じレベルで、全体に大きな変化はないと思われた。

「問題ありませんね」

一連の診療が終わると、今日ばかりは久仁子さんも子どもたちもほっと息をつくのが感じられた。今ならいいだろう。僕は床に置いた手提げ袋を開け、中からレトルトカレーのパッケージをおずおずと取り出した。

「これ、東京の実家から大量に送られてきてしまって。申し訳ないんですが、もしよろしければ少し手伝ってもらえませんか」

一瞬の間を置いて、歓声が上がった。

戸惑う母親を尻目に姉弟は、「わあ、いっぱいある!」「甘口やて!」「蓮にはちょうどいいわ」などと口にしながらにぎやかに紙箱を抱え持ってくれる。

「いいんですか、先生。ほら、ありがとうは?」

久仁子さんがたしなめると、二人は口々に「ありがとう」と言った。

「いやいや、もらってくれて助かるよ。こっちこそ、ありがとう」

久仁子さんのベッドサイドで処方箋を書いていると、蓮君がリズムをとるような声が聞こえてきた。台所の方からだ。

「ボボン、ボン、ボン、ボボン、ボ……」

するとじきに、カレーのいい匂いが漂い始めた。

処方箋を携えて僕は台所をのぞく。陽菜ちゃんと蓮君が、ものすごい勢いでカレーライスを食べていた。聞けば昼食はまだだったという。

「おいしい？」

「うん！」

「おいしいです」

二人は大きな声で答えてくれた。僕は何とも言えず幸せな気分になる。ここで陽菜ちゃんに会えたのもラッキーだった。これであのチェックシートの質問をすることができる。

「もう一つ、渡したいものがあるんだけど」

「何、何？」

蓮君が目を輝かせた。僕はカルテを入れたファイルから、チェックシートを取り出す。

「クエスチョン・ターイム！　これはね、質問がいっぱい書いてあるんだよ。陽菜ちゃんと蓮君が、いつもどれくらい家のお手伝いをしてるか、どれだけお母さんの力になっているかが分かりまーす」

クイズやゲームを思わせるような「ノリ」で、僕はチェックシートを紹介した。

「なーんだ」

蓮君のストレートな反応がかわいらしい。

「おいしいものじゃなくて、ごめんよ」

そのとき、玄関から男の子の声がした。

「レンレン！　おるかー？」

友だちが来たようだ。蓮君は走って台所を飛び出した。

男の子の声が台所まで響いてくる。今日、小学校は午前授業のみで、漢字の書き取りテストがあったらしい。

「レンレン、どうせ、またずる休みやろ。遊ぼう！」

どうせ、また？　蓮君は、そんなにしょっちゅう学校を休んでいるのかと引っかかりを覚える。男の子が家に上がり込んできた。久仁子さんの寝室の向かいの部屋に入り、蓮君と遊び始めた。

続いてヘルパーの八田さんがやって来る。この日は、全身清拭《せいしき》の予定だという。病気やけがで入浴が難しい人に実践するケアで、蒸しタオルなどで体全体を拭くサービスだ。

「お体を拭きますから」と、八田さんは久仁子さんの部屋のドアを閉めた。

僕たちはカレー皿を片付け、台所のテーブルで向かい合う。

「陽菜ちゃんも、学校をよく休むの？」

少し困ったような顔をして、陽菜ちゃんはこくりとうなずいた。

「そっか。まあいいや。じゃあ、クエスチョン・タイムを始めるよ。お母さんに関して、陽菜ちゃんがどんなことをしているのか詳しく教えてね」

僕は用意しておいた質問を開始する。

——その人がどんな病気や障害を持っているのか、知っていますか？

質問用紙に書かれている文言は、英語からの直訳調で少々分かりにくい。僕は自分なりの言葉に翻訳して、陽菜ちゃんに問いかけた。

「お母さんが、どんな病気で、どんな障害があるか知ってる?」

答えは、「はい」「いいえ」「分からない」の三択だ。

陽菜ちゃんの答えは、「分からない」だった。

「病気のことはよく分からない。けど、病気のせいで、前のお母さんじゃなくなった」という、ぼんやりとした捉え方だった。

母親の病名すら知らないのか——正直、意外な答えだった。

中学二年生であれば、脳梗塞という病名くらいは耳にしたことがあるだろう。しっかりして見える陽菜ちゃんのことだから、脳梗塞は脳の血管が詰まって起きること、後遺症を克服するためにリハビリしていることや、再発の可能性があることについても、それなりのコメントができるのではないかと予想していた。だが、自分の母親を襲った疾患について、当の母親からも、親戚からも、医師や看護師からも聞かされていないようだ。

このヤングケアラーのチェックシートに関しては、全体的な回答の傾向を白石先生に教えてもらっていた。

まず子どもたちは、家族の病気で大きな影響を受けているにもかかわらず、その診断や障害について理解していないケースが少なくないという。まさに陽菜ちゃんの答えは、ヤングケアラーの回答の典型的な傾向と同じだった。

——その人は、その病気や障害のために、医療や社会福祉のサービス、その他の組織からサポートを受けていますか？

この質問も、言葉をかみ砕いて問い直す。陽菜ちゃんの答えは「はい」だった。

――「はい」の場合、どんな種類のサポートを受けていますか？

「ごはんを作ってくれたり……」

しかし、ヘルパーの作る夕食は、久仁子さんが食べる一人分だけだ。

「それってお母さんの分だけ、だよね？」

「はい」

介護福祉サービスは「介護を必要とする人のため」という原則から、それ以外のサービスをしてはいけない決まりになっていた。僕もそうした原則を頭では理解していた。ただ今回、中村家の内情を目の当たりにして、やりきれない思いがした。子どもたちの食事を作る大人がいない状況で、陽菜ちゃんや蓮君の食生活はどうなるのか――と。

初回訪問時にヘルパーの八田さんが久仁子さんに伝えていた言葉を思い起こす。

「中村さん、今日の洗濯物の中にお子さんの下着が交じっていましたよ。次からはきちんと分けておいてくださいね……」

介護保険で受けるサービスでは、洗濯や掃除、買い物も、家族のものには手をつけてもらえない。残りの家事はすべて、陽菜ちゃんの仕事になってくる。さらに母親の介助も、ヘルパーさんが帰ってしまったあとの時間帯はすべて陽菜ちゃんが担っている。中学二年生が一人で引き受けるには、重すぎる負担だ。

続く質問でも、そうした陽菜ちゃんの状況が浮き彫りになる。

——あなたの家族の病気や障害について、そしてそれがあなたやあなたの家庭にどんな影響を与えるかについて、医療や福祉関連のサービスやその他の組織の人が、あなたに説明してくれたことはありますか？

——あなたの家族の病気や障害について、本人と話したことはありますか？

陽菜ちゃんの答えは、いずれも「いいえ」だった。

久仁子さんの病気について、僕からも陽菜ちゃんにもっと詳しく説明をしなければならなかったと反省した。

——あなたは、その人の病気や障害のために、家の中で実用的なサポートをしていますか？

「はい」

——あなたは、家族のために、介助タイプのサポートをしていますか？

「はい」

いずれの質問にも、陽菜ちゃんは素直にそう答えた。

——あなたは、家族のために、感情面でのサポートをしていますか？

この質問の答えも前の二つと同様に「はい」だと思った。だが、違った。

「分からない。お母さんとは、いつもけんかになるし……」

それが陽菜ちゃんの答えだった。けれど、長い時間にわたって相手のそばにいることや、介護を通して「生きて」「死なないで」というメッセージを送り続けることも立派に感情面のサポートだ。

つまり、実際には「はい」なのだ。

ヤングケアラーの子どもは、さまざまなサポートを日常の中で少しずつ引き受け、日々の活動の中に組み込まれて無自覚になっていると言われている。特に、自分がしていることが感情面でのサポートと認識している子どもは少ない。

子どもたちは、本来なら自分のために使うはずの時間やエネルギーを、家族のケアに振り向けている。イギリスの研究によると、大切な時間とエネルギーを奪われた結果、子どもたちの人間関係や趣味、学校の課題などには大きな負の影響が出るという。

チェックシートの質問も残り少なくなった。

――家族のケアをすることは、あなたが自分のために使う時間の量に影響しましたか？

――あなたの家族の病気や障害について、あなたがもっと理解できるよう、誰かに手伝ってもらいたいですか？

――あなたがほしいと思うようなサポートや手助けはありますか？

当然、いずれの問いかけにも「はい」と答えるはずだと思われた。けれど陽菜ちゃんは、ここでも「いいえ」と口にした。

なぜ、と問いかけそうになった直後、その理由に思い至る。僕もそうだった、と。

そうだ。家のことは、僕自身が家の中で解決するしかないと固く信じ込んでいた。

「お母さんのことを誰かに手伝ってもらえれば、陽菜ちゃんはその時間に学校の友だちと遊んだり勉強したりできるんだよ。それはお手伝いをサボっているのでもないし、悪いことでもないんだよ」

僕は、陽菜ちゃんができるだけ罪悪感を持たないようにと思って言った。

「別に私、そんなこと思ってません。家族の世話をするのは当たり前だし」

陽菜ちゃんは、かつての僕自身のように答えた。

「遊びたい友だちなんていないし、いっぱい勉強したいとも思わないし」

過去の自分も、そんなふうに言い、ふるまっていた。

医学部に進みたいと伝えたとき、母から「聖ちゃんは勉強が好きだったの？」と驚かれたことが忘れられない。それまで僕は介護が好きで、勉強が嫌いな子というイメージができ上がっていたのだ。

僕は、陽菜ちゃんに向けて最後の質問を口にした。

――どんなサポートや手助けがほしいか、教えてください。

陽菜ちゃんの目が、突然、厳しさを増した。

「もう私、この話したくない。なんかよく分からないし、あんまり考えたくないです。この家のことを、他人が手助けできるはずない。別に困ってないし、私、ちゃんとできています。それに、私がやらなきゃお母さんの機嫌が悪くなるに決まってる。もう邪魔しないでくださ い……」

陽菜ちゃんは激しく手をかきむしりながら、天井を見つめた。泣くまいとしているかのように。爪を立てた所から血が噴き出してきそうだった。

八田さんは久仁子さんの部屋に入ったきりだ。清拭が終わっても、ケアはまだ続いているのか。久仁子さんと少しだけでも話をしたかったが、次の訪問先へ回る時間が迫っている。ここで辞去するしかなかった。


その後、六件の訪問診療を続ける間中、僕の頭の片隅からは、小さくてトゲのような黒い影が消えなかった。それは、ヤングケアラーである陽菜ちゃんの姿だった。

まほろば診療所に戻り、久仁子さんのケアマネジャーに連絡を取ろうと患者情報記録シートをひっくり返す。最後のページにクリップでケアマネの名刺が添付されていた。

「……ご利用者である中村久仁子さんにお子さんがいらっしゃるのは承知しています。ですから、担当の訪問ヘルパーも相当ていねいに頑張っております。しかしながら、介護保険の制度上の制約と時間的な問題があり、現状のサービスが限界なんですよ」

電話口でケアマネは警戒するように言った。介護サービスの守備範囲外のことで文句を言われても困るというニュアンスが感じられた。「別にクレームをつけようというつもりはない」と説明している最中に、新しい利用者との初回面談《インテーク》の時間が迫っていると言われ、中断せざるを得なかった。

続いて、陽菜ちゃんの通学する犀川中学に連絡した。

「ですから、御校の生徒である中村陽菜さんが、母親のケアラーで……」

最初に電話に出た事務職員によると、陽菜ちゃんの担任はまだ学校に残っているとのことだった。だが、込み入った用件であるだけでなく、マスク越しだったこともあり、こちらの思いが先方になかなか伝わらない。かなりのやり取りのあと、担任を呼び出してもらえることになった。

「一体、何のお話でしょうか？」

若い女性の声だった。やっと電話口に出たと思ったら、木で鼻をくくったように切り出してくる。僕は怒りを抑えて、中村家で見聞きした事情を率直に伝えた。

担任は徐々に穏やかな口調に変わった。

「……確かに中村陽菜さんは最近、授業中によく居眠りしたり休んだりしていたので、気にはなっていたんです。行きたい高校についても、『特に希望なし』、将来については『まだ考えていない』といった感じで、あまりやる気がない子なのかと思っていました。これからは少し注意するようにいたします」

教室での様子も心配だ。にもかかわらず担任は、これから、しかも、少し注意するレベルなのか。僕はがっかりして電話を切った。

陽菜ちゃんの生活を今すぐ変えうる対策はないのか。

ならばと、思い切って児童相談所に連絡をしてみる。フリーダイヤルの共通番号でつながった電話で担当者は、「うーん、それは児童虐待とは言えませんねえ」と弱り切った声を出した。

僕だってそんな見方はしていない。ただ、先方の対応からは「児童相談所の業務は虐待案件、それも身体生命上の危険にかかわる相談だけで、手いっぱい」という空気がひしひしと伝わってきた。

「本日情報をご提供いただいたケースは、児童虐待以外の案件で、しかも緊急性のそれほど高くないもの——いわゆる『一般相談』という分類になりますね。何なら、ほかの相談窓口をご紹介いたしましょうか？」

電話の声が遠くなっていく。僕は小さなため息をついた。

「野呂っち、悪いけど先に帰るね。今日は珍しく団体さんが入ったから来てくれって。デキる娘はつらいわ」

麻世ちゃんがバッグを肩に、片手をヒラヒラさせた。

麻世ちゃんの実家は卯辰山で旅館を営んでいる。コロナ禍で営業の縮小を余儀なくされ、従業員の数を絞ったため、急な客入りがあると今度は人手が不足する。麻世ちゃんも、呼ばれればまんざらでもなさそうな様子だ。

頼りにされて家の手伝いに励む二人の娘、陽菜ちゃんと麻世ちゃん——ただ、その姿は実に対照的だ。何がどう違うと言ったらいいのだろうか。

「そうか。お疲れさま」

僕も片手を上げる。

「陽菜ちゃんの方、何かいい反応はあった？」

「んー、結局はどこもツレない返事ばかり」

残念ながら、そう答えるしかなかった。

「できることがあるなら、私、やるよ！」

麻世ちゃんが宣言するように言ってくれる。

「お、おう。そうだね。真面目な話、頼むかもしれないよ」

僕には、一つのプランがあった。


「そーっと、そーっと下ろして！」

その週の土曜日、僕と麻世ちゃんは作業着姿で中村家にいた。久仁子さんの部屋を移動する手伝いをしているのだ。

陽菜ちゃんの介護負担が大きいのは事実で、その原因の一つに、部屋とトイレの移動負担があると思った。久仁子さんの部屋は、トイレから一番遠い場所にある。それを近くの部屋に移すだけで、陽菜ちゃんの介助は随分楽になるはずだ。

トイレの隣には、家具置き場と化した空き部屋があった。そこに久仁子さんのベッドを移し、室内と廊下に手すりをつける。久仁子さんの歩行能力から考えれば、一人でトイレに行くこともできそうだ。

作業の間も、陽菜ちゃんは久仁子さんに何度も呼ばれ、そのたびに目薬の蓋を開けたり、マスクをかけ直すのを手伝ったりしている。両手が利けば簡単でも、片手に麻痺が残る身には難しいことが意外に多い。

陽菜ちゃんの動きをじっと目で追う。

普段から陽菜ちゃんは、同じように呼びつけられているに違いない。これでは友だちと外出しようという気にもなれないだろう。宿題をしていても集中できず、進学先や将来について思いをめぐらす心の余裕もないに違いない。陽菜ちゃんは、「母親の用事」という鎖で自由を奪われているようなものだ。

何とか部屋の移動が終わった。そのタイミングを見計らったように、玄関のインターホンが鳴る。担当のケアマネジャーさん経由で、福祉用具の専門業者を紹介してもらっていたのだ。

「こんにちは〜。手すりの設置に参りました」

手慣れたサービスマンの作業によって、ベッドから立ち上がるための据え置き型の手すりと、トイレまで廊下を移動するための突っ張り型の手すりが、あっという間にセットされる。介護保険を使い、月額合計数百円でレンタルすることができた。

ところで、この日届いたのは、福祉用具レンタルの対象となる「取付工事を伴わない」タイプの手すりだ。介護保険の規定上、本格的な工事で住宅に手すりを据え付けるには、住宅改修の申請を役所に行い、所定の審査に通る必要があり、工事の着工まで相当な時間がかかってしまう。かたやレンタルなら、在庫さえあれば即日の設置が可能となる。この辺の事情はヘルパーの八田さんに入れ知恵され、ケアマネさんに動いてもらったというわけだ。

「これなら、一人でも行けるわ！」

久仁子さんがうれしそうな声を上げる。

「ありがとう！　本当にありがとう」

久仁子さんは、何度もお礼を言ってくれた。

自由にトイレに行けるということは、誰にとってもうれしいことだ。久仁子さんだって、何も好き好んで娘にトイレ介助をしてもらっていたわけではない。そんな当たり前のことに改めて気付かされる。

「野呂先生、私ね、この際だから猫の本は全部捨てようかと思ったの。でも無理だった。離婚してからも元気をもらってきた本ばかりだから」

久仁子さんの元夫は地元銀行勤務で、大阪への単身赴任中に別の女性との間に子どもを作ったという。久仁子さんは家と子どもの親権を得て離婚した。月々の養育費は今もきちんと支払われているとのことだ。

久仁子さんは、手にした猫の写真集を抱き締めた。

「やっぱり陽菜ちゃんのことは、あまり気にかけてないみたいね」

まほろば診療所への帰り道、訪問診療車の助手席で麻世ちゃんがぽつりと言う。

それは僕も気になっていた。久仁子さんが厳しい状況にいることは分かる。けれど介護をやって当たり前、家の中の仕事をして当然と思われているなら、陽菜ちゃんも報われない。

「脳梗塞の後遺症で、陽菜ちゃんの苦労に目が行かなくなっているんだろうね」

梗塞の場所によっては、身体機能以外にも障害が出ることがある。応答が子どもっぽくなっているのも、後遺症が影響していると考えられた。

犀川沿いの道を歩く。春めくやわらかな風を頬に受け、僕は季節の変わり目を感じていた。黄色や紫色の小さな花が、草の間から顔をのぞかせている。咲いて当然、咲くのが当たり前——とは決して言えない幼い花々。けなげで、はかなげで、ただただ応援したくなる。


久仁子さんの部屋の引っ越しをした翌週のことだった。

「野呂先生にお客さんです。犀川中学の水谷結芽《みずたにゆめ》さんって」

亮子さんによると、有名なスケート選手のように、若くてスラリとした女性だという。

「まさか……」

少しドキドキしながら面談スペースに入る。

「失礼します。野呂です」

目が合ったとたん、女性はすっくと立ち上がって頭を下げた。

「先日は、お電話をありがとうございました。犀川中学で中村陽菜さんのクラスを受け持っている水谷と申します」

やはり、陽菜ちゃんの担任の先生だった。

「ああ、よくいらしてくださいました」

大げさな声が出てしまう。

「実は私、教員になって二年目なんです。まだまだ不慣れで、子どもたちのことに目が行き届きませんで。お電話をいただいて、すごく反省しました」

水谷先生は、申し訳なさそうに目を伏せた。

「中村さんのお母様がご病気で、体が不自由でいらっしゃるのは聞いていました。でも、ヘルパーさんも来ているし、訪問診療も受けているというから、問題ないだろうと思い込んでいた……それがいけなかったんですね。教室で中村さんが見せる疲れた様子に、もっと早くから危機意識を持つべきでした。本当にすみません」

「いやいや、そんな……」

僕は強い言い方をし過ぎてしまったのではないかと、あの日の電話を思い返す。はっきりとは覚えていなかったが、陽菜ちゃんの置かれた苦しい状況を目にしたばかりで、義憤のようなものに駆られていた。

「水谷先生も毎日の授業をお持ちのうえ、コロナ対策やら何やらでお忙しいんでしょう。仕方ありませんよ」

ずっと立ったままで話していたことに気付き、僕は椅子をすすめる。

「……コロナは言い訳になりません。野呂先生のご指摘を受けて私、中村さんとじっくり話をしてみたんです。それで初めて、中村さんが進学先の希望や自分の将来について、本当に何も考えられていないという事実を知りました。お母さんは何と言っているのかと尋ねたら、

『好きにしなさい』と。どうやら、家庭内は将来の話をする雰囲気ではなく、中村さんは突き放されてしまっているような感じを受けました。何か困っていることはないかとも何度か尋ねてみても、『別に何も困っていません』と答えるばかりでして。彼女にどうアプローチすればいいのか、何かヒントをいただけないかと思って参りました」

熱心な先生だった。

「ヤングケアラーは、自覚がないことが最大の問題なんです。自分が子どもらしくない生活を強いられて、安全すら確保されていないことに、多くのヤングケアラーは気付けていないものですよ」

いつの間にか仙川先生が話に割り込んできた。「若くてスラリ」に誘われてのご登場かと思うが、さすがに指摘は的を射ている。水谷先生が目を輝かせた。

「なるほど。まずは当事者である中村さんに自覚してもらうことが大切なんですね」

「そういえば、こんなチェックシートがありますよ」

僕は例のヤングケアラーのためのチェックシートを取り出す。水谷先生は、食い入るようにそれを読み始めた。

「ああ、素晴らしいですね。家庭の状況が気になる生徒たちには、こういうことを尋ねなければいけなかったんですね。勉強になります」

頰を上気させる水谷先生に意を強くする。

「いえいえ、僕も上司に教えてもらったばかりなんです。陽菜ちゃんの家庭の問題に僕などが出しゃばっていいのかと思いながら、手探り状態でして。むしろ、先生に教えていただきたいくらいです」

子どもの心を支えるのは教師が専門だ。背伸びをせず、教えを請いたいと思った。

「ところで先日、学校にお電話をいただいた際は、失礼な対応をしてしまって申し訳ありませんでした」

改めて頭を下げられた。確かに、電話のときのそっけなさと、今日のていねいな態度とは大違いだ。

「実はあの日、同僚から電話を取り次がれるとき、『クラスの女子生徒が、母親の毛穴で苦労しているとか何とか言って、ひどく興奮したお医者さんが電話してきている』と言われて、受話器を渡されたものですから……」

少し困った顔をした水谷先生は、ためらいがちに話す。

「は？　母親の毛穴！」

麻世ちゃんと亮子さんが背後で爆笑した。水谷先生が、顔を赤らめながら続ける。

「途中から、ああ、毛穴じゃなくてCarerか、電話の主はYoung Carerと言っていたのだと、やっと理解しました」

発音が美しかった。きっと英語科の教師だ。

「野呂先生、今日はありがとうございました。これから私、できる限り機会を作って、中村陽菜さんと話をしてみようと思います。しっかり向き合ってあげようと思います」

予期せぬ面談を終えてからも、僕は何度も「まいったなあ」とつぶやいていた。

「野呂っちってば、あのセンセに恋患い？　玄関、もう閉めるよ」

麻世ちゃんがあきれた声を出す。見回すと、仙川先生や亮子さんの姿はなかった。

「そういうんじゃないよ……。僕の発音、そんなに変かなあ」

僕も慌てて帰り支度を始める。


「はい、まほろば診療所です」

朝八時半の電話に亮子さんが出た。

「もしもし、もしもーし」

相手の声が小さくて聞き取れない様子だ。亮子さんは電話のスピーカーをオンにして音量を上げた。

「もしもし……」

かすかに子どもの声がする。発信元の番号は中村家だ。麻世ちゃんが正面に回り込む。

「もしもし、蓮君？　蓮君でしょ？　私、まほろばの看護師さんだよ。どうしたの？」

ぐすぐすと鼻をすする音だけが響く。

「お母さんに何かあったの？」

「お熱があるって……」

ようやく反応が返ってきた。消え入るような声だ。

「え？　お母さんが？　お姉ちゃんは、どうしてるの？」

「お姉ちゃんも寝てる。先生にもらったカレーも食べないって。僕、お腹が空いた……」

この時期の発熱だ。新型コロナに感染した可能性が高い。カレーを食べたくないというのは、喉の痛みのサインかもしれない。

「蓮君、もうちょっと教えて。お母さんは、息が苦しそうじゃない？」

「ん――……ハアハアしてる」

　呼吸困難の兆候か――。久仁子さんは感染していると見た方がよさそうだ。介護している陽菜ちゃんも感染している可能性がある。

「お姉ちゃんの息も見てこよっか？」

「待って！　蓮君は、お母さんとお姉ちゃんのそばに行っちゃダメよ。できる？」

　今さらではあるが、家族間の接触はできるだけ避けた方がいい。

　防護服に身を包み、僕は麻世ちゃんと千日町の中村家へ急行する。蓮君がたった一人、玄関ドア前の踏み石に座り込んでいた。途中のコンビニで買ったパンと牛乳を渡す。蓮君は、僕たちの格好に驚いた顔を見せたが、すぐさまカレーパンを食べ始めた。

「うまい――」

　どうやら喉の痛みはなさそうでほっとする。それをチェックしたくて、あえてカレーパンを選んだのだ。蓮君にはしばらくの間、誰もいない台所で待っていてほしいと告げた。

　久仁子さんの寝室をのぞく。すると同じ部屋のベッドの下に、陽菜ちゃんも毛布にくるまった状態で横になっていた。

「久仁子さん、陽菜ちゃん、大丈夫?」

僕はそっと声をかける。

「あ、野呂先生! 来てくれたんですか。私、お母さんにお薬を渡さなきゃ。蓮の朝ごはんも……」

陽菜ちゃんは目をこすりつつ、久仁子さんの服薬と蓮君の朝食を心配し始めた。

「蓮君のごはんは心配ないよ。それより陽菜ちゃん、まずは君から診察するね」

麻世ちゃんが陽菜ちゃんにマスクを渡し、非接触型の体温計で体温を測定する。三七・三度の微熱があった。喉の痛みが少しある。パルスオキシメーターで指を挟むと、酸素飽和度は九九パーセントで問題なかった。持参した抗原検査キットでチェックすると、うっすらと陽性反応が出てしまった。新型コロナウイルスに感染していたのだ。

一方の久仁子さんの体温は三八・五度。症状は、「息をするだけでも喉が痛く、水も飲めない」とのことだった。酸素飽和度は限界ぎりぎりの九〇パーセントに下がっており、寝返りなどの軽い動作をしただけで八〇パーセント台に落ちてしまう。命にかかわる状況だ。抗原検査では、やはり陽性であることが判明した。母と娘のダブル感染。しかも久仁子さんは、軽い脱水症状を起こしている。僕は即座に点滴を開始した。

二人とも病院に送った方が安心だ。すぐに白石先生に連絡したところ、加賀大学医学部附属病院のベッドにたまたま一床だけ空きが出たところだった。まずはリスクの高い久仁子さんを入院させることにした。

久仁子さんの乗った救急車を送り出すとき、呆然とした表情の蓮君は今にも泣き出しそうだった。

続いて陽菜ちゃんの受け入れ先を探す。だが、症状が微熱と軽い咽頭痛だけにとどまっていることもあるせいか、なかなか見つからない。

蓮君は発熱もなく、酸素飽和度も一〇〇パーセント、喉の症状もない。抗原検査の結果も陰性だった。PCR検査の結果が出るのは明日になるが、ひとまず陰性と考えてよさそうだ。ただし、濃厚接触者には該当する。

二人の生活をどうするか。

厚生労働省は、親が入院した場合の子どもの保護について、基本的には親族間で対応し、それが難しく子どもだけでは自宅での生活や健康管理ができない場合には児童相談所などに相談を、という姿勢だ。

仮に自宅療養するとなると、見守る人が必要だ。明日から学校は春休みと聞いたが、陽菜ちゃんは発症から十日間、蓮君は七日間の無症状が確認されるまでは外出を控える必要がある。

「私が泊まるよ。カルテ整理なんかもこっちでやるね」

麻世ちゃんが申し出てくれた。

不安そうな蓮君に、「お母さんが帰ってくるまで、一緒にお留守番しようね」と麻世ちゃんが語りかける。

「お姉ちゃんのコロナがうつらないように、別々の部屋で暮らすのよ」

家の中でもマスクをすること、ごはんは別々に食べること、台所やトイレでも陽菜ちゃんと一緒にならないようにすること、できるだけ換気すること、自分の部屋に戻ったら手を消毒すること——などを持参したスケッチブックに大書して、壁に掲げた。

僕は、蓮君の勉強机の上にあったカレンダーを手に取り、大きな花丸をつける。

「蓮君は、この日まで頑張るんだ。できる？　寂しいけれど看護師さんもいるから、頑張ろうね。お姉ちゃんに電話やメールはしてもいいからね」

蓮君は涙目になりながらも、しっかりうなずいた。

「さて、食事はどうしようか……」

今後、姉弟の暮らしをどのようにサポートするか？　家庭の事情を知るヘルパーの八田さんにお願いしたいところだが、久仁子さんのためにしか働けない介護保険の制度上できない相談だった。

僕はその場で、百合子さんのスマートフォンに電話する。「認知症よろず介護の家族会『エル』」の会長をしている藤木百合子さんだ。彼女なら地域で活躍している助け合いのネットワークについて詳しいと思った。

百合子さんは、すぐに「任しといて」と言ってくれた。まずは、コロナの自宅療養者や家族のために無料でお弁当を届ける活動をしているボランティア団体のリーダーに話をつなぐという。地元企業などからの支援を受けて、市内全域で給食サービスを展開しているそうだ。

「弟クン、お母さんが恋しくなるやろね。オンラインで母親と面会できるよう、病院とも交渉してみるわ。大丈夫、いろんなつてがあるさけ」

そんなことまで配慮してくれるとは。さすが、Lサイズのサービスを誇る会だ。

僕と麻世ちゃんは中村家を後にした。いつものように犀川大橋を渡って、まほろば診療所へ戻る。ふと思うところがあって、犀川のほとりに建つ雨宝院の前に訪問診療車を停めた。

寺門のそばに石柱があると、仙川先生に教えられていた。

「まよひ子　ここへもて来べし　ここへたつぬべし」

そんな文字が刻まれた雨宝院の「迷子石」。かつて寺では、親の世話を受けられなかった子どもたちに食事を与えていたと聞いている。この石の前に、親に会いたい子がどれほど来たことだろう。

僕は、陽菜ちゃんと蓮君の「これから」を祈って、小さな寺の門前で手を合わせた。


「陽菜ちゃん、元気？」

僕はパソコンの画面越しに話しかけた。こちらは、まほろば診療所のデスクから。陽菜ちゃんは自宅でスマホの画面を前にしているはずだ。

「元気でーす」

すっかり体調も回復し、陽菜ちゃんがニコニコしながら手を振り返してきた。

コロナを発症してから毎日、僕たちはオンラインで話をしている。麻世ちゃんによると陽菜ちゃんは結局、微熱のまま経過しており、昨夜はカレーライスも問題なく食べたという。

「今日は何してるの？」

「お母さんの部屋で勉強したり、テレビ見たり。のんびりしてます。クリームも何回も塗ってるから、ほら、手がツヤツヤ！」

陽菜ちゃんが手を大写しで見せてくれる。モニターを通して見ても、手荒れがきれいに治っているのが分かった。

「退屈してない？」

「ぜーんぜん！　自由にできるって、すっごく楽しいです」

それまでの多忙な日々を思い、胸が痛む。

「そっか、そっか。ゆっくりすればいいよ。とにかく元気になって安心した。蓮君はどうしてるの？」

ＰＣＲ検査の結果も、陽菜ちゃんが陽性だったのに対し、蓮君は陰性だった。家の中でも生活空間をきっちり分け、部屋を出るときはマスクをつけ、食事も別々にとるよう徹底してもらっているせいか、感染の兆候はない。

「加賀大学の学生ボランティアさんが、オンラインで蓮に勉強を教えてくれてます。今朝は、分数の足し算をやってたし、ことわざや、漢字の書き取りも。あの子、いつもより勉強してるみたい」

「お弁当はどう？」

「はい、とってもおいしいです。蓮が毎食、玄関でスタッフさんから受け取って、私の分は部屋の前に置いておいてくれます。家の中だけど、蓮ともオンラインでしゃべってます。何だかあの子、急にしっかりしてきて、まるでお兄ちゃんみたいです」

陽菜ちゃんがゆったりした声で笑った。

久仁子さんの入院で介護の忙しさから解放されたせいだろうか、いや、何よりも自分だけの時間を得られたことが大きいに違いない。ある意味、ここはチャンスだ。

――ヤングケアラーは、自覚がないことが最大の問題――

仙川先生がそう言ったのを思い返す。

今このとき、陽菜ちゃん自身にきちんと自覚してもらうことが次につながる。自分で自分の生きづらさを改善する方法を見つけ出すためにも、変化のスイッチを入れるためにも、だ。

「陽菜ちゃん、早くお母さんが帰ってくるといいね」

少女の表情がさっと暗くなった。

「はい……」

怒ったような声色。これは脈ありだ。

「ねえ陽菜ちゃん、ちょっと考えてみてよ。お母さんの介護って、本当に全部、陽菜ちゃんがやらなきゃいけないことかな？」

ディスプレイの中で陽菜ちゃんの目が激しく揺れた。

「でも、家には私と蓮しかいないし……」

「家族のことは、あとで考えよう。まずは、自分のことから」

少し難しいかもしれないと思ったが、僕は白石先生にもらったヒントを思い出しつつ、ゆっくりと言葉にする。

「子どもはね、みんなが子どもらしく暮らす権利があるんだよ。周りの友だちのように、遊んだり、テレビを見たり、勉強したりする自由がある。今の君は、そういうことをやらなきゃいけない時期なんだ。陽菜ちゃんはできてる？」

陽菜ちゃんが小さく首を振った。

「できない。ていうか、余計なことはしない方が得だし」

「余計なことって？」

「遊んじゃうとか。たくさんお手伝いしないと、将来、いい奥さんになれないし」

僕は、悲しくなった。

「ねえ、陽菜ちゃん。君は、いろんな人になれるんだよ。いい奥さんになるだけじゃなくて、ほかにもいろいろな可能性がある。そのためには、いっぱい遊んだり、おしゃべりしたり、余計なことをしていい。いや、そうしてほしいな」

「うーん」

陽菜ちゃんは、天井を見上げた。

「私がお手伝いしなければ、お母さんが怒る。家の手伝いなんて普通のことだし。それに、私はクラスのみんなに……」

　そこまで言って、陽菜ちゃんの声が裏返る。

「……ヤングケアラーって、バカにされたくない！　私、ヤングケアラーなんかじゃない！」

　ちょっと急ぎ過ぎただろうか。

「別にね、悪口を言ってるわけじゃないよ。君を笑いものにしているのでも、見下しているわけでもない。家族の介護をしている子どもたちを、大人社会の用語でヤングケアラーって呼ぶんだ」

　陽菜ちゃんは黙り込んでしまった。

　陽菜ちゃんとのビデオ通話を終えた僕は、その場で百合子さんに電話をした。久仁子さんが退院したあと、毎日の生活と介助のあり方をどうするか相談するためだ。

「……ちょっと考えさせて。お母さんのケアだけでなく、お姉ちゃんのこともやね」

　百合子さんは僕が言わんとしていることをすぐに汲《く》み取ってくれた。

「野呂先生、この機会に新しい子ども食堂を開くっていうアイデアはどうやろ？」

「新しい、子ども食堂ですか？」

「そう。子どもらに食事を提供するだけでなくて、そこで勉強したり、遊んだり、子どもらしい時間を過ごせる場所。いわば、新しいスタイルの子ども食堂。何よりも子どもらが将来のことを考える機会やきっかけを得られる場になればいいがんないかな……」

思いもよらぬ百合子さんの提案――しかも、僕の思いの先を見据えた提案に、驚きと感動で声が出ない。

「そういう食堂やったら、今まで以上に広い範囲の子どもらに利用してもらえると思うんや。地域でいろんな仕事や活動をしてる大人にも参加を呼びかけて、ね」

百合子さんによると、金沢市は市内に五十三ある小学校の各校区に一か所ずつ子ども食堂があることが望ましいとしているそうだ。しかも、子ども食堂の新規開設などを助成する制度もスタートしたという。

「私の仲間がいるNPO法人やボランティア団体も、いい企画があったら協力したいって言ってくれとるがや。新しい食堂をオープンするんなら、コロナの感染対策も大事やし、野呂先生も力を貸してくださらんけ？」

「も、もちろんです」

僕にできることなど限られているだろう。けれど、ぜひ一緒に汗を流したい。

「土台となるアイデアは前からいろいろあって、候補地の選定は早くから進んどるがや。場所は千日町で、雨宝院のすぐそばなんや」

それなら陽菜ちゃんと蓮君の家からも目と鼻の先だ。

「うほう！」

ダジャレじゃない。僕は本当に飛び上がりたい気持ちだった。

雨宝院から見える犀川の河原は、ソメイヨシノが花を咲かせる時期が近づいている。まだ少し寒いけれど、桜を見ながらおいしいごはんを食べて友だちと過ごせば、陽菜ちゃんも蓮君も、新たな気持ちで春の訪れを感じることができるだろう。

「その企画、ぜひ進めてください！」

僕は心から感謝する。

「こういう助け合いは、数珠《じゅず》つなぎのように連なっていくもの。その一粒であることが、私の誇りなんや」

そう言って百合子さんは、大らかに笑った。

通話を終えても、胸が高鳴るのを抑えられなかった。こんなときはアイデアも膨らむ。僕はまた、久仁子さんが退院したときのために家事支援のボランティアもあればいいと思いついた。

今度は市役所のいきいき介護福祉課に電話する。岩間七栄さんの特別養護老人ホーム入所をめぐってお世話になった陣内さんが出てくれた。久仁子さんの家の状況を説明したところ、相談に乗ると約束してくれた。

助け合いの数珠がもう一つ増えた——僕はうれしくなる。

もっと何かできることはないか。ふと、祖母を介護していたあの頃の自分が心に浮かんだ。その瞬間、自分が何をしたいと思っているのかが、はっきり見えてきた。

そう、僕は、あの頃の僕にとって身近にいてほしかった人間になりたいと考えているのだ。

翌日の昼どき、陽菜ちゃんにオンラインで連絡する。体調に変化はない様子だ。

「お母さんの方は、もうしばらく入院を続ける必要があるって」

加賀大学病院の主治医によると、久仁子さんは快方に向かいつつあるものの、まだ酸素投与が必要だった。

「母は……ちゃんと帰ってきますよね？」

画面の向こうで陽菜ちゃんの瞳が不安そうに揺れる。

「大丈夫、よくなってきているから」

力強くうなずくと、陽菜ちゃんは子どもらしい笑顔になった。

「今日はそんなところ、かな。じゃあ、また連絡するね」

ビデオ通話を切ろうとしたときだ。

「先生、ちょっと待って。あのクエスチョンのことなんだけど。家の中で、家族のお世話をする子って、いい子なんですよね？」

家族を介護することに何の疑問も抱かず、自分がやって当然と信じて疑わない顔だ。その鈍さと人のよさに、腹立たしいほどの歯がゆさを感じる。まるで、過去の自分を見ているようだ。このひどい状況になぜ気付けないいんだよと、じれったいほどだった。

「そうだね。いい子だと言ってくれる人もいるよね」

声がかすれた。波風を立て、周囲を戸惑わせるのはエネルギーを消耗するものだ。「介護する子はいい子」という周囲の価値観に同調しておく方が楽だった。

かつて僕は自分自身に「介護するいい子」だと思い込ませ、一番大切なもの——自分の本当の気持ちを無視した。つまり、あの頃の僕がしていたことは、自分への裏切りだった。

「自分を裏切っちゃいけない。自分を大切にするのは、自分しかいないのだから」

陽菜ちゃんは、ぽかんと口を開けていた。

「誰かにとって『いい子』でも、自分にとって『いい子』かどうか、考えなきゃ」と強調する。自らの意志という幻想の下に搾取され続ける「いい子」たち。だから、大人《おとな》しく介護する「いい子」の全員に、僕は声の限りを尽くして叫びたい。

君たちがどれほど貴重な時間を失っているか、どうか気付いてください、と。

じゃあ、現実をどう解決するのかと問われれば、万能の答えなどないだろう。けれど、まずは当人の自覚が第一歩になる。だから、「ヤングケアラーは問題だ」と言い続けたい。暴力反対とか、差別反対とかを言い続けるのと同じように。

「……それなら野呂先生、私、やっぱり普通じゃないのかな？」

久仁子さんが救急車で運ばれて行った晩、陽菜ちゃんは母親に呼ばれたような気がして目が覚めたという。そしてまた、次の晩も。

「それがね、夜中に何度も何度も、なの。やっぱ私、普通じゃないかも」

ようやくだ。ここに来て陽菜ちゃんは、気付きの出発点に立とうとしている。

「実はね、僕も高校生の頃、同じ気持ちだったよ」

自分のことがふと口を突いて出てくる。

「野呂先生も、ヤングケアラー？」

陽菜ちゃんの唇と舌が、予想外に滑らかな音を作った。Young Carer――どこかで聞いたイントネーション。そうだ、担任の水谷先生の発音とそっくりだ。陽菜ちゃんの気付きの背後には、あの先生の存在もあったのか。「これから私、できる限り機会を作って、中村陽菜さんと話をしてみようと思います。しっかり向き合ってあげようと思います」という若い教師の言葉が思い起こされた。

「僕がお世話したのは、おばあちゃんでね……」

そのとき新しい患者さんが診療所のドアを開けたのが見えた。僕は反射的に口をつぐむ。あの頃の消化しきれない思いを人に話したことはなかった。いつまでも過去を引きずっている自分がどこか恥ずかしく、胸の奥にしまい込んできた。それを今、もう少しで陽菜ちゃんに打ち明けるところだった。

「ごめん、診察室に戻るよ。またね」

僕は陽菜ちゃんに別れを告げ、通話を終了させた。

来院した患者さんのカルテを開きながら、ヤングケアラーであった頃の自分がまた浮かんでくる。思い出したところでどうにもならないと封印したはずだったのに。

第六章　バカンスの夢路

小さな白い塊が次々に飛んでくる。逃げ込んだのは、祖母のいる狭い部屋。けれど、攻撃はやまない。白色の物体で体の半分が埋もれ、足を取られてしまう。ふわりと積もったものは、よく見ると、さいの目に切られた豆腐だった。祖母はベッドの上から冷ややかに僕を見ている。

「おばあちゃん……」

祖母は死んだはずなのに、どうしてここにいるのだろうとそこだけは冷静に思いつつ、豆腐の海に沈んでいく。祖母は知らん顔。息が苦しい……。

ハッとして目が覚めた。まだ深夜二時だ。

また同じ夢に追いかけられた。特に四月に入ってからは、何度も祖母が夢に現れる。これはただの悪夢か、それとも追慕の一種なのか。

――まず最初に、僕は祖母が大好きだったと言っておきたい。

祖母に愛されてきたし、僕も祖母を愛していた。だからこそ、苦しいのだ。愛する人を愛するまま送れなかった、という事実が。祖母と過ごした最後の日々の思い出は、あまりにも苦しすぎた。自分自身への絶望と後悔と悲しみに塗りつぶされ、だから繰り返し夢に出てくるのか。
朝、気付けば、なんと八時半になっていた。とりあえず喉の渇きを癒やすため、買い置きしてあった炭酸水を一本、手元に引き寄せる。着替えているうちに覚醒モードに突入し、何も食べずに外に出た。いつもは見かけない人がやはり早足で歩いていて、僕もその波に入って進む。

コロナ禍で飲み会に誘われることもなく、ほぼ規則正しい生活を送っている。それでも知らないうちに疲労が蓄積して、あんな夢を見てしまったのだろうか。

まほろば診療所に九時前に着き、外来診療を一気に十五人こなしたときだ。患者さんが途切れたとたん、眠気に襲われた。

診察室を抜け出し、事務室の書棚脇に据えられたデスクで短い休憩を取る。麻世ちゃんや亮子さんの席から少し離れたこのデスクを、僕は「研究用」と称して半ば占有していた。

眠気覚ましに持ってきた炭酸水を口に含む。本や資料でいっぱいになったデスク。その端っこに置いたテーブル椰子《やし》が伸び放題になっていた。百均で買ったときは十センチほどの高さだったが、今ではゆうに三十センチを超え、左右へ広がっている。剪定《せんてい》した方がいいのだろうか。でも、どうやって。

大きくなり過ぎたテーブル椰子——そういった小さな日常の問題を、僕は何の対策もせずに放置する癖がある。与えられた環境に身を委ねてしまう。あきらめやすいのか、順応性が高いのか。多少のことなら生じた問題に抵抗しないで耐え、感覚を麻痺させていく方が楽だった。東京の実家でも、テーブル椰子を机の上に置いていた。そして、一メートル以上になったとき、手に負えずに捨ててしまった。目の前にある鉢は、金沢に来てから買ったものだ。僕にとっては二代目のテーブル椰子になる。

今になっても、どうして自分だけが介護を背負ってしまったのか分からない。

我が家は両親と祖母、兄と僕との五人家族だった。消防士の父は待機宿舎で単身生活をしていたが、普通に仲よく暮らしていた。「頭が痛い」と言って臥せりがちだった母の不在を埋めてくれたのは祖母。僕は俗に言うおばあちゃん子だった。

祖母が七十歳、僕が十五歳のとき、祖母は右の脳梗塞を起こした。左手足が動かなくなったうえ、気難しく怒りっぽい人になってしまった。

ちょうどその頃、三歳年上の兄は、高卒で東京消防庁の採用試験に合格して消防学校の寮に入った。

介護の担い手は、母と僕だけになった。あれは中学から高校に進んだ時期だった。「私は世話されている立場だから強いことは言えない。我慢しながら生きるしかない。本当の気持ちを言えるのは、聖二だけだ」と祖母は毎日のように繰り返した。

「僕がいるから大丈夫。お医者さんになって、おばあちゃんの病気も治してあげる」

本心から出た言葉だった。祖母は、目に涙をためて両手を合わせてくれた。大人に頼りにされている自分が、少し誇らしくもあった。

僕は現役で城北医科大学に合格し、医学部の門をくぐった。その直後に祖母は二度目の脳梗塞を起こしてしまった。医学生になったとはいえ、僕は高校を出たての十八歳。何ができるわけでもない。

それまで杖《つえ》で歩けていた祖母は、車椅子を使う生活になった。何をするにも人の手が必要になり、この頃から祖母は、母につらく当たるようになった。

「夜の女じゃあるまいし、胸の開いた派手な服を着てみっともない！」

「あんた、私のことはどうでもいいと思っているんだろう」

「あんたの料理がひどいから、私は頭の病気にさせられた」

脳梗塞は母の作った食事が原因だ――と非難された母は、一週間ふさぎ込んだ。

病気で易怒性《いどせい》が高まったうえ、体の不自由な生活でストレスがたまり、そんな言葉が出たのだろう。祖母を気の毒だと思うものの、母が泣くのを見るのもつらかった。

僕は車椅子の祖母をよく外に連れ出した。日差しを浴び、季節の風に触れ、和菓子などを買った。ストレス発散になるのか、散歩のあとはしばらく機嫌がいいのだ。何をすれば祖母の気持ちが明るくなるのかについては、僕が誰よりも分かっていた。

家の中では、「祖母のことは聖二に任せておけばいい」という空気ができていった。実際、僕さえ頑張れば、問題はなかった。少なくとも、僕はそう思い込んでいた。

父は第五消防方面本部の副本部長職にあり、相変わらず仕事人間で、家庭に無関心だった。

兄も一人前の消防士になるため忙しく働いていた。

祖母の介護負担は日に日に重くなっていった。そしてあるとき、母が心療内科で「うつ状態」と診断され、終日寝込むようになった。ここに至って僕の家は、「聖二がいないと困る」という状態に追い込まれてしまった。

医学部六年生の一月、兄が殉職した。寒風が頬を切る一月、お台場の火災現場で。家族全員が混乱した。

兄の葬儀の段取りを決めている最中だった。

「嫁のせいで孫は死んだんですよ」

祖母が葬儀会社の人を相手に、母の悪口を言い出した。

「危険な職業に就くのを、あの嫁は止めなかった」

兄の死を悼むセレモニーのさなかも、戸惑う参列者に向かって、祖母はさらに興奮状態でまくし立てた。

「あの子の父親も消防士なので、どれだけ危険な仕事なのか、私はよく知っている。だから、やめておけと言っていたのに。向き不向きもあるし、あの子には合わないと思ったんだよ。あんなに若い子に危険な仕事を選ばせるなんて、母親が殺したも同然ですよ」

それは事実ではない。兄が高卒で消防士になると言い出したとき、母は進学を強くすすめた。消防士の父が、「お前が本当に使命感に燃えているなら、すぐに飛び込むのも悪くない。入ってしまえば高卒も大卒もない。要は本人次第だ」と応援したのだ。

兄は、母のせいで死んだのではない。父のせいでもない。兄はただ、困っている人を救いたかったのだ。体を張って人命救助に当たるという崇高な職業意識のために命を落としたのだ。

葬儀を終えた日の夜、母は倒れて入院した。脱水症を起こしていた。母のいない家で僕は、祖母と父との三人になった。

「嫌な言い方をするのは病気のせいだから」

何度も自分に言い聞かせた。けれど、変わらず暴言を吐き続ける祖母に、僕は憎しみすら覚えるようになった。顔を見るだけで叫び出したい衝動に駆られた。

深夜に着替えを手伝っているときだった。まくれあがった祖母の寝間着の裾を引いた。

「このウジ虫野郎！　痛い！　触るな！」

聞いたことのない怖い声とともに、麻痺のない右手で強く振り払われた。その手が僕の眼鏡に当たり、頬に鋭い痛みが走った。

「もう、たくさんだ……」

反射的にそんな言葉が出てしまった。

自分の言葉に驚いた僕は、祖母の部屋を出て靴を履いた。外の空気を吸って、ゆっくり気持ちを整えたかった。人通りのない住宅地の道に立ち、自販機から聞こえるモーター音にひたすら耳を傾けた。そのうちに、ジーンという音が、自分の頭の中から聞こえてくるように感じられた。

ショックだった。「ウジ虫野郎」という言葉は、本当に祖母が僕に向けたものなのか。呆然としながらチクチクする頬に触れる。目尻の下にヌルリとした感触があった。溶けたあめのようだと思いながら手を見た。血の色に染まった指は、なめるとしょっぱかった。子どもの頃に優しく頭をなで、膝の擦り傷を消毒し、抱き締めてくれたあの手で、自分の頬は切られたのだと思うと、ひたすら悲しかった。

病気のせいだから——月のない空を仰ぎ、僕はもう一度、自分に言い聞かせた。

その翌日も、頭の中でまだジーンという音が鳴っていた。祖母の部屋に朝食を届ける。退院したばかりの母が作った食事だった。祖母は、そっぽを向いて食べようとしない。しばらくして部屋を訪ねても、手をつけていない。まだ怒っているのかと思って、黙って出ようとしたとき、器の落ちる鈍い音がした。床の上に散乱する白い豆腐が目に入る。病み上がりの母が丹精を込めた味噌汁をぶちまけられたのだ。

病気だから、という言葉を忘れた。僕は祖母に向かって叫んでいた。

「もうウンザリだ！」

「お母さんに謝れ！」

「僕の時間を返せ！」

一週間の忌引休暇が明けるのを待たずに宿舎へ戻ろうとしていた父は、そんな僕を見て驚いたようだ。そして、もうすぐ国試があるのだから、部屋を借りて勉強に集中するようにと言った。

「心配するな。あとはこっちでやるから」

僕は父の言葉に素直に従った。

僕が家を出た翌々日には、祖母のためにヘルパーが雇われた。さらに翌週には祖母を施設に入れる段取りがついていた。


一か月後に受けた医師国家試験は、不合格だった。その年末、施設で過ごしていた祖母は、三度目の脳梗塞に見舞われた。今度は助からなかった。

祖母の死は、僕が家を出たせいだ――。僕にはそうとしか思えなかった。強烈な自己嫌悪を覚えるとともに、優しかった祖母の記憶がよみがえってきた。そもそも祖母の病気を治したいと思って医学部へ入ったのだ。そんなことを考えていると、医師になるための試験勉強をする気力が一気になえた。

二か月後、二度目の医師国家試験もまた不合格だった。二年も続けて国試に落ちるという事態にがく然とした。投げやりな気持ちになり、別に医師にならなくてもいい、と思うことさえあった。

大きくなり過ぎたテーブル椰子をあっさり捨てたのも、同じ頃だった。


「起きて、野呂先生！　もう時間です！」

麻世ちゃんの大声が聞こえる。

ひっ。頬骨に冷たい感触が走った。デスクに突っ伏した姿勢で我に返る。麻世ちゃんが目の前で車のキーをブラブラさせていた。それが触れたのか。

「いっけね」

キーを受け取った。ふと、目尻にかけて指を伸ばしてみる——何も指につかない。夢だと分かっているのに、確かめずにはいられない。

「どうしたの？　寝不足？」

「ごめん。よしっ！」と気合いを入れ、訪問診療車に乗り込む。

春、四月。午後一番の訪問診療は、初めての患者さんだった。市街地から離れた「遠乗り」の案件だ。

「松浪茂次《まつなみしげじ》さん、志乃《しの》さんのご大婦宅——県道10号線をひたすら走って、湯涌《ゆわく》温泉のほんの少し手前ね」

麻世ちゃんのナビゲートで僕は車を発進させた。日本三名園の一つ、兼六園の石垣と満開の桜を眺めながら兼六坂《けんろくざか》を走る。小立野《こだつの》台地を抜け、湯涌まではたっぷり三十分。浅野川を東の上流へ追いかけるように道を行く。山道が続いて少し心細くなってきたところで、目的地が近いことを麻世ちゃんが教えてくれた。

麻世ちゃんが「次あたり、かな」と窓の外に首を伸ばす。住所は目指す町名の表示になっていた。

「あ、そこを左折して」

農道のような道に入る。住居がまばらになり、地主さんの家という表現がぴったりの立派な住宅の門前に出た。大きな表札に「松浪茂次」と墨書されている。

患者さんは高齢の夫婦で、互いに互いを老老介護する状態だと聞いていた。八十七歳の茂次さんはパーキンソン病を患い、妻の志乃さんは八十四歳で慢性心不全だった。

訪問診療を依頼されたのは、夫の茂次さんが車に乗り降りするのが難しくなったためだ。茂次さんは、もともとタクシー会社を経営していたことから車にこだわりがあって、高齢になっても運転は続けていた。しかし、十年前に接触事故を起こして免許を返納。その後は、妻の志乃さんが運転する車やタクシーで通院していたという。

昭和の香り漂う家の前に立つ。呼び鈴を押すが、反応はない。半分開いていた木戸門をくぐり抜け、家の前まで行った。

「こんにちは。まほろば診療所でーす」

引き戸の上の方を軽くノックして、耳を澄ませる。

どれくらい待っただろう。不在かどうかを確かめるため、電話をかけてみようと思ったときだ。

「開いてますから、どうぞー」という女性の声が返ってきた。

引き戸を開ける。玄関の上がり口に、髪を紫色に染めた女性が驚くほど明るい笑顔で立っていた。傍らには白髪の男性が並ぶ。ひげの薄い顔は青白く、頰骨がとがって神経質そうだ。それが茂次さんと志乃さんの第一印象だった。

「ヒマワリみたいな娘さんね」

麻世ちゃんを前に、志乃さんはにっこりとする。一方、無言のままの茂次さんは、暗くて長い廊下を小刻みに歩き出した。パーキンソン病の特徴が強く出ている。途中からは志乃さんに支えられ、ひどくゆっくりだった。僕たちは二人の後をついていく。夫の体を預かる志乃さんは、肩で息をしていた。

たどり着いたのは、畳敷きの広い部屋だった。十五畳もあるだろうか。ベッドが二台、仲よく並んでいる。片隅に大きな仏壇が鎮座し、スナック菓子や缶ビールなどが供えられていた。艶《つや》やかな緑色の香炉の脇には、紫水晶の数珠とともに無骨なピストル形の着火ライターが並ぶ。

「ではまずご主人から。横になっていただけますか？」

右側のベッドに茂次さんが志乃さんの手を借りて横たわる。

「改めまして、まほろば診療所の野呂と申します」

「やあ……。遠い所までご足労おかけしました」

茂次さんの声はかすれ、腹の上に乗せられた手が細かく震えている。「嗄声《させい》」や「安静時振戦《しんせん》」と呼ばれるパーキンソン病の特徴がそこにも表れていた。

「お体の具合を見させていただきますね」

麻世ちゃんが体温や血圧などのバイタル測定を行う。

「体温三六・二度、血圧は一二八の七六、脈拍は六六です」

体の動きのチェックに移る。

「診察いたします。まずは握手、よろしいですか？」

僕が手を差し出すと、茂次さんは弱々しく右腕を持ち上げた。動きと同時に手の震えが止まる。

「では、腕の力を抜いてください。僕の方で曲げたり伸ばしたりします」

肘の関節を動かした。歯車を回すような、ガクガクとした断続的な抵抗感がある。いずれもパーキンソン病の特徴で、その程度によって病状の進み具合が分かる。

「先ほど歩かれていたのを拝見しましたが、もう少し詳しく歩行能力やバランス力を調べます。まずは、一人でベッドから起き上がれますか」

茂次さんの顔が緊張する。

「はい。なん……とか大丈夫だと思いますが」

体を少しずつ横へ移動させると、茂次さんは柵をつかんでベッドの端に座った。そこから一瞬立ち上がったものの、すぐに尻餅をつくように戻ってしまう。

「おかしいな。いつも妻が手伝ってくれるから、体がなまったかな」

茂次さんは僕を見据え、わずかに首をかしげた。

「もう少し浅くベッドに腰かけて。重心が前に来るように、しっかり体を曲げてから立ちましょう」

機能評価のため、手伝わずに一人で行ってもらう。

「そう、スキージャンプのような姿勢です」

今度は何とか立ち上がれた。立位でのバランスは、保てている。

「では、歩いてみてください」

最初の一歩が出にくくなっており、方向転換のときには転びそうになった。

「おっと……ありがとうございます。では楽になさってください」

茂次さんの背中を軽く支えつつ、ベッドに誘導する。体の動きは中等度のレベル、介護が必要になる直前といったところだった。

「先生、もっと強いお薬はないんでしょうか？　主人にしっかり歩けるようになってもらいたいんです」

志乃さんが、すがりつくような声を出した。

「おいおい、先生に無茶を言うな」

「でも、わたくしの力じゃ支えられなくなってきてるから……」と志乃さんが言葉を挟む。

だが茂次さんは、「ハネムーンは終わったんや」とにべもない。

おっ。僕は胸の中で小さな声を上げる。茂次さんが自分の病気のことをよく理解していると感じたからだ。パーキンソン病になっても、薬がよく効いていて症状を抑えられる時期がある。それを医療関係者は「ハネムーン期」と呼ぶ。

茂次さんがパーキンソン病を発症して内服が始まったのは六年前だった。最初の三年ほどは普通の生活ができたという。そこが薬のよく効くハネムーン期だったのだ。

その後、手足の動きが緩慢になった。さらに去年からは転びやすくなり、箸やスプーンが思うように使えず、食べ物をこぼすようにもなった。

転倒を恐れて、今月からトイレには必ず志乃さんが付き添うようにしているという。

「転倒による骨折を防ぐためにも、お薬を確実に飲んでいただき、運動療法や環境調整を進めましょう。ただ、体の動きが悪いときは、けがの元ですから無理して動かないでくださいね」

パーキンソン病の症状は一日の中でも変動しやすい。調子が悪いと感じるときは、安静にして薬が効いてくるのを待つのも大切だと説明する。

「では、次は奥様の診察に移ります。こちらのベッドに横になっていただけますか」

麻世ちゃんが測定した血圧は一三四／七八、一分当たりの脈拍七六、酸素飽和度は九七パーセントと、特に問題はない。聴診上、肺に雑音はなかったが、心臓には軽い雑音と不整脈があった。

「慢性心不全のお薬が始まったのは、三年前からですね」

「はい。入院してからお薬を飲むようになりました」

心不全は、さまざまな原因——心筋梗塞や心臓弁膜症、不整脈、高血圧など——で心臓のポンプ機能が低下した状態を言う。全身の臓器や血管で血流が滞り、悪化するにつれ、むくみや息切れ、倦怠感などを覚えるようになる。

心筋梗塞などが原因で急激に症状が現れると急性心不全。一方で、高血圧などの原因で徐々に進行するものは慢性心不全と呼ばれる。心臓の機能が低下しても、人間の体はそれを補うように働くため、最初の頃は症状が現れにくい。それだけに、いったん症状が出始めたときには、かなり悪化していることが多い。三年前の入院はそのタイミングだったのだろう。

志乃さんの病状は、高血圧と心臓弁膜症による心不全と思われた。薬の作用で安定しているが、病状が悪化すれば、こちらも処方を増やす必要がある。

廊下を歩いただけで息切れが見られた点が気になっていた。足には中等度の浮腫《ふしゅ》も認められる。心臓に負荷がかかっている証拠だ。

「息切れや疲れやすさの程度は、強くなっていませんか？」

「特に変わりませんが……」

目をこちらに向けたまま、志乃さんはほんの少し首をかしげた。先ほどの茂次さんと同じようなポーズ。夫婦が似てくるというのは本当だな、と思う。

「では、体重はいかがでしょう？」

体重の急増は、心不全の客観的な指標になる。

「ヘルスメーターはあるのですが、最近は乗っていません」

志乃さんは申し訳なさそうな顔になる。

「毎日量るようにしましょうね。心不全の状態を知るために」

血液検査をして、心臓への負担を示すＢＮＰという数値もチェックする。こちらの結果が出るのは数日後だ。

「検査の結果が出るまでは、これまで通りお薬を続けてください」

慢性心不全の薬と降圧剤を処方する。

「はい、ありがとうございます」

うつむきがちに志乃さんが礼を言う姿を、茂次さんが安堵の表情で見守っている。やはり仲のよさそうなご夫婦だ。

「ところで奥様、ご主人の介護は大変ではないですか？」

志乃さんは首を左右に振る。

「大変でも、わたくしたち、お互い様ですから。それに介護といっても、要するに主人の世話ですから」

夫の手前、負担があることを認めたくないのか。かたくなな響きがあった。

「本当ですか？　さっきは廊下を歩くだけで息切れしていましたよね？」

病気がない人にとっても、介護は重労働だ。ことに心臓に病気がある志乃さんにとっては、病状を悪化させてしまう可能性もある。

「多少は体力的な限界を感じています。いずれ二人で入れるいい施設がないか、きちんと相談しなければと思ってます。でもね、これ以上、他人様に身を委ねることを主人が嫌がるものですから」

志乃さんは、薄い眉を寄せる。

やはり自覚症状はあるのだろう。負担が積み重なれば、心不全が一気に進んで命取りにもなりかねない。

「私の方はこれ以上、妻に迷惑はかけたくない。早くお迎えが来ないかと思ってますよ」

隣のベッドで茂次さんが声を上げる。冗談めかした言い方になってはいるが、真剣な面持ちだ。

「そんなこと言って、あなたったら。一緒に生きていくしかないでしょ？」

僕たちの目の前で、志乃さんは夫の手を握った。こっちがてれてしまう。訪問診療を毎日続けていても、なかなか目にしない光景だ。

食事は弁当が届き、週に二回、ヘルパーさんが掃除や洗濯、ゴミ出しなどの生活援助に入っている。茂次さんが長いこと社長を務めたタクシー会社の従業員も、たまには見舞いがてら手伝いに来てくれるという。だが、そうしたやり方でいつまでやっていけるのか。茂次さんは車に乗れなくなり、志乃さんも通院や買い物はおろか、ちょっとした家事もこなせなくなっている。何とか成り立っていた夫婦の生活は、破綻しつつあった。

志乃さんが言うように、二人で施設に入所するのが安全だけれど、生活様式の急激な変化に戸惑う気持ちも分かる。

「これからのことを考えていかなければなりませんね」

僕は診察道具を片付けながらそう言った。

「はすの、うてなの、はんざをわかつ」

茂次さんが何かをつぶやく。呪文のような響きだった。

「……そんな心境です。息子が亡くなってからはずっと、夫婦二人でやってきましたから」

茂次さんの目が仏壇に向く。二本並んだお供えの缶ビールの陰に、どこかの山頂で撮影したものと見られる若い男性の写真が飾られていた。

今度は茂次さんが志乃さんの手を握り返す。

「主人の申す通りです」

志乃さんも、にっこりとほほ笑んだ。

「……はあ。では、くれぐれも無理なさらないでください。今日はこれで失礼します」

次の患者さんの家に向かう時間が迫っていた。煙に巻かれたような気がしつつ、診察道具を入れたカバンを肩に掛ける。訪問診療車に戻ったところで、茂次さんが口にした言葉を麻世ちゃんがスマホで検索してくれた。

「蓮の台《うてな》の半座を分かつ」

極楽浄土に生まれ変わった人が座る蓮華《れんげ》の座を、二人で分け合う。すなわち、夫婦が死んでからも仲むつまじくする——ということらしい。

「茂次さんって、学があるね。類義語もいろいろ出てるよ」

麻世ちゃんが声を出して読み上げてくれる。

「死なばもろとも」

「死ぬときは一緒だ」

「道連れ」

「一蓮托生《いちれんたくしょう》」

「同年同月同日に生まれることを得ずとも、願わくば同年同月同日に死せん事を……」

診察能力だけでなく、教養も試される――松浪さん夫妻との出会いは、こんなふうにとても印象的だった。

折からの風にあおられて桜の花が舞い散る中、車を市街地へ向けて走らせる。僕がまほろば診療所で医師として働くようになってから、ちょうど一年がたっていた。

翌日、久しぶりにバーＳＴＡＴＩＯＮでランチを楽しんだ。

新型コロナの感染は第六波がようやくピークアウトし、石川県を含む十八都道府県に適用されていたまん延防止等重点措置は、三月二十一日をもって解除された。感染再拡大に対する懸念は消えないが、日常はほんの少し落ち着きを取り戻しつつある。

暗がり坂に面したドアを全開にしたＳＴＡＴＩＯＮの店内で、僕は麻世ちゃん、仙川先生とアクリル板越しに席を共にした。

「松浪さんご夫婦は相当に厳しい状況です。施設を検討しようと思っているのですが」

僕は松浪家の状況を仙川先生の耳元でそっと報告する。

「自分たちで何とかやっていける。そう信じ込む高齢の患者さんは少なくないからなあ」

腕組みをした仙川先生の声は、予想外に響いた。カウンターの奥で誰かが咳払いする。

「老老介護――共倒れや虐待などの悲劇を招くケースも後を絶ちませんね」

加賀日日新聞の有森記者だった。

「すいません、盗み聞きしたみたいになって」

彼のことは信じていいかな？　僕は何となくそう思いつつあった。

最初、有森さんは、白石先生のお父さんが亡くなられた件をほじくり返し、世間に告発するような勢いで診療所を訪ねてきた。確かに先生のお父さんは疼痛を苦に、自ら死を望んで致死薬を用意させ、白石先生もその思いを手助けする決意を固めていた。しかし、お父さんは直前に心停止を起こして亡くなられたのだ。

医師であるお父さんとご自身の行動について、白石先生は審判を仰ぎたいと考えていたようだ。ただ、あの一件が司法に委ねられることはなかった。死を選ぶ権利の是非は公に議論されることなく、忘れられようとしていた。ある意味で有森さんは、問題を真剣に考え、面と向かって白石先生に質問してきた唯一のジャーナリストだったと言っていい。

金沢を代表する水引作家として活躍した大元露子さんの評伝も、故人への愛情に満ちた読み応えのある記事だった。インドネシアからの技能実習生、スラマット君の死を報じた記事にも驚かされた。母国に帰らずに死亡時保険金の受給資格を得たスラマット君に非難の目を向けることなく、保険制度のありように疑問を投げかけたものだった。

「人の生き方って、どんどん変わっていくものですね。高齢者の生き方も、変化のただ中にあるのではないでしょうか。それで……」

有森さんはそこでジャスミン茶をグッと飲み干し、真面目な顔になった。

「仙川先生、前々からお願いしていた訪問診療の同行取材、認めていただけませんか？」

そんなリクエストを受けていたのか。

「いいんじゃないの？」

仙川先生がさらりと言い、皿の上に残る包子に手を伸ばした。

「麻世ちゃん、今の松浪さんや、ほかに何人か患者さんの所に連れてってあげれば？　野呂先生も、いいでしょ？」

「……承知しました。まずは、松浪さんに協力をお願いしてみます」

有森さんは立ち上がり、直角に腰を折った。

「うんうん。記者さんにね、現場の様子を見てもらうのはいいことだよ」

仙川先生は満足そうだ。いつの間にか大皿に載っていた二個の包子をきれいに平らげている。皿に描かれた紫色のハスの絵が天井の明かりに照らされ、幻想的に浮かび上がっていた。


ゴールデンウィークの中日、麻世ちゃんと有森さんとの三人で郊外へ続く道を走っていた。「金沢の奥座敷」と呼ばれる湯涌温泉は、開湯千三百年の歴史がある。美人画で有名な竹久《たけひさ》夢二《ゆめじ》が恋人と滞在したことでも知られる湯の里だ。今日は本格的な行楽シーズンの到来で、温泉旅館や美術館などが軒を連ねる湯涌町への道に、県内外のナンバーをつけた車が連なっていた。僕たちは温泉街の手前で行列を脱し、何とか松浪家に到着する。

前回の訪問から二週間。茂次さんは、以前よりも体の動きが少し悪くなっていた。

「ちょっと動くのがつらそうですね」

僕は、右手で軽く茂次さんの肩を突く。一回、二回と体を揺すると、簡単に姿勢が崩れてしまった。パーキンソン病の症状が悪化している診察所見だ。

「生活が不自由になっていませんか？」

茂次さんは、ちょっと考えるような感じで仏壇の方へ目をやった。すぐに言葉が出てこないのも、パーキンソン病患者によく見られる症状だ。しばらくしてやっと、「特に、問題ありません」という答えが返ってきた。そんなはずはないだろうと思ったら案の定、志乃さんが首を左右に振る。

「このところ、特に朝は固まったようになって動けません。お布団の中でじっとしたまま。ごはんを食べるどころか、お薬も飲めなくて」

茂次さんの表情は微動だにしない。怒っているのか、恥ずかしいのか、何を考えているのか、外からは読み取りにくい。これもまた、パーキンソン病に特徴的な「仮面様顔貌」だ。

薬の回数を増やすことにした。朝の効きをよくするため、就寝前に追加する。

「ありがとうございます。助かります」

感謝の言葉は志乃さんからだった。茂次さんは、相変わらずどこか他人事のような顔をしている。

「では続いて、奥様の診察を」

僕がそう言うと、志乃さんと茂次さんが同時に「はい」と答えた。シンクロしたような二人の姿に、あたたかい気持ちになる。

僕と麻世ちゃんは、寝室にあるもう片方のベッドに移動した。横になった志乃さんに上衣の襟元を開けてもらい、胸に聴診器を当てた。すねのあたりを押すと、強いへこみ跡が残る。酸素飽和度をチェックする。前回は九七パーセントあったのに、今日は九五パーセントまでしか上がらない。体重は四キロも増えていた。心臓の機能が低下すると体に水分が貯留し、体重増加を招く。これだけの急激な増加は危険なレベルだ。超音波検査では心臓の下大静脈が太さを増しているのが確認できた。ともに心不全の悪化を示している。利尿剤を増やすことにした。

「うっかりお漬物を食べ過ぎてしまいました。油断してしまって、すみません」

今後はさらに運動制限や水分および塩分制限が必要だ。それは患者さん自身もよく知っている。だが、必ずしも守りきれるものではないのが現実だ。運動制限について念を押そうとしたときだった。

「わたくし、こんな体になっても大好きなガーデニングを続けていられるのは、主人のおかげなんです」

志乃さんは、夫を愛おしそうに見た。

「えっ……」

ガーデニングも、場合によっては心臓の負担になる。

「『やり方を変えよう。あきらめることはない』って主人が言ってくれたんです」

かつて茂次さんは、力のいらない剪定バサミや、座ったまま簡単に草を抜くための道具など、さまざまに工夫されたガーデニングの便利なツールを考案し、自作してくれたという。もともと工学部出身で、自動車の修理もでき、家の中のコンセントや電気製品の修理、大工仕事も、お手のものだったらしい。

「だから、今度はわたくしが支えたいんです。この家で暮らし続けたいと願う主人のために。訪問診療をお願いしたのも、やり方を変えるだけ、あきらめることはないって言ってあげたくて。でも、無理なことを申しているのでしょうか」

志乃さんは、唇を固く結び、壁に掲げられた古い額絵を見つめた。そこにあるのは、もの憂げな表情の美人画に和歌を添えた竹久夢二の色紙だった。

「湯涌なる　山ふところの　小春日に　眼《め》閉ぢ死なむと　きみのいふなり」

夢二が恋人の彦乃《ひこの》と湯涌温泉で過ごした日々を詠んだもので、こんな幸せな日はもう二度と来ないのではないかしら。ならばいっそこのまま死んでしまいたい――そんな思いの歌だという。

「お気持ち、よく分かりました。でも、ご夫婦で一緒に入れる施設についても考えてみませんか。実際に見学してみれば、ご主人のお気持ちも変わるかもしれません」

志乃さんの眉間には深いしわが寄っていた。向こうのベッドでは、茂次さんが目を閉じている。その乏しい表情からは何もうかがい知れなかった。困難な在宅の継続か、安全だが望まない施設への入所か――。松浪さん夫妻にとって、何が正解なのか。

松浪家の広い庭の一角に停めた訪問診療車に戻った。僕たち三人は、そろってため息をつく。

「老老介護の当事者が抱く切実な思い……現実は想像以上です」

診療中は陰の存在に徹し、発言を控えてもらう約束で同行した有森さんだが、車に戻ると悲痛な声で感想を漏らした。

いつの間にか明るい青空は姿を消し、今にも雨が降りそうな雲が天上を覆っていた。

それは六月中旬の午後だった。僕たちはまた有森さんを伴って松浪さん夫妻の家を訪れた。四月の診療開始以来、この日は六回目。朝から気温が高く、むせ返るような陽気だ。

いつものように玄関の引き戸をノックする。だが、いくら待っても返事はない。

「このところ、こんな感じが続いていますね」

有森さんにそう言い、麻世ちゃんが戸に手をかけた。

「こんにちはー。まほろば診療所でーす」

今日は、玄関先に夫婦の姿がなかった。

「お邪魔しますねー」

麻世ちゃんに続いて家に上がり、いつも二人を診察する夫婦の寝室をのぞく。

誰もいないかと思った次の瞬間、うめき声が聞こえた。なんと、二人はベッドの下で重なり合っていた。

「大丈夫ですか！」

一体、何がどうなっているのか――。

よく見ると、志乃さんが茂次さんの下敷きになり、動けない様子だ。

「いつから、こうなったんですか？」

勢い込んで尋ねる。

「今朝、主人がトイレに行くって言ったので、起こそうとしている最中に主人が倒れ込んできて。そのままベッドからずるずると……」

うっすら目を開けた志乃さんは、疲れ切った表情だ。二人の病状を考えれば想定の範囲内の出来事だった。

「それって、何時くらいでしょう？」

「ゆうべは眠れなかったようで、朝遅くまで寝ていました。たぶん九時くらいだったかと」

今が午後一時だから、もう四時間にもなる。この間、茂次さんの体は動かず、志乃さんも茂次さんの体重に抗して起き上がるだけの力がなかったのだ。

クラッシュ・シンドローム――危険な病名が頭をよぎった。挫滅症候群《ざめつしょうこうぐん》とも言い、長時間の圧迫が解除されたあとに急性腎不全やショックを起こして命の危険を伴う病態だ。圧迫によって筋肉が壊れ、体内に漏れ出たカリウムが一気に血液に流れ込み、致死性の不整脈を引き起こすことがある。

「まずは点滴しよう」

圧迫の解除後も、血液中のカリウム濃度が上がり過ぎてしまわないようにするためだ。

「念のため、ＡＥＤも持って来て！」

「了解です」

麻世ちゃんが訪問診療車へ急ぐ。その間に僕は、下敷きになった志乃さんの腕に乳酸リンゲル液の点滴を開始した。

「ではご主人、体を起こしますよ」

有森さんの手も借り、まずは茂次さんの体を慎重に持ち上げる。全身が硬く固まっていた。下衣《かい》はびっしょりと濡れている。畳の上に枕を置き、そこに茂次さんを静かに横たえるようにして仰向けに寝かせた。

続いて志乃さんをそっと起こし、ベッドの上に寝かせる。

「麻世ちゃん、志乃さんの検尿を」

クラッシュ・シンドロームでは、壊れた筋肉から出るミオグロビンによって尿が赤くなる。志乃さんの尿の色は、きれいな黄色だった。

「よかった、大丈夫そうだ」

最悪の事態は免れたようだ。茂次さんの体重が軽かったのが幸いしたに違いない。ただ、二人の皮膚の張りは明らかに低下していた。脱水の症状だ。

「朝の薬はまだですよね？」

「ええ、そうなんです」

志乃さんが申し訳なさそうに答える。

水分補給のために茂次さんにも点滴を行い、この日一回目の内服薬を飲んでもらった。

「ありがとうございました。今日が先生の訪問日で、本当に命拾いしました」

志乃さんが手を合わせてくる。まるで拝まれている心持ちになる。一方の茂次さんは、体の向きを変えようともせず、暗い天井を見つめていた。

「……これで、気持ちの整理が、できましたよ」

動きの乏しい口元。そこには、どこか達観した笑みが浮かんでいるようにも感じた。

「それにしても、妻とこんなに抱き合ったのはハネムーンのとき以来だ」

「それはそれは、ごちそうさま。お二人とも、暑くてつらかったのかと思ったら！」

麻世ちゃんも軽口で応じる。だが笑いごとではない。下手をすれば二人とも本当に命にかかわるところだった。

気持ちが落ち着いたのを見計らって、僕は改めて体調について尋ねた。

「前回の診療でお二人のお薬を増やしましたが、いかがでしたでしょうか？」

志乃さんは慢性心不全が悪化していたので、利尿剤を増やしていた。

「おかげで、だるさは取れていました」

よかった。志乃さんの方は薬の効果が見られた。次に茂次さんに顔を向ける。

「体の動きは、変わりませんでした」

今回のハプニングもあり、いずれにしてもパーキンソン病薬の量をさらに増やした方がよさそうだ。これまでも相当な増量を行ってきたが、それでも茂次さんの病状には効果がないレベルになっている。併用薬も可能な限り加えており、そろそろ治療の限界に達しようとしていた。

「分かりました。お薬をもう少し増やしてみますね」

僕は処方箋を書く。何とか効いてくれ、と強く願いながら。

「あら？　そちらにいらっしゃる方は？」

志乃さんが僕の背後に視線を向け、いぶかしげな表情になった。

「あ、すみません。前回もご挨拶しましたが、加賀日日新聞の有森さんです。ＰＣＲ検査でコロナ陰性も確認済みです」

一度紹介しても、次の機会に忘れられてしまうことは珍しくない。ほかの患者さん宅でも慣れているのか、有森さんもけろっとしていた。

僕の紹介に続いて、有森さんが名刺を差し出す。

「有森といいます。高齢者の介護状況について興味がありまして、同行させていただきました。今日は本当にありがとうございます」

二回目の名刺を受け取った志乃さんは、申し訳なさそうな目になった。

「そういえば、前にもお目にかかりましたっけ。ごめんなさいね」

志乃さんは畳の上に正座して、うやうやしくお辞儀する。

「野呂先生も星野さんも、お手を煩わせてしまい、本当にありがとうございました。記者さんにも助けていただいて。それにしても、お恥ずかしいところをお見せして失礼いたしました。お許しください」

妙にていねいだった。有森さんという第三者が入ったせいもあるだろうが、夫婦二人で倒れ、起き上がれなくなった事実に、まだショックを受けているに違いない。

茂次さんと志乃さんを助けるために大きく動かしたベッドを、三人で元に戻す。麻世ちゃんがカーテンと窓を開け、部屋の空気を入れ換える。夏の陽光に一気にさらされた夫婦の広い寝室は、今までとはまったく違って見えた。壁際には畳まれていない洗濯物が山積みとなり、旧式の石油ストーブも出しっぱなしになっている。食べかけの弁当の残骸や大きな赤いポリタンクも床に放置されたまま。このままでは二人してゴミに埋もれそうだった。

「今夜はよく眠れるといいですね。では、お大事に」

そう言って辞去しようとしたとき、自分のベッドで天井を見上げていた茂次さんが口を開いた。

「眠れないのは昨晩だけじゃない」

何かに憑《つ》かれたように、蒼白《そうはく》な顔をした茂次さんがしゃべり出す。

「はい？」

「眠れなかったのは、ゆうべだけじゃない。いつも、怖い夢に追いかけられて……」

パーキンソン病の患者さんは、悪夢に悩まされることが多い。病気そのもの、あるいは薬の副作用によると考えられる症状だ。いずれにしても眠れないのは、つらいだろう。

ベッド下への転落騒ぎも不眠の話も、薬の問題に結びつく。

「もう少しご辛抱ください。お薬の効果も出るはずですから」

僕は頭を下げ、診察道具を腕に抱えた。

いつものように志乃さんは、僕たちを玄関まで送ろうとしてくれた。だが無理はさせたくない。気持ちだけありがたくいただき、その場で挨拶する。

大きなベッドにちょこんと座る志乃さんと、向こう側のベッドに横たわった茂次さんに日の光が降り注ぐ。カーテンを閉め直し、再び薄暗さと静けさを得た部屋の出入り口で、僕は二人にもう一度「お大事に」と声をかけた。

広い庭を横切る際、低木のかわいらしい緑葉の果樹が目に入った。志乃さんが育てていると言ったブルーベリーだ。いくつもの小さな実が枝葉の間からのぞいている。一部は紫色に色づいているが、収穫されずにそのままだ。茂次さんの介護に追われて、志乃さんは庭に立つ余裕がないのだろうか。

庭先に停めてあった訪問診療車に乗り込む。真夏を先取りしたような熱の塊が、車内を占拠していた。

「いやあ、驚きました。先生、松浪さんご夫婦は大変ですね」

有森さんがそう言って汗を拭く。

「まさに、共倒れでした。でも、ここで薬を増やしましたし、次回はきっとよくなっているはずです」

今回、僕は思い切って服薬量をぎりぎりまで増やした。それによって茂次さんの症状改善がなされる可能性はかなり高いと見込んでいる。そうすれば、体の動きだけでなく、沈みがちな心の安定にも寄与してくれるはずだ。

もう少しご辛抱ください――。帰り際に僕はそう言った。だが、茂次さんと志乃さんは、「いつまで辛抱すればいいのか」と思っているかもしれない。ちゃんと薬の効果が出てくれれば二人とも理解してくれるはず。けれどももしも効果がなければ……。

送風口からの風が生ぬるかった。熱の塊はなかなか小さくならない。ハンドルを操作しながら、僕はエアコンを一気に強める。


翌日は朝から訪問診療の準備に追われていた。同行取材する有森記者が九時十分前に顔を見せる。その直後に、目の前の電話が鳴った。

志乃さんからだった。ご夫婦どちらかの病状が悪化したのだろうか。

「……あの、次回の予定をキャンセルしていただきたいと思いまして」

なんだ、予定変更だったかと胸をなでおろす。

「はいはい。では、いつにしましょうか」

パソコンで訪問スケジュールを開き、空いている日程に目を走らせていると、「大変お世話になりました。失礼いたします」という言葉とともに電話が切れた。

「え？　もしもし、もしもし……」

すぐに折り返すが、話し中だ。

どうしようもない不穏な気配を感じた。ここにとどまっていてはダメだ——という気がした。

「志乃さん、どうしたのかな……」

そうつぶやいて電話の内容を伝えると、有森さんの顔色が変わった。

「すぐに行きましょう」

二人して立ち上がる。

「どうしたの？」

麻世ちゃんに答えている暇はなかった。僕は「来て」と言って駆け出す。

「あの志乃さんが……次の予定をキャンセルして、そのまま電話を切った」

車の中で言葉にできたのは、それだけだった。

「まさか……だって、そんな……」

麻世ちゃんが、言葉にならない言葉を繰り返す。

湯涌町の松浪邸に到着したのは、きっかり三十分後だった。

僕は玄関を開け、まっしぐらに夫婦の寝室へ向かった。麻世ちゃんと有森さんも続く。

家中、灯油の臭いが充満していた。部屋の外に赤いポリタンクが放り出されている。持ち上げると、軽い。

「まずい！」

タンクの中身がまかれたに違いない。咳き込みながら、寝室のふすまを開け放つ。おびえたような茂次さんの顔が目に入った。その手元に炎が見える。

「危ない！　外だ、外へ！」

背後から有森さんの大声がした。スマホを手に「火事だ」と叫んでいる。と同時に、部屋に煙が立ち込め、何も見えなくなった。ひどく焦げ臭い。意識が遠のく。

「野呂っち！　助けて！」

麻世ちゃんの甲高い声が聞こえた。体を起こし、四つんばいで濃い煙の中を右往左往する。

「どこっ？」

叫んだ瞬間、誰かに腕を取られた。

「こっちへ！」

消防服を着た男性だった。誘導に応じて歩こうとするが、うまく足が動かない。引きずられるがまま身を任せるしかなかった。

もがいているうちに、急に息がしやすくなる。気付くと、いつの間にか外に出ていた。青いシートの上に寝転がったまま、周囲を見る。

あちらこちらで消防車と救急車の赤色回転灯が点滅していた。僕の隣にいるのは有森さん、すぐ近くに麻世ちゃんと志乃さんも寝かされていた。茂次さんの姿がない。

有森さんは座った姿勢のまま、呆然と口を開けて一点を見つめていた。その方向に僕も視線を向ける。松浪さんの家から、真っ黒な煙と赤い炎が噴き出していた。

「ああ……」

僕は体の力が抜けるのを感じた。猛火は窓から外壁までもなめつくそうとしている。

そのとき、玄関から人が塊になって転げ出てきた。消防隊員に抱えられているのは、茂次さんだ。さっと人が取り囲んだ。救急隊員が茂次さんに馬乗りになり、心臓マッサージを開始する。そのままストレッチャーに乗せ、救急車に運び入れた。

「私が、私が主治医です！」

力を振り絞って駆け寄り、僕は同乗を申し出る。これまでの茂次さんの病状を伝えなければ——。

救急車は加賀大学医学部附属病院に向かった。どの車よりもずっと速いのに、じれったいほどゆっくりと感じられる。茂次さんの意識はまだ戻らない。早く、早く……。

病院に着き、サイレンの音が消える。赤い文字で「救命救急センター」と書かれた扉が開いた。あと、もう一息だ。救急車の後部ハッチが開き、僕はストレッチャーとともに走り出す。

白石先生が、若い医師たち数人を従えて待っていた。一瞬、白石先生は僕の顔を見て、力強くうなずく。

「野呂先生、ご苦労様。こっちよ！」

茂次さんのストレッチャーが、救命医たちの手に引き継がれる。医師と看護師が一斉に茂次さんを取り囲み、医療処置が始まった。

「チャージするわよ、離れて！」

白石先生の声が響く。電気ショックで茂次さんの体が跳ね上がった。

「アドレナリン！」

的確に繰り出される蘇生処置に、僕は徐々に脱力する。よかった――と。

これ以上ここにいても、邪魔になるだけだ。僕は白石先生の後ろ姿をちらりと見て、そのまま救命救急センターの外に出る。待合室の椅子に座って目を閉じた。

一時間以上が過ぎた。白石先生が一人、待合室に現れた。僕は反射的に立ち上がる。白石先生は、疲れ切った表情で目を伏せた。

「力及ばずで……」

茂次さんは助からなかったという意味だった。救急治療の専門医である白石先生の力をもってしても。

「ごめんなさい」

術衣を着たままの先生が、僕なんかに頭を下げる。僕は、ちぎれんばかりに首を振った。

僕には分かっていた。白石先生が助けられない患者さんなら、どの医師であっても助けられないはずだ、と。東京の城北医科大学病院救命救急センターでは、それが医局メンバー全員の共通認識でもあった。

「残された奥さんのケアは、野呂先生に任せるわね」

重苦しい役目だった。一枚の紙片を渡される。四階にある病室の部屋番号が記されていた。

白石先生と別れて一人、志乃さんの入院する四階へ向かった。茂次さんが亡くなったことをどう伝えればいいのか。病室の前に立ったところで、静かにドアが開く。タオルを持った麻世ちゃんが出てきた。

「茂次さんは？」と聞かれたが、言葉にならない。

かすれた声で僕も尋ねる。

「志乃さんは？」

麻世ちゃんが、無理やりといった感じでほほ笑んだ。

「大丈夫。手に軽いやけどをしただけ。呼吸困難も一時的で、もう安定してる」

ノックして病室に入る。志乃さんはベッドから半身を起こしていた。

「ご迷惑をおかけしました。あの、主人は……」

不安そうな目で志乃さんがこちらを見る。僕は首を左右に振るのが精一杯だった。

「おおおおお、お……」

両手で顔を覆い小さな背中を激しく震わせる。

「あなた、どうして一人で……一緒って約束したのに……」

その言葉を聞き、いつか茂次さんから聞いた言葉がよみがえった。あの「蓮の台の半座を分かつ」は、やはり「死ぬときは一緒だ」という意味だったのか。

ノックの音がした。額をぎらつかせた二人の男性が廊下に立っている。

「まほろば診療所の野呂先生ですね？」

病人のいる部屋には似合わない、ぎょっとするほど太い声だった。

「私、加賀東警察署の黒崎《くろさき》と申します。松浪茂次さんのご自宅の火災について、少しお話を聞かせていただけませんか？」

年配の刑事が名刺を差し出した。口調はていねいだが目つきが鋭い。有無を言わせぬ勢いで、僕は廊下に引き出された。

「先生が現場に居合わせた状況を教えてください」と若手の方が切り込んでくる。

「その前に、あの火事って事件なんですか？」

若い刑事に尋ねても答えようとしない。代わりに黒崎刑事が口を開いた。

「自宅放火で被疑者死亡の事案と見て捜査しています」

そういうことか……。二人の刑事の質問を受けながら、僕はあのときの出来事をゆっくりと思い返す。

――家の中は灯油の臭いに満ち、廊下には蓋の開いたポリタンクが転がっていました。

――松浪さん夫婦の部屋に入って、ベッドのあたりから炎が見えた次の瞬間、煙に覆われてしまいました。誰か……消防隊の方に腕をつかまれ、無我夢中で逃げました。

――夫婦のどちらが、どんなふうにして火をつけたかは、見ていません。確か、あの部屋の仏壇には着火ライターが置いてあって。ええ、ピストルの。パーキンソン病で筋力の衰えた茂次さんが、ライターを操作できたかどうか、ですか？　僕には断言できません。

黒崎刑事の顔がゆがんで見えた。

刑事が去ったあとで病室をのぞくと、志乃さんは眠りについていた。

今日の訪問診療はすべてキャンセルとなった。僕は診療所に戻る気持ちにもなれず、麻世ちゃんを先に帰らせる。

大学病院の病棟の一角に並ぶベンチで僕はうつむき、両手で頭を抱えた。

ショックだった。茂次さんがここまで思い詰めていたというのに、一体自分は何をやっていたのか。茂次さんの思いに気付けなかった。診察だけで十分なケアをしているつもりになっていた。情けなさで言葉にもならない。自分はどうしようもない未熟者だ。

どこからか足音が近づいてきた。

突然、背中を強くたたかれた。

「はい、野呂先生」

体を起こすと、白石先生が缶コーヒーを差し出している。

よく冷えたコーヒーを僕は受け取った。言葉が出ない。何かを口にすれば、感情があふれ出てしまいそうだった。

「私はね、次は絶対に同じ後悔をしない——何かあるたびに、そう決心して乗り越えてきた」

白石先生は、「ほら、飲んで、飲んで！」と、僕の背中を何度もたたいた。

「飲んだら、さっさと帰りなさい。明日はまた、次の患者さんが待っているのよ」

「でも、こんな僕なんか……」

「野呂先生は一人じゃない。みんなで患者さんのために生きればいいの。じゃ、私は戻るから」

それだけを言うと白石先生は立ち上がり、歩き出した。

「……はい」

僕は勢いよくプルタブを引く。先生に嗚咽《おえつ》を聞かれてしまわないように。

みんなで患者さんのために生きればいい——ジンとする背中の痛みとともに、この言葉を一生忘れまいと決心した。


翌日のまほろば診療所は、いつもと違って朝から騒がしかった。

亮子さんが新聞をデスクの上に広げている。見出しが目に飛び込んできた。

老老介護、心中未遂

加賀日日新聞の社会面だった。

相互介護の果てに
住宅半焼、夫死亡——金沢・湯涌町

松浪さん夫婦の家が焼け、茂次さんが亡くなった事実を詳しく報じていた。末尾には、関連記事のページが記されている。亮子さんが紙面を繰った。

「『介護の悲劇を防ぐために』ですって」

僕は息を止めて記事に目を走らせる。

介護の悲劇を防ぐために――

家族介護者のバカンス義務化を

家族と家族が寄り添う介護の現場で、悲しい事件が相次いでいる。とりわけ介護殺人と称される事件は、報道されるだけでも全国で年間約30件。病状や経済的な困難によって、介護者が被介護者をあやめる事件――多くは夫が妻を、子どもが親を死に追いやってしまうケースが後を絶たない。このほか、介護の苦しみや悩みに端を発した虐待や心中、自殺を含めれば、「介護の悲劇」の件数はケタ違いになるだろう。

こうした悲しい事件を防止するために、被介護者への公的なケアを手厚くしようという議論は、これまでも繰り返されてきた。

しかし、あえて言おう。そうした考えは、もう古い。悲劇を減らすためには被介護者より、介護者に目を向けるべきなのだ。

ここでは、介護者の基本的人権という視点から提言したい。それは、訪問診療の現場を同行取材した経験を踏まえた本紙の提案でもある。

介護者も、そうでない人と同じように人生を楽しみ、勉強し、仕事をする権利がある。介護者も、人として尊重される。そんな当たり前の世の中が作られなくてはならないと主張したい。

すでに海外では「ケアラーのバカンス」が実践されている。フランスでは、家族介護者に与えられる権利として「バカンス」が確立。多くの人は連続して10泊程度の休暇を毎年取っている。介護者と被介護者には休日だけでなく、旅行費用も与えられる。同様の制度があるスウェーデンでは、介護者が1か月間の連続休暇を取るのは当たり前だという。

高齢者が高齢者を介護する「老老介護」の場合、たとえば夫婦二人がそれぞれに休日制度を利用することで、気持ちの変化が生まれるはずだ。

介護者に心身両面のゆとりが生まれれば、視野狭窄や絶望に陥る危機から脱するチャンスも増えるだろう。介護者が自分を追い詰め、自殺や心中、殺人に発展してしまう悲劇を回避することができるに違いない。

ケアラーを対象にしたバカンス制度の導入によって、得られる現実的なメリットは非常に大きい……

記事の末尾に、（有森勇樹）と記者の署名が入っていた。

この記事は、松浪さん夫妻の事件にひと言も触れていない。いや、むしろ根底の部分でしっかり触れられていたと言うべきか。悩める介護者を全面的に支える内容だった。

家族介護者にバカンスの義務化を――。

突かれるような拍動を感じた。

「すごくいい記事だ。ありがとう、有森さん」

「氷山の一角」という言葉がある。僕は、まほろば診療所でさまざまな患者さんに出会いながら、しばしばこの言葉を思い出す。その氷の塊は、家庭の中で家族を支える介護者の苦しみだ。訪問診療の際に、「つらい」「眠れない」「困る」という介護者の小さなひと言が聞こえたのなら、本当の苦しみはもっともっと大きい。介護者の声を決して小さく捉えてはならない、ということだ。

それを知っていたはずなのに、僕は松浪さん夫妻の苦しみに鈍感だった。

「あんなに仲よく頑張っていた夫婦がまさか、と」

胸の奥から、強い悔恨がこみ上げてくる。

「……何もできず、本当にふがいないです」

苦々しい思いを、僕はそのままの形で仙川先生に漏らす。しばらく記事に目を落としていた仙川先生は、意外な言葉を口にした。

「事件が起きる家族は、むしろ愛情にあふれた関係であるケースが多いんだよね」

愛情にあふれた――松浪家もまさにそうした夫婦だった。だからこそ気付くべきだったのに。また、こみ上げてくるものがあった。

次の日も朝から暑かった。昼前に三十度を超えるという天気予報を聞きながら、僕と麻世ちゃんは志乃さんの見舞いに行った。宝町にある加賀大学医学部附属病院の駐車場に車を停め、真新しい病棟の外壁を見上げながら歩く。

「テレビ取材がすごいな……」

病院の正面に植樹されたキリシマツツジの前。あちこちでテレビカメラが回っていた。松浪さん夫婦の事件を取り上げたワイドショーの中継レポートだ。

「行こうよ」

そう促したけれど、麻世ちゃんは首を左右に強く振る。いつもの診察道具一式が入ったバッグを胸に抱えてしゃがみ込み、その場を動こうとしない。

手持ち無沙汰なまま僕は、数メートル先で声を張り上げるレポーターに視線を向けた。

「――老老介護で、またしても事件がありました。地元警察によりますと、金沢市に住む夫Aさんはパーキンソン病を患い、心臓に持病のある妻B子さんに大きな介護負担を負わせることを悲観、自宅で灯油をまき、心中を図ったと見られています。Aさんは施設に入るのを拒んでいました。超高齢化が進む日本、いつまでこんな悲惨なことが続くのでしょう。悲しい決断をする前に、ご本人からも、どうかSOSの声を上げてください」

突然、カメラがこちらを向いた。

「それでは介護の問題について、一般の方の感想を聞いてみましょう。すみません……」

突き出されたマイクに僕が戸惑っていると、麻世ちゃんがグイと前に出た。

「私、看護師です」

「は……い」

「いつまで続くのでしょうって嘆くばかりじゃ、ダメなんじゃないの？」

「は、はい？」

レポーターが目をしばたたかせる。

「本人からのＳＯＳを待つなんて理想論を言っても仕方がないってこと！　当事者はＳＯＳなんて出せないんだから。こっちから助けようとしないと、介護の悲劇はなくならない！」

麻世ちゃんの剣幕に、テレビ局のレポーターの目も真剣になった。

「では、具体的にどうすれば？」

麻世ちゃんはうなずくと、スケッチブックを大きく広げた。患者や家族への病状説明のために、いつも診療バッグに入れて持参しているスケッチブックだ。


ケアラーにバカンスを！

家族介護者は疲れてる！

ケアラーも人間だ！


極太のフェルトペンの文字でデカデカと書かれていた。それは、視聴者へ向けたメッセージだった。さっき、バッグを抱えてしゃがみ込んでいる間に、麻世ちゃんはこれを書いていたのか。

翌日、まほろば診療所に有森さんから電話があった。

「野呂先生、すごいことになってますよ！」

まるでワイドショーの生中継に乱入したかのようなパフォーマンスがきっかけとなり、麻世ちゃんのスケッチブック映像はＳＮＳを通じて拡散した。映像だけではない。メッセージそのものにも注目が集まったのだ。

「＃ケアラーにバカンスを」をキーワードに、繰り返し閲覧・再生されている。金沢で起きた出来事のため、加賀日日新聞にも他メディアから数多くの問い合わせが寄せられているという。

僕と仙川先生が心配した「一看護師の勇み足」というネガティブな反応はほとんどない。とりわけ介護・医療関係者の間では、「物言うナースの勇姿」として受け止められたようだ。

夏の風がさわやかに流れる八月最初の日曜日だった。

僕たちはこの日、金沢駅前に立っていた。「家族ケアラーのバカンス義務化を」のプラカードを掲げて。

家族介護者を守ろうという市民活動は、じわじわと全国に広がりつつあった。さらなるきっかけは、新聞各紙に掲載された意見広告だった。

各種の癌や認知症など、それまで疾患ごとに分かれていた患者の家族会が、初めて企画した連合大会の開催にタイミングを合わせ、「介護保険で、家族ケアラーにバカンスを義務化せよ」と訴えてくれたのだ。「ケアラーにバカンスを」というメッセージは切実さを一層増し、行政や政治も注目を寄せるようになった。

家族会のキャンペーンは、公共放送の解説番組で特集を組まれ、与野党の幹部らが出演する日曜ディベートでも旬なトピックスとして取り上げられた。時期を同じくして、家族を介護した経験のある俳優など芸能人のカミングアウトも相次いだ。彼らがバラエティ番組に出演した際のトークでは、「バカンス」の必要性がさまざまに語られた。

コロナ禍の長期化に伴い、新型コロナウイルスに感染した人が家庭内で療養生活を送るケースが増えたことも、この問題に関する理解を進めた。「療養を支える家族」の負担は、若い人の間でも認識が広がりつつある。家族によるケアの大切さと困難さ——コロナ禍の新しい日常は、介護・被介護を取り巻く家族関係にも新たな光を投じようとしている。

麻世ちゃんの名前も知られるようになった。

ＳＮＳでも、ハッシュタグで「ケアラー」「バカンス」とともに、麻世ちゃんの名前が出てくる。麻世ちゃん自身は、「こんな大それた運動を引き起こすつもりはなかったのに」と戸惑っているが。

この日の活動で僕は、マイクを通してバカンス義務化への協力を呼びかける役割を担っていた。

「介護には、次の四つの権利があるとされています」

僕の話に合わせて、活動の仲間たちがプラカードを次々と掲げて読み上げる。

「介護を受ける権利」

「介護を行う権利」

「介護を受けるのを強制されない権利」

「介護を行うのを強制されない権利」

「そして僕たちは、従来から言われているこれらの四つの権利をもう一歩進めて、五つ目の権利を提唱したいと考えています。それが、こちらです」

僕の隣に歩み出た麻世ちゃんが、一回り大きなプラカードを頭上に高くかざす。

「介護を休む権利！」

麻世ちゃんの声が駅頭に響いた。

「愛する家族に対して最後まで愛情を維持するために、介護者も休みましょう。休むための保障制度を作りましょう。介護を休むことが互いの幸せにつながります――」

足を止めて聞き入ってくれた人たちへの呼びかけのタイミングを見計らい、亮子さんがチラシを配り始める。そこには加賀大学医学部特任教授・白石咲和子先生の講演会「介護五つの権利――大切な家族と大切な時間を」と書かれている。

先ほどプラカードを掲げてくれた活動の仲間たち。その中には、川底で眠るゴリの絵柄のTシャツを着た岩間哲也さんがいた。認知症の母を介護する日々に疲れ、結果的に離職した経験から、介護者に休息が必要であることを身をもって知っている。今ではケアラー・バカンス運動の中心人物の一人だ。

今日の署名集めにも、多くの賛同者が参加してくれている。徘徊が起きて、ようやく妻が認知症であると認めることができた福田信彦さんや、ヤングケアラーの陽菜ちゃんもいる。介護拒否をする母親との対話に苦労した大元美沙子さん、スラマット君を看取った北沢夫妻もいた。

皆、介護者として、家族ケアラーとして、苦しみを味わった人たちばかりだ。世話役として加わってくれた、認知症よろず介護の家族会「エル」の藤木百合子さんは、協力な助っ人だ。百合子さんは、松浪茂次さんと志乃さん夫妻が笑顔で並ぶ写真を胸元に掲げていた。

街頭キャンペーンもそろそろ休憩時間だ。バーSTATIONのマスターが包子を持って来てくれる予定になっている。今日の署名集めのごほうびだ。

周囲を見回していると、麻世ちゃんが足音をバタバタさせながら走ってきた。

「野呂先生、仙川先生から電話！　丸の内の前田《まえだ》さんから急ぎの往診要請だって」

「了解、すぐ行く！　あ、僕の包子、残しておいてね！」

プラカードを束ねる亮子さんに向かって声を張り上げる。


家にたどり着いたのは、夏の日の光も陰りを見せる時間帯だった。

アパートの前に、中年の女性が立っている。手に大きなバッグを提げ、浅野川の川面をのぞき込んでいた。

「お母さん?」

ゆっくりと顔を上げ、うれしそうに片手を振ったのは、やっぱり母だ。

「聖ちゃん、お帰り!」

僕は慌てて駆け寄り、手荷物を持つ。

「お帰り、じゃないでしょ。どうしたの? 来るならLINEしてくれればいいのに」

一体、いつからここに立っていたのか。

「ねえねえ、あのテレビに出てた立派な人、聖ちゃんのところの看護師さんよね?」

「そうだよ。星野麻世さん」

母も見たのか。

「ネットにも出てたわよ。すごい偉い人とお仕事してるのね」

「そんな偉そうな雰囲気の子じゃないんだけどね」

SNSの力は大したものだ。

「彼女の言ってることを聞いて、お母さん、聖ちゃんとどうしても話がしたくなったのよ」

なるほど。麻世ちゃんの力は大したものだ。これまで一度も一人旅などしたことのない母をも動かしてしまったのだから。

ひとまず部屋の中に案内する。ベッドと机だけでいっぱいのワンルームに誰かを招き入れるのは初めてだった。母は玄関で立ちすくんでいる。散らかりように驚いたのだろう。

「やっぱり、どこか喫茶店にでも行く? ホテルも取るけど?」

「いい。お母さん、どんなとこでも寝られるから」

泊まっていくつもりなのか。

母は台所に立ち、やたらと物が積み上がった調理台を眺めていた。洗いっぱなしの食器、冷蔵庫に入り切らなかったビールやかぶらずしの説明書、バナナ、読みかけの医学書などが重なり合い、どれに触れても雪崩《なだれ》を起こしてしまいそうだった。

「あのカレー、全部食べた？」

不意をついた母の問いかけに、僕は一瞬、言葉に詰まる。

「う、うん、ありがとう。もうないよ。今夜はカップラーメンにしようかと思っていたんだけど」

「そんなところだと思った。これ、食べない？」

大量の餃子《ギョーザ》を母は保冷バッグから取り出した。一目でお手製と分かる。これも子どもの頃からの大好物だ。

「あ、うまそ！」

母は満足した顔になってガス台の前に立ち、ビールをもらうわねと、冷蔵庫から缶ビールを取り出した。久しぶりの母との食事だった。

一息つき、母にベッドを譲った。僕は座布団を枕にしてカーペットの上に横になる。

「ねえ、聖ちゃんは今、幸せ？」

「どうして」

「おばあちゃんのこと」

「ああ……」

そうか、母はあの頃の介護の話をするために来たのか。

「子どもの頃から、聖ちゃんにばかり頼ってたよね。そのせいで、お友だちより何年も遅れさせてしまって……」

「やめてよ、今さら国試に落ちた話なんて」

僕よりも、母だ。考えてみれば母は、人生の大切な時間をずっと祖母の介護に費やしてきた。体調を崩すことが多かったのも、介護の負担があったためだろう。

「お母さんも大変だったんだよね」

母の頭が左右に揺れる。

「助けてってほかの人に言えなくて、聖ちゃんにばかり押し付けちゃったから……」

「みんな自分のことで忙しかったよね」

父も兄も不在だった。命を懸けた仕事をしている彼らに、手伝ってほしいとは言えなかった。

「もう忘れちゃったかもしれないけど、昼寝していた聖ちゃんにお父さんが、『ダラダラするな』って叱ったことがあったじゃない」

「そうだっけ」

よく覚えていた。確か金曜日の夜、祖母が何度も目を覚まして僕は徹夜状態だった。その翌朝、久しぶりに家に帰ってきた父に、ソファーでうたた寝していたところを見とがめられた。もっとずっと、ひどい言葉で――。

「さすがにお母さんも腹が立ってね、お父さんに言ったのよ。あの子は毎晩、おばあちゃんの介護をしているんです。あなたが一度もやったことのないオムツ交換も食事介助もやってくれているんです――って。で、大げんかしちゃった」

ふてくされた僕は、家を飛び出していた。だから、その後のことは知らなかった。あのあと、父と母の間でそんなやり取りがあったのか。

「お母さんも結構、言うじゃん。今さらだけど、ちょっと見直した」

弱いだけの母だというイメージだったが、そうでもなかったようだ。

母は、ふふっと笑った。

僕が曲がりなりにも介護を続けられたのには、理由がある。「ありがとう」という言葉と、祖母に優しくされた思い出……。それに、母と二人でやっているという満足感だった。

「いろいろあったなあ」

「そうね。聖ちゃんが家を出て、お母さんだけじゃ無理だと分かって、すぐにヘルパーさんが来てくれて、何とかなった」

「そうそう、ヘルパー代プラス僕の部屋代と、野呂家は大変だったよね」

母にとって本当は、兄が亡くなったことが一番ショックで大変だったはずだが、母が口にしないから僕も触れないでおく。

その後間もなくして、祖母は施設に入った。介護負担が大きく、ヘルパーだけでは手に負えなかったのだろう。

勉強で忙しいことを言い訳にして、結局、僕は一度も祖母の面会に行かなかった。施設で暮らす祖母の寂しそうな顔を見れば、祖母を見捨てた自分の罪に押しつぶされてしまう気がした。それを思うと怖くなり、ぐずぐずと見舞いを先延ばしにしていた。

ところが祖母はその年の暮れ、三回目の脳梗塞を起こして亡くなった。施設に入ってからわずか一年足らずという、あっという間の出来事だった。

「やっぱり僕が逃げたから、おばあちゃんは施設に入ることになって……」

祖母が亡くなったのは僕のせいだと、どこかで自分を責め続けていた。

母はベッドから体を起こした。

「そんなことはない。おばあちゃんは幸せだったのよ」

驚くほどさらりと、母が言った。

「亡くなる三日前にね、おばあちゃんが、『さて、これから長生きしたいね』って言ったのよ！」

面白い冗談を聞いたかのように、母の声は明るく弾んでいた。

「え……長生きしたいって言ったの？」

感動に近いものを感じた。「死にたい」ではなく、「長生きしたい」と言ったことに。その言葉は、気持ちよく暮らしているからこそ出たに違いない。

「そうなのよ。おばあちゃんね、施設に入ってから本当によく笑うようになってね。いつ会いに行っても、ニコニコしていた。おかげで、こっちが元気をもらったくらいなのよ。やっぱりプロの介護って違うのね。スタッフの人たちが、おばあちゃんのためにって、みんなで一生懸命になってくれて。こんなことなら、もっと早く入れてあげればよかったって思ったくらい」

そうか。おばあちゃん、最後は幸せに過ごしていたのか——。

胸のつかえが消えていくのを感じた。

「よかった。教えてくれてありがとう」

母の返事はなかった。代わりに静かな寝息が聞こえてくる。

自分が家で介護しきれなかったことが、ずっと心に引っかかっていた。けれど、それは勝手な思い込みだった。むしろ多くのプロの手を上手に借りることは、介護をする人を助けるだけでなく、介護される人の幸せにもつながるのか。

「僕も、おばあちゃんと仲よくお別れしたかった……」

思いがけない言葉が闇の中にこぼれ出る。

「おばあちゃんに大好きだよって、最後まで言い続けたかった……」

思いが止まらなくなった。

次の瞬間、雷に打たれたような気がした。いや、背中を強くたたかれたように感じた。

「次は絶対に同じ後悔をしない——何かあるたびに、そう決心して乗り越えてきた」という白石先生の声がよみがえる。

日々、患者さんを前にして感じることと、祖母への思いがシンクロした。

愛おしい人を、最後まで愛おしく思って生きられるように——。

もう二度と同じ後悔はしたくない。暗闇の中で、僕は拳《こぶし》を握りしめる。

「聖二なら、きっとできるよ」

どこかから祖母の声が聞こえてきたような気がした。


翌朝、いつになくさわやかな気持ちで目が覚めた。母は八時台の新幹線で帰ると言い、朝食も食べずにタクシーに乗り込んだ。

アパートの前で、僕は走り去った車をぼんやりと見続けた。

祖母のために医師になろうと決意した、あの頃の充実感が体中によみがえってくる。そういえば昨夜は苦しい夢を見なかった。

今日も浅野川のほとりを早足で診療所に向かう。足元が軽い。

【参考文献・資料】

『ケアの社会学―当事者主権の福祉社会へ』上野千鶴子著　2011年　太田出版

『ヤングケアラー―介護を担う子ども・若者の現実』澁谷智子著　2018年　中公新書

『介護殺人の予防―介護者支援の視点から』湯原悦子著　2017年　クレス出版

『介護者支援政策の国際比較―多様なニーズに対応する支援の実態』

三富紀敬著　2016年　ミネルヴァ書房

Webサイト「ヤングケアラー支援のページ」http://youngcarer.sakura.ne.jp/

同「金沢湯涌夢二館」https://www.kanazawa-museum.jp/yumeji/

装幀　印南貴行
装画　吉實恵

本書は、福島民友新聞、山陰中央新報、秋北新聞、下野新聞、夕刊フジ、岩手日報、室蘭民報、徳島新聞、茨城新聞、北國新聞（二〇二一年十月～二〇二三年三月）に連載したものに加筆修正しました。

〈著者紹介〉
南 杏子　1961年徳島県生まれ。日本女子大学卒。出版社勤務を経て、東海大学医学部に学士編入し、卒業後、慶應義塾大学病院老年内科などで勤務する。2016年『サイレント・ブレス』でデビュー。他の著書に『ディア・ペイシェント　絆のカルテ』『希望のステージ』『いのちの停車場』『ブラックウェルに憧れて　四人の女性医師』『ヴァイタル・サイン』『アルツ村』がある。

いのちの十字路
2023年4月5日　第1刷発行

著　者　南 杏子
発行人　見城 徹
編集人　菊地朱雅子

GENTOSHA

発行所　株式会社 幻冬舎
〒151-0051 東京都渋谷区千駄ヶ谷4-9-7
電話：03(5411)6211(編集)
03(5411)6222(営業)
公式HP：https://www.gentosha.co.jp/

印刷・製本所　株式会社 光邦

検印廃止

ISBN978-4-344-04095-3 C0093